UT *metro*

Helen Zahavi

Donna und der Fettsack

UT *metro* wird
herausgegeben von
Thomas Wörtche

Zu diesem Buch

Donna ist eine ausgeschlafene Straßenratte. Nur ihren Joe liebt sie, wenn sie auch nicht genau weiß, warum. Joe sitzt in der Tinte, er hat Schulden beim Kredithai Henry. Henry, ein mieser Typ, ist scharf auf Donna. Donna kriegt er nicht, also vergeht er sich an Joe. Donna schlägt zurück. Aber Henry hat zwei durchtrainierte Psychopathen auf der Lohnliste.

Helen Zahavi inszeniert ihren in Großbritannien und Frankreich gefeierten Roman als komisches, groteskes und gewalttätiges Duell der Geschlechter. So vielsinnig wie dieses Konzept ist auch die virtuose Sprache des Buchs. Helen Zahavi gehört zur ersten Reihe der britischen Gegenwartsliteratur.

»Ein perfekter Schlüssel zu dieser gesetzlosen, lebensprühenden Stadt.« *Time Out*

»Zahavi ist böse, witzig, intelligent und eine Meisterin der Sprache.« *Daily Telegraph*

»Zahavis drittes und bestes Buch zeigt ihre kontrollierte Wut gegen den Missbrauch von Macht.« *Independent*

Die Autorin

Helen Zahavi wurde in England geboren, lebte in Frankreich, Israel, England und Irland, zurzeit wieder in London. Ihr erster Roman *Schmutziges Wochenende* sorgte sofort für einen Skandal, wurde ein Bestseller und in dreizehn Sprachen übersetzt. *Donna und der Fettsack* ist ihr dritter Roman.

Mehr über Buch und Autorin im Anhang
oder auf *www.unionsverlag.ch*

UT *metro*

Jean-Claude Izzo *Total Cheops*
»Total Cheops«, rappen die Kids vom Marseiller Hafen, wenn es drunter und drüber geht. Daran ist Fabio Montale nicht ganz unschuldig, der Polizist mit dem Hang zum guten Essen und einem großen Herz für all die verschiedenen Bewohner der Hafenstadt.

Helen Zahavi *Donna und der Fettsack*
Kampf der Geschlechter oder Duell um die Macht? Donna, das Mädchen von nebenan, und Henry, der fiese Kredithai, haben sich ineinander verbissen. Als die Achterbahn der Gefühle zum explosiven Ende kommt, ist völlig ungewiss geworden, wer hier der Sieger ist.

Walter Mosley *Socrates in Watts*
Nach siebenundzwanzig Jahren im Knast will Socrates wieder ein ordentlicher Mensch werden. »Mosley ist ein Künstler und ein Meister des Kriminalromans zugleich.«
New York Times Book Review

Stan Jones *Weißer Himmel, schwarzes Eis*
Als sich im Städtchen die Selbstmorde häufen, wird Nathan Active neugierig. Bald steckt er in einem Umweltskandal, der ihn Kopf, Kragen und Karriere kosten kann. »Eine packende Lektüre, die einen seltenen Einblick in die Kultur der Inuit ermöglicht.«
Extreme Conditions

Christopher G. Moore *Haus der Geister*
Privatdetektiv Vincent Calvino kennt sich bestens aus in den Unter-, Ober- und Halbwelten von Bangkok. Nicht immer zur Freude derjenigen, die die ganz großen Räder im Fernen Osten drehen. »Bangkok – hier lebe ich. Ganz nah bei den Knochen, unter der samtenen Haut.« *Christopher G. Moore*

Rebecca Bradley, Stewart Sloan
Temutma
Ein Mörder macht Hongkong unsicher. Das ist nichts Ungewöhnliches. Aber dass in seinen Opfern kein Tropfen Blut mehr ist, fällt auf. »Hongkongs Schauplätze, Geräusche und Gerüche rasen an uns vorbei im Rennen gegen die Zeit.« *South China Morning Post*

Chester Himes *Plan B*
Das Finale furioso des legendären »Harlem Zyklus«: Ein visionäres Szenario des Aufstands der schwarzen Bevölkerung der USA. »Mit fast selbstmörderischem Vergnügen nimmt Himes den Leser mit in die Hölle.« *Fréderic Vitoux*

Jon Ewo *Torpedo*
Oslo ist zur Drehscheibe geworden: Alkohol, Drogen, Macht. Selbst einem hartgesottenen Geldeintreiber wird es da zu heiß. Aber wie aussteigen, wenn er Schulden hat? »Was wir über die osteuropäische Kriminalität wissen, macht aus dieser Geschichte mehr als eine Fiktion.« *Bergens tidende*

Mongo Beti *Sonne, Liebe, Tod*
Zam, der Journalist, kommt zwischen die Mühlräder: Eine Leiche in der Wohnung, die Geliebte entführt, Überfälle. Was ist los in dem fiktiven afrikanischen Land? Unter der sengenden tropischen Sonne ist rein gar nichts und niemand unschuldig.

Jerry Raine *Frankie Bosser kommt heim*
Dumm gelaufen: Kaum ist der Ganove Phil Gator wieder in England, bringt er versehentlich einen alten Mann um. Peinlich, dass dessen Sohn ein ganz anderes Kaliber ist. »Jerry Raines Prosa ist unwiderstehlich, und sein Blick ins Innere der Verbrecher grossartig.«
The Times

Im Dickicht der Städte

Chester Himes *Fenstersturz in Harlem*
Während einer Trauerfeier stürzt ein Mann aus dem Fenster. Er bleibt unverletzt: Er ist in einen Brotkorb gefallen. Wenige Minuten später liegt ein anderer Mann im Korb. Mit einem Messer in der Brust.

David Goodis *Schießen Sie auf den Pianisten*
Eddie, einst ein bejubelter Pianist, verdient sein Geld in einer schäbigen Spelunke. Plötzlich taucht sein Bruder auf, der ihn wieder um Hilfe anfleht. Eddie bleibt hart, kommt aber nicht ungeschoren davon.

Friedrich Glauser *Matto regiert*
Der Direktor der Irrenanstalt ist verschwunden, der Kindsmörder Pieterlen ausgebrochen. Wachtmeister Studer leuchtet hinter die Kulissen psychiatrischer Theorien und Therapien. Matto, der Geist des Wahnsinns, regiert und spinnt seine silbernen Fäden.

Assia Djebar *Nächte in Straßburg*
Eine Frau erlebt mit ihrem Liebhaber neun Nächte voll sinnlicher Trunkenheit und geteilter Erinnerungen. Selbst in den lustvollen Stunden können unter der Oberfläche beklemmende Schatten der Vergangenheit aufbrechen wie schlecht verheilte Wunden.

Alan Duff *Warriors*
Leben im Maori-Ghetto von Pine Block. Duff verschweigt nichts, bricht Tabus und begegnet doch all seinen Figuren mit dem Verständnis, das ihnen im Leben verwehrt bleibt.

Yaşar Kemal *Zorn des Meeres*
Ein alter Mann und das Meer: Der Fischer Selim jagt auf dem Marmarameer seinem Traum nach. Derweil wird ein jugendlicher Mörder durch ganz Istanbul gehetzt.

Meja Mwangi *Nairobi, River Road*
Der berühmteste unter den Stadt-Romanen Afrikas: Turbulent und hart wie die glitzernde Metropole, wo das kleine Glück im Überlebenskampf nicht länger anhält als ein Glas Bier.

Monireh Baradaran *Erwachen aus dem Alptraum*
Neun Jahre lang lebte Monireh Baradaran in den berüchtigten Gefängnissen von Teheran. Von ihren Mitgefangenen zeichnet sie einfühlsame Porträts und geht dem Rätsel nach, wie Menschen sich verändern, Freunde zu Feinden werden.

Lao She *Vier Generationen unter einem Dach*
In einer kleinen Gasse Pekings lebt mit seiner ganzen Familie der ehrwürdige Herr Qi. So gerne hielte er an den Traditionen fest, wären da nicht die japanischen Eroberer, die sein gewohntes Leben aus der Bahn werfen.

Mochtar Lubis *Dämmerung in Jakarta*
Mochtar Lubis entwirft in kräftigen Bildern das Panorama einer Großstadt – die Welt der Kaufleute, Beamten, Politiker, Schurken, der debattierenden Intellektuellen und der ewig zu kurz Kommenden.

Nagib Machfus *Die Midaq-Gasse*
Einst glänzte die Midaq-Gasse wie ein Stern in der Geschichte des mächtigen Kairo. In diesem Roman des Nobelpreisträgers wird eine Altstadtgasse von Kairo zum Mikrokosmos einer Welt im Umbruch.

Die Übersetzerin

Anke Caroline Burger studierte Amerikanistik und Filmtheorie an der Freien Universität Berlin und der University of Texas. Sie übersetzt seit sieben Jahren Romane und Kurzgeschichten mit den Schwerpunkten Frauenliteratur und amerikanische Minderheitenliteratur. Sie lebt und arbeitet heute in San Francisco, USA.

Helen Zahavi

Donna und der Fettsack

Aus dem Englischen von
Anke Caroline Burger

Unionsverlag

Die Originalausgabe erschien 1998
unter dem Titel *Donna and the Fatman*
bei Anchor, London.

Deutsche Erstausgabe

Auf Internet
Aktuelle Informationen
Dokumente, Materialien
www.unionsverlag.ch

Unionsverlag Taschenbuch 165

Rieterstrasse 18, CH-8059 Zürich
Telefon 0041-1-281 14 00, Fax 0041-1-281 14 40

Negotiated through Literary Agency Thomas Schlück
GmbH, 30287 Garbsen
Umschlaggestaltung: Heinz Unternährer, Zürich
Umschlagfoto: Tony Stone / Dave Nagel
Druck und Bindung: Clausen & Bosse, Leck
ISBN 3-293-20165-2

Die äußersten Zahlen geben die aktuelle Auflage
und deren Erscheinungsjahr an:
2 3 4 5 - 04 03 02 01 00

für Miriam und Alter

1

Ungefähr eine Meile außerhalb von Hackney, praktisch in Dalston, ist ein Spaghetti-Schuppen, der bei den Einheimischen als Carlo's bekannt ist. Er liegt versteckt am Ende einer Sackgasse und ist gar nicht leicht zu finden. Aber es ist ein gemütliches Plätzchen, alles in goldenem Licht und gealtertem Holz, die Sorte Lokal, die an einem nassen Novemberabend äußerst einladend wirkt.

Und so sah niemand richtig hin, als zwei junge Männer zur Tür hereinkamen, ein Skinhead und ein normaler. Ungefähr ein Dutzend Leute am Futtern, und niemand, der sie direkt anstarrte. Gut gebaute Männer mit gesunden Zähnen, sie lächelten viel, und wer hätte es ihnen verübeln sollen.

»Hast Hunger, Merv?«

»Was zwischen die Zähne wär nicht schlecht.«

»Ich hol mal 'ne Karte, ja?«

»Wenn es dir nichts ausmachen würde.«

Der Skinhead, der eine glänzende Kopfhaut hatte, bewegte sich durch den Raum. Er schlängelte sich zwischen den Tischen hindurch und sah den Normalos beim Mampfen zu. Hin und wieder gab er einen Kommentar zum Besten, wenn er meinte, hilfreich sein zu können – fragte, ob ihnen seine Frisur gefiel, oder teilte ihnen mit, dass Essen gut für sie sei –, doch meistens stand er nur da und glotzte.

»Beachten Sie mich gar nicht«, sagte er. »Ich guck ja bloß.«

Und wenn sie die leicht lispelnde Stimme hörten und die gewienerten Springerstiefel sahen, verging ihnen schlagartig der Appetit, worauf er sich freute wie ein Schneekönig und ihm fast einer abging vor Befriedigung. Denn er war enorm von sich eingenommen. Seiner Meinung nach war er ein feiner junger Mann. Er war die Güte in Person. Ein anständiger junger Kerl mit rasiertem

Schädel. Vielleicht kratzte er sich ein bisschen viel, aber dafür konnte er nichts, weil es ihn immer juckte, wenn er mit Menschen zu tun hatte. Er fummelte oft an sich herum, wenn er neue Bekanntschaften schloss.

Doch er hatte ein Bedürfnis nach guten Gesprächen, und als er das Paar am Fenster sah, das völlig in sich versunken war und nichts um sich herum wahrnahm, schienen ihm die beiden so sauber und tugendhaft, solch tadellose und ehrenwerte Mitbürger, dass er dachte, er müsse sich mal vorstellen; er hatte das Gefühl, er müsste hallo sagen.

»Das sieht lecker aus.« Er beugte sich vor und begutachtete das Essen. »Wie nennt man so was?«

Der Ehemann musterte den rasierten Schädel. »Zabaglione.«

Der Skinhead runzelte die Stirn. »Klingt nicht sehr englisch.«

»Nein, eigentlich nicht.«

»Aber trotzdem gut, was?«

»Eins unserer Lieblingsgerichte.« Ein nervöses Husten. »Wir essen es immer.«

»Zum Nachtisch …«

»Sie sollten es auch einmal probieren.«

Der Skinhead nickte. »Na gut, ein winziges bisschen, wo Sie's mir so freundlich anbieten.« Und er steckte den Finger in das Schälchen, holte etwas Creme heraus und leckte sie ab. Kurze Denkpause, während er sich die Angelegenheit durch den Kopf gehen ließ, dann sagte er: »Bisschen süß, alter Knabe, wenn ich ganz ehrlich bin.« Er wandte sich an die Gattin. »Und sind Sie oft hier?«

Und während sie noch krampfhaft nach einer Antwort sucht, hört er Schritte hinter sich und die Stimme seines Herrn: »Billy.«

»Merv?«

»Die Küche.«

»Richtig.«

Er verbeugte sich höflich in Richtung der Dame und folgte seinem Freund nach hinten in Hitze und Dampf. Zwei Männer waren dort und sahen gar nicht glücklich aus. Genauer: Sie sahen nervös aus. Der Koch stand neben dem Messerblock. Nahm keins in die Hand, blieb aber dicht daneben. Der andere Mann war etwas älter, getönte Brillengläser, manikürte Fingernägel. Ungefähr fünfundvierzig, wenn man genau sein wollte. Gut gebügelter Anzug und mit Pomade zurückgekämmte Haare, und schwitzte, ziemlich stark sogar.

Der, der Mervyn genannt wurde, lächelte ihn an.

»Hallo, Carlo. Wie geht's uns denn?«

Heiß wie in der Sauna da drin. Er knöpfte sein Jackett auf.

»Wo ist der Kellner?«

»Hinten raus. Hat den Lieferanteneingang genommen.«

»Intelligenter Knabe, würde ich sagen. Hat sich zurück nach Neapel verpisst, wenn er schlau ist. Und wer soll's ihm übel nehmen, bei den ganzen miesen Typen hier im East End.«

»Er ist aus Wembley.«

»Fast so schlimm.«

Es war praktisch kein Platz in der Küche, zu viert konnte man sich kaum bewegen, so eng beieinander. Mervyn leckte sich die Lippen. Die Luft war feucht, als klebe sie ihm auf der Haut. Schweigend musterte er den Koch, schätzte ihn ab.

»Ist wohl Zeit, dass du die Fliege machst«, sagte er.

Er trat auf ihn zu, direkt an ihn heran. Fast berührten, fast küssten sie sich.

»Wir wollen ein bisschen mit deinem Chef plaudern, kapiert? Haben ein Wörtchen mit Mr. Carlo zu reden.«

Er pflückte eine Jacke von einem Haken. Drückte sie dem Mann gegen die Brust.

»Verzieh dich nach Hause, du stehst mir in der Sonne.«

Der Mann rührte sich nicht vom Fleck. Er war ein drahtiger

Kerl und arbeitete den ganzen Tag mit dem Hackmesser. Auf seinem Nacken breitete sich eine leichte, rosige Röte aus. Man hätte eine Stecknadel fallen hören. Er starrte die Jungs an. Wer genau hinhörte, konnte das Adrenalin pumpen hören. Zehn lange Sekunden hochkarätiger Spannung, dann fasste Carlo ihn am Arm und murmelte etwas. Der Mann schien zu zögern, zuckte dann die Achseln und ging. Sie warteten, bis die Tür hinter ihm zuknallte und die Schritte leiser wurden.

Billy seufzte einen leisen, wehmütigen Seufzer. »Schade aber auch.« Er kratzte sich an der Backe. »Wär fast 'ne hübsche Szene geworden, Merv, und ich mag hübsche Szenen.«

»Das weiß ich doch.« Mervyn sah auf die Uhr. Fast halb zwölf. Er warf dem Besitzer einen Blick zu. »Hast du's da?«

»Traust du mir nicht?«

»Also hast du's?«

Carlo nickte betrübt. Er zog einen Umschlag hervor und händigte ihn aus. »Ich schaff das nicht, Mervyn.«

»Du schaffst es, musst dir nur Mühe geben.«

»Ihr blutet mich aus.«

Mervyn wog den Umschlag in der Hand. Er fühlte sich angenehm dick an. »Willst du dich beschweren?«

»Ich sag ja gar nichts.«

»Kannst's dem Chef selber sagen, der wird auch gleich hier sein.«

Der Skinhead beugte sich vor. »Kommt er heut Abend auch vorbei?«

»Ich glaub schon, Billy. Will kurz hallo sagen.«

Mervyn schob sich an ihm vorbei und machte die Tür auf. »Manchmal kann er's nicht lassen«, murmelte er. »Hält gern selbst den Daumen drauf.«

Er ging ihnen voran, zurück ins Speisezimmer. Es war so gut wie leer, fast keine Kundschaft mehr da. Sie hatten halb leer gegessene Teller und kaum angerührte Desserts stehen lassen, hatten ihre Mäntel genommen und waren gegangen. Ein praktisch leeres Restaurant. Nur ein Mädchen, ein kleines Nichts, saß noch in der Ecke.

Billy glotzte durch den Raum und kratzte sich am Hals. Er bohrte die Nägel in dic Stelle, an der es ihn immer juckte.

»Wo sind die ganzen Spießer, Merv?«

»Alle weg, Billy.«

Der Skinhead wirkte leicht betroffen. »Hab ich was Falsches gesagt?«

Mervyn rückte seine Krawatte zurecht. »Gut möglich.« Er überprüfte seine Manschetten. »Man weiß ja nie.«

Er ging rüber zu dem Mädchen und zog sich einen Stuhl heran.

»Hallo, Süße. Immer noch da?«

Ihr Blick wanderte in seine Richtung. Der rote Mund ging auf. »Sieht so aus.«

»Sieht so aus«, wiederholte er leise. »Sieht so aus, als wärst du immer noch da. Aber die Sache ist doch, mein Liebes, was ich wirklich sagen wollte: *Warum* bist du immer noch da?«

Er setzte sich hin, holte seine Kippen heraus und beguckte sich die Frau. Nicht übel, dachte er. Bisschen ungepflegt vielleicht, aber er würde nicht nein sagen. Gegen eine Nacht in Dalston wär nichts einzuwenden. Er schüttelte eine Kippe aus dem Päckchen, sie zog sie langsam heraus und steckte sie sich zwischen die Lippen. Kurzer, schwarzer Rock, und dieser gewisse Blick. Er zündete ein Streichholz an und beugte sich zu ihr vor.

»Hast deinen Bus verpasst oder was?«

Sie sog Teer und Nikotin tief ein, dann atmete sie den Rauch in einer dünnen grauen Wolke aus.

»Ich warte auf meinen Kaffee.«

Er steckte sich das abgebrannte Streichholz in den Mundwinkel. Sie hatte ihre Vorzüge, dachte er. Nicht zu viele, aber den einen oder anderen. Die scharlachroten Nägel, die große Klappe, dieser absolut abartige Rock.

»Hast du das gehört, Carlo? Besorg der Dame was Flüssiges.«

Sie streifte etwas Asche ab und musterte ihn prüfend, registrierte den taubengrauen Anzug und die gepflegte Frisur.

»Ich hab deinen Namen nicht mitgekriegt.«

»Ich bin Mervyn, mein Schatz. Auch als Merv, der Grapscher, bekannt.«

Sie sah ihm zu, wie er sich in seinem Stuhl zurücklehnte. Ziemlich großkotziger junger Kerl. Sehr von sich eingenommen.

»Ist das dein Auto da draußen?«

»Soll ich dich wohin mitnehmen?«

»'n Jaguar ist nicht übel.«

»Ist zwar ein Daimler.«

»Edler Schlitten für einen ungehobelten Kerl.«

Sie warf einen Blick hinunter zu seinen Schuhen. Teure Markenschuhe. »Machst gut Kohle, was?«

»Kann nicht klagen.«

»Und als was, wenn man fragen darf?«

Er sah sie an und ließ die Finger knacken. »Leute geben mir Geld.«

Sie schob den Aschenbecher näher zu ihm hin. »Das ist aber nett von ihnen.«

»Find ich auch. Sind großzügige Menschen.«

»Warum machen sie das?«

»Vielleicht können sie mich einfach gut leiden.«

»Warum noch, Merv?«

»Was warum noch?«

»Warum geben sie dir die ganze Knete?«

Er schnippte das Streichholz quer über seinen Mund. »Weil ich ein böser Bube bin, Süße.« Er setzte sich breitbeinig hin und lächelte. »Weil ich ein ganz Schlimmer bin.«

Sie war immer noch dabei, diese interessanten Informationen zu verarbeiten, als ein Klappern zu hören war und der Skinhead mit einem Plastiktablett herbeikam. Langsam schlurfend, ein Affe mit einer Orchidee. Er stellte es ab und deckte Tassen und Untertassen auf.

Mervyn drehte ihm den Kopf zu. »Setz dich zu uns! Wär doch nett, mein Sohn? Ist immer so schön mit dir. Und wie wär's mit Einschenken?«

Billy zeigte mit dem Kinn über den Tisch. »Wer ist denn das?«

»Das ist ein Mädchen, Billy. Du erinnerst dich: Kurven und so. Monatliche Ausflüsse.« Er sah dem Skinhead beim Einschenken zu. »Solltest du irgendwann mal ausprobieren.«

»Wer sagt, dass ich's noch nicht probiert hab?«

»Ich weiß, dass du's noch nicht probiert hast.«

»Das weißt du also, ja?«

»Weil du dir da was holen kannst.«

»Ich bin halt vorsichtig, sonst nichts.«

»Ein verdammter Klosterbruder bist du.«

»Ist ja wohl ein freies Land hier.«

»Dann ist es halt frei«, sagte Merv. »Na und?«

»Also muss keiner, wenn er nicht will.«

»Die Sache ist, Billy, dass du aber wollen solltest.«

»Ach ja? Sagt wer?«

Mervyn schüttelte den Kopf. »Mit dir kann man ja nicht reden.«

Billy schaufelte sich drei Löffel Zucker in die Tasse. »Dann halt auch dein verdammtes Maul, klar?«

»Schon gut, schon gut.«

Mervyn grinste und nippte an seinem Kaffee. Und so saßen sie da, die reizenden drei, und kamen sich ganz ohne Worte näher. Einige kurze Minuten lang sagte keiner etwas. Carlo machte sich an der Theke zu schaffen, und die Uhr an der Wand zeigte zehn vor zwölf, und das Licht war schummrig, die Jazzmusik leise, ungefähr eine Meile außerhalb von Hackney, praktisch in Dalston, die Sorte Lokal, die an einem nassen Novemberabend äußerst einladend wirkt.

Billy trank seine Tasse aus und setzte sie vorsichtig auf der Untertasse ab. Er mochte es, wenn alles sauber und ordentlich war, ein bisschen Ordnung im Leben musste sein. Er fixierte sie mit seinem Skinhead-Blick. »Wohnst du hier?«

»Paar Tage lang.«

»Hab ich mir doch gedacht. Hab mir gleich gedacht: Sieht aus wie eine von denen, die unterwegs sind. Das hab ich gedacht, weißt du, als ich dich gesehen hab. Dass du aussiehst wie jemand ... auf der Durchreise.«

Er musterte sie noch eingehender, als ob sie ein Schälchen Zabaglione wäre. »Riechst nicht direkt schlecht, aber bist etwas ungepflegt.« Nachdenkliches Kratzen an der schuppigen Wange. »Dann bist du also so 'ne Art Penner?«

»So was in der Art.«

Er hakte die Daumen in seine Hosenträger und lehnte sich zurück. »Brauchst Geld, hab ich recht?«

»Schon möglich.«

»Wir können das nämlich riechen, weißt du, wenn jemand Geld braucht.«

Er warf einen Blick durchs Fenster und legte den Kopf auf die Seite. Draußen fuhr ein Wagen vor, dessen gut laufender Motor leise schnurrte. Der gedämpfte Klang von Geld und Stahl.

»Ob wir ihr 'n bisschen unter die Arme greifen, Merv?«

»Gute Frage, Billy.«

Sie überlegten eine Weile, dann sagte Mervyn: »Würd's ein Zehner tun?«

Der Skinhead dachte nach. Ließ sich die Sache durch den Kopf gehen. »Zehn sagtest du.«

»Vielleicht elf.«

»Als Geschenk, meinst du?«

»Eher als Gebühr«, sagte Merv. Er ließ den Blick auf ihr ruhen. Er fühlte sich gut. Fühlte sich genauso, wie sich ein junger Ganove fühlen muss. »Ein Zehner, meine Gute. Was meinst du?« Er lockerte seine Krawatte. »Nett und freundlich, keine schlimmen Sachen.«

Zuschlagende Autotüren.

»Vielleicht gleich hier auf dem Tisch, wo wir schon mal da sind. Warum erst nach Hause düsen. Hab sowieso noch nie viel für Kissen und Laken übrig gehabt. Zu tuntenmäßig, wenn du mich fragst.«

Schritte auf dem Pflaster.

»Lass ihn zuerst die Tassen abräumen, ja? Auf dreckiges Geschirr steh ich nämlich nicht so. Und, was meinst du? Wär doch 'n Deal: nur ein paar Minuten, rein und raus wie immer, zehn auf die Hand, und weg bist du.«

Das haarlose Kinn. Die ausgewaschenen Augen.

»Mehr liegt leider nicht drin, Süße, die Zeiten sind hart, aber es ist die gute Absicht, die zählt, wie ich immer sage. Billy hat nichts dagegen. Stimmt's, Billy?«

»Nur keine Hemmungen, mein Sohn. Tu, was du nicht lassen kannst.«

»Hast du das gehört? Billy hat gesagt, es ist okay, also nur schnell 'nen Quickie. Zur Feier des Sonntags, und weil du grade hier bist.«

Er beugte sich zu ihr vor. Das eindringliche Mervyn-Zischen. »Und, wie sieht's aus, Schätzchen?«

Und gerade in diesem opportunen Moment wurde die Eingangstür aufgestoßen, und ein Schwall kalter Luft kam über den Boden geweht und leckte ihr an den Knöcheln. Sie sah zur Tür. Dort stand ein dunkelhaariger Typ in einer schwarzen Lederjacke, und in ihrem Hirn wuchs eine undeutliche, leicht beunruhigende Erkenntnis: Der gehört mir. Der ist für mich.

Und plötzlich, wie aus dem Nichts: »Zieh ab, Joe. Du stehst mir im Weg.«

Eine gigantische Gestalt, ein Berg rosaglänzendes Fleisch war freundlich zur Tür hereingerollt. Hundert Kilo Fett und Knorpel und ein Schopf karottenroter Haare. Brüste, dachte sie. Üppige Brüste hat er. Sie starrte ihn an und versuchte, sein Alter zu schätzen. Sechzig vielleicht, so in dem Dreh, was für ein Mädchen wie sie praktisch tot war. Praktisch unter der Erde. Aber dennoch, ein Mann von Gewicht, ein Mann von Bedeutung. Man konnte spüren, wie die Spannung wuchs und die Luft sich auflud. Er knöpfte seinen Mantel auf und kam auf den Tisch zu.

»Mach Platz, Billy, guter Junge.«

Der Skinhead stand auf, und der Dicke setzte sich. Er schnippte ein paar Brotkrumen auf den Boden.

»Abend, Jungs.«

Zigarrenstummel zwischen die Zähne geklemmt. Ein selbstsicherer Mann, dem Verhalten nach. Hatte vermutlich auch ziemlich Knete, was nie schaden konnte. Mervyn zog den Umschlag aus der Tasche und legte ihn auf den Tisch. Der schwergewichtige Mann legte die Hand darauf, als wolle er ihn segnen, als träte er mit seinem privaten Gott in Verbindung. »Alles gezählt?«

Mervyn nickte, und der Mann steckte den Umschlag in den Mantel. Er blickte in die Runde. »Dann ist also alles in Ordnung?«

»So ziemlich«, sagte Mervyn. »Carlo ist sauer.«

»Ach ja?« Der Mann drehte sich halb in Richtung Theke herum. »Du bist nicht glücklich, Sohn?«

Der Besitzer zuckte die Achseln.

»Komm schon, Carlo, sprich dich aus.«

»Ich hab Probleme mit dem Geschäft. Zu viele Unkosten.«

»Schmeiß den Kellner raus, der ist doch faul wie Scheiße.«

Carlo versuchte zu lächeln. Schaffte ein klein wenig Zähnezeigen. »Bin zum Arzt gegangen. Hab mir Pillen verschreiben lassen.«

Der Dicke verlagerte sein Gewicht. »Bleib weg von den Pillen, wenn du schlau bist. Vertrau mir – die sind gar nicht gut. Jede Menge Chemiescheiße. Pillen sind schlecht für dich, alter Knabe.«

»Aber ich habe Sorgen, Henry.«

»Wer hat die nicht, Kumpel? Was hast du denn auf dem Herzen?«

»Na, das Restaurant natürlich. Den halben Gewinn sackt ihr ein, da habe ich das Gefühl, ich arbeite für gar nichts.«

Henry schüttelte den Kopf. »Das leuchtet mir ein, mein Guter, glaub mir. Aber du kennst doch die gute alte Redensart: Borgen bringt Sorgen.« Ein mitfühlendes Achselzucken. »Und das Zahlen Kopfweh.«

Carlo starrte auf den Boden. »Ich könnte das Geschäft aufgeben.«

»Das könntest du selbstverständlich tun.« Geräuschvoll zog er an einer handgerollten Zigarre. »Doch die Schulden gehen, wie das Leben, immer weiter.«

»Ich bin gestresst, Henry. Verstehst du?«

Der Fette seufzte. »Weil du zu hart arbeitest. Weil du nicht weißt, wie man delegiert. Schau her, nimm dir ein Beispiel an mir. Sei ein bisschen entspannter, nimm nicht alles so schrecklich ernst. Soll ich dir einen guten Rat geben? Morgen machst du den Laden mal nicht auf, düst runter nach Sussex, machst einen Kurzurlaub, alter Junge, weil du's verdient hast. Kleine Pause von dem ganzen Pöbel hier, mal 'n bisschen anständige englische Landluft atmen. Kann doch nicht schaden, oder?«

Er drehte sich zurück zum Tisch. »Alles klar«, verkündete er. »Jetzt ist er glücklich.«

Er schob die Zuckerdose von sich weg. Braune Schmierstreifen waren darin, weil einer der Jungs einen nassen Löffel hineingesteckt hatte, und so etwas hatte ihn schon immer unangenehm berührt. Er warf Mervyn einen Blick zu. »So, da wären wir also«, murmelte er. »Was, Merv?«

»Richtig.«

Henry sah das Mädchen aus zusammengekniffenen Augen an. »Sie sieht aus, als ob sie sich langweilt.«

»Chef?«

»Deine Freundin.«

»Sie hat auf ihren Kaffee gewartet.«

»Na, jetzt hat sie ihn gekriegt.«

»Willst du, dass sie verschwindet?« Der allzeit hilfsbereite Mervyn. »Soll ich sie rausschmeißen?«

»Benimm dich, Merv.«

Der Chef lächelte, wobei er seine hübsch gelben dritten Zähne entblößte. »Henry«, verkündete er und drückte ihr die Hand. »Man nennt mich den Fettsack, aber das macht mir nichts aus.«

»Donna«, erwiderte sie.

Der Skinhead kicherte.

»Donna Kebab.«

Der Fettsack zeigte auf den Jungen in Leder, der einen Stuhl herangezogen, sich rittlings darauf gesetzt hatte und jetzt still mit gespreizten Beinen dasaß, jede Menge Auswölbung in den engen, verblichenen Jeans. »Das ist Joe, um deine Frage zu beantworten. Mein Junge«, sagte er, »mein Joey-Boy.«

Er beugte sich vor und zog ihm leicht mit den Knöcheln eins über. Joey-Boy mit den blassblauen Augen und den fast schwarzen Haaren. Sah wie ein richtig wilder junger Kerl aus. Wenn man Joe so sah, hätte man nicht vermutet, dass er in einer Kellerwohnung hauste und in einem schmalen Bett schlief und aus Aluverpackungen und Papiertüten aß und ihm der Lebenssaft an den Fingern klebte und er sich hasste mit der absoluten Sicherheit von jemandem, der weiß, dass er sich nicht irrt. Aber er sah wie ein richtig wilder junger Kerl aus.

»Er bedeutet mir alles. Was, Jungs? Mein Chauffeur, mein treuer Freund, der alles für mich erledigt. Er ist die Konstante in meinem Leben, der Punkt, zu dem ich immer zurückkomme, mein armer, aber ehrlicher Joey-Boy. Er ist da, wo ich angefangen habe, und ich hab ihn immer um mich, damit ich sehen kann, wie weit ich wirklich gekommen bin.«

Das Fleisch an seinem Nacken schien leicht zu wabbeln, wenn er den Kopf drehte, fast, als ob es flüssig wäre, fast, als ob man es zum Nachtisch hätte löffeln können.

»Jetzt guckt sie euch nur mal an, wie sie uns anstiert! Gleich fallen ihr die Augen raus. Meint wohl, sie hat uns schon durchschaut. Habt wohl all unsere Geheimnisse ausgeplaudert? Dem Girlie alles erzählt? Ganz schön übereifrig sieht sie aus, findet ihr nicht, als würd sie sich Hoffnungen machen. Aber ich frag mich: Weiß sie, dass wir böse Buben sind? Meint ihr, sie weiß das? Mh, Joe? Mh?«

Er verlagerte seine Körpermasse auf sie zu, und sie nahm plötzlich einen Milchgeruch wahr, einen Kleinkindergeruch, der sie an Babynahrung und Windeln denken ließ. »Wusstest du das, Schatz? Sie haben's dir erzählt, was?« Die blassgraue Zunge zwischen den Lippen. Der Geruch nach Milch und langsam verfallendem Alter. »Sag doch was, Süße. Sei nicht so schüchtern.«

Langsam löste sie die verschränkten Beine und kreuzte sie wieder, ließ sich Zeit dabei, denn sie hat's nicht eilig. Eine einzige fließende Bewegung in Samtrock und Riemchensandalen. Sie drückte ihre Kippe aus und sah ihn an. Zum ersten Mal, seit er reingekommen war, sah sie den Fettsack richtig an.

»Abend, Henry.«

»Abend, Süße.«

»Du sagst also, du bist ein ganz Schlimmer?«

Man konnte richtig sehen, wie er sich entspannte, konnte fühlen, dass es ihm gut ging.

»Ich bin so richtig böse.«

»Was treibst du denn so?«

»Rat doch mal.«

»Du machst irgendwelche Geschäfte.«

»Hervorragend ausgedrückt. Irgendwelche Geschäfte ist genau das, was ich tue.«

»Und was für Geschäfte sind das genau?«

»Ein bisschen dies«, sagte er. »Und ein bisschen das.« Er nahm den Zigarrenstumpen aus dem Mund und rollte ihn zwischen den Fingern. »Sagen wir einfach, dass ich mit verschiedenen Geschäftsbereichen zu tun habe, dass ich die Finger in diversen Angelegenheiten und den Daumen in etlichen Ärschen habe.« Er machte eine Pause, um nach dem perfekten Ausdruck zu suchen. »So eine Art Risikokapitalgesellschaft.«

»Wie eine Bank«, schlug sie vor.

»Ganz recht, Zuckerpuppe. Ich leihe Leuten Geld, und dann will ich's wiederhaben.«

Sie pflückte einen Fussel von ihrem Ärmel. »Nennt man das Finanzdienstleistungen?«

»Nein, mein Schatz.« Er schob sich den Zigarrenstumpen wieder in den Mund. »Man nennt es Geld durch Drohungen erpressen.« Er beugte sich zu ihr. Der kleine, feuchte Mund an ihrem Ohr. »Ich brauch das Geld nicht«, gestand er ihr. »Ich mach's wegen der Drohungen.« Der Milchatem in ihrem Gesicht. »Ich glaube, du wolltest uns grade von deinem Macker erzählen.«

»Hab keinen Macker.«

»Aber du hattest einen Macker.«

»Einen oder zwei.«

»Erzähl mir vom Letzten«, sagte er. »Erzähl mir vom Letzten, der dich da berührt hat, wo du's gern hast.« Die rundliche, warme

Hand strich über ihren Oberschenkel. »War er wie Merv, oder war er wie ich?«

Sie verlagerte ihr Gewicht auf dem Stuhl und rutschte so weit wie möglich von ihm weg. »Ich muss jetzt leider los, Henry. Vielleicht ein andermal.« Ein entschuldigendes Achselzucken. »War mir aber ein Vergnügen …«

»Ganz meinerseits.« Er seufzte sein Fettsackseufzen und lehnte sich im Stuhl zurück, wobei seine Masse leicht überlappte und aus den offenen Poren Befriedigung verströmte. Ein durch und durch glücklicher Mann. »Dann musst du jetzt also los, was?« Er beobachtete sie, wie sie sich nach ihrer Tasche bückte. »Hast 'ne nette Bude?«

»Schon möglich.«

»Wie schön«, sagte er. »Ich bin froh, dass du ein Zuhause hast«, sagte er, »es gibt ja auch Leute ohne Dach überm Kopf. Solche Pennertypen, meine ich. Hast du bestimmt schon mal gesehen. Ständig am Rumrotzen, weil sie Tb haben. Scheißen aufs Pflaster und betteln dich an. Einsperren sollte man die, findest du nicht auch, Merv? Die ganze Stadt geht vor die Hunde wegen denen.«

»Eine Schande, diese Wichser.«

»Aber du hast ja ein Zuhause, Süße, und freust dich. Du hast eine Bude, dir geht's gut.« Die Schweinsäuglein fixierten sie. »Und falls nicht, können wir dir eine besorgen. Brauchst uns nur nett zu bitten, und wir arrangieren was für dich.« Er fuhr sich mit der Hand über den Kopf. Strich die trockenen, roten Haare glatt. »Also, wen willst du nun, den Chef oder einen vom Gesinde?«

Eine Millisekunde Zögern, dann warf sie dem Lederjungen einen Blick zu. Mervyn grunzte, Billy seufzte. Eine Welle der Enttäuschung, ein kollektives Bewusstsein von Befriedigungsverzögerung.

Henry lächelte dünn. »Den Blick kenne ich«, sagte er. »Ich glaube fast, sie mag dich, Joey. Hast einen guten Vorsprung, mein Sohn. Für die hast du die Eintrittskarte schon. Oder bin ich zu rüde? Passiert mir manchmal.« Ein plötzliches Stirnrunzeln.

»Entschuldigen Sie, meine Damen.« Er rotzte Schleim hoch und spuckte ihn elegant in ein blassblaues Taschentuch. »Viel besser«, grunzte er. »Erst mal die alte Lunge sauber kriegen.« Er gestattete sich einen schnellen, bewundernden Blick auf die cremige Spucke, dann steckte er das Taschentuch wieder ein. Er stützte sich mit der Hand auf Joes Schulter ab und wuchtete sich hoch. »Ich brauch dich morgen früh«, sagte er. »Sei um zehn da.«

»Ich bin im Fitnessstudio.«

»Bist du unter die Schwuchteln gegangen? Vergiss das Fitnessstudio. Komm einfach pünktlich.« Er knöpfte seinen Mantel zu. »Wenn ihr noch miteinander redet, kannste sie mitbringen.« Er bedeutete Merv und Billy, ihm zu folgen, dann nahm er ihre Hand und berührte sie mit den Lippen. »Du hast die richtige Wahl getroffen, glaub mir. Einen echten Hit hast du da gelandet, wirklich. Stil hat er, mein Joey-Boy. Der weiß, wie man die Damen verwöhnt. Keiner von der knauserigen Sorte: Hier lässt er einen Hamburger springen, da einen Milchshake. Und wenn du brav bist, kriegst du Porridge zum Frühstück.«

»Ich mag Porridge.«

»Siehst du, das hab ich mir gedacht.« Er quetschte ihre Finger und hielt sie ganz fest. »Dann wird es wohl Zeit, gute Nacht zu sagen?«

»Es war mir ein Vergnügen, Henry.«

»Mehr als das, Süße. Es war der reine Genuss.« Ein freudloses Lächeln. »Dann bis morgen.«

Sie entwand ihm ihre Hand. »Und acht auf deine Gesundheit«, drängte sie ihn. »Kümmer dich um die Lunge.«

»Ich werd mich bemühen.« Seine freudlosen, nicht blinzelnden Augen. »Träum süß, Süße.«

Sie tätschelte seinen Arm. »Gleichfalls, Henry.«

2

Sie wachte in einem fremden Bett auf. Ätzend graues Licht drang zum Vorhang herein, und die Luft roch modrig. Sie rieb sich die Augen und starrte an die Decke. Die Knochen fühlten sich steif an. Ein schabendes Geräusch, ein rhythmisches Raspeln, füllte das Zimmer, ein vertrautes Morgengeräusch, das sie aber nicht recht einordnen konnte. Sie stützte sich auf den Ellbogen und sah Joey an der Spüle stehen, er kratzte das Schwarze von angebrannten Toasts weg. So etwas ist die reine Augenweide für Frauen wie sie, denen Männer gefallen, die gut in der Küche sind, die zu was zu gebrauchen sind.

»Und, gut geschlafen …?«

Er hatte ihr den Rücken zugewandt und redete über die Schulter hinweg. Gut sah er aus, dachte sie. Ausgebleichte Jeans, Pullover mit rundem Ausschnitt, und er sah ganz schön abgefahren aus.

»Es geht. Und du?«

»Ich hab auf dem Fußboden geschlafen. Schlecht für den Rücken.«

Sie gähnte mitfühlend. »Aber gut für den Charakter.«

Er ließ ein paar verbrannte Krusten in den Mülleimer fallen. »Ich hab mich nur gefragt, weißt du, diese Geräusche, die du die ganze Nacht gemacht hast …«

Sie sah das Kissen stirnrunzelnd an. »Was für Geräusche?«

»Du weißt schon.« Er zuckte die Achseln. »So … so Atemgeräusche.«

»Oh.« Langsam ließ sie das in ihren Schädel eindringen und auf ihr Hirn einwirken. »Willst du damit sagen, dass ich schnarche?«

»Na ja.« Sein Nacken lief rosa an. »Nicht direkt.«

»Dann ist ja gut. Denn wenn wir hier persönlich werden wollen, dann …«

»Ich weiß es, ja?«

»Ich meine, der Saustall, in dem du hier wohnst …«

»Ich *weiß* es, klar?« Er kam zurück, zwei große Teller voll mit verbranntem und nicht mehr ganz heißem Toast in der Hand. »Willst du hier sauber machen?«

Die durchsichtig blauen Augen und das breite Joey-Grinsen. Er gehört mir, dachte sie. Der ist für mich.

»Nee danke«, sagte sie.

Ein flacher, muskulöser Bauch, einer, wie man sie in den Zeitschriften sieht, und rasiert hatte er sich auch nicht, was immer gut war. Gar nicht schlecht, was sie sich da an Land gezogen hatte, sagte sie sich.

»Ich steh nicht besonders auf Hausarbeit und so Zeug. Putzen und so …«, sie verzog das Gesicht, »… *passt* irgendwie nicht zu mir.«

»Du könntest es doch versuchen«, hakte er nach.

»Könnte ich«, stimmte sie zu. »Aber, werd ich lieber lassen.«

Er stellte die Teller auf den Tisch und zog einen Stuhl heran. »Willst du was essen, oder guckst du nur zu?«

»Kommt drauf an, was du hast. Ich bin nämlich wählerisch, Joey. Ich bin verwöhnt.«

»Es gibt Erdbeermarmelade, Käse, 'n bisschen Margarine …«

Sie rollte sich aus dem Bett. »Dann schmier mir mal 'n Toast, Joe.« Sie taperte rüber zum Tisch. »Nicht so dick Margarine«, fügte sie hinzu. »Nur drübergekratzt.«

Sie setzte sich ihm gegenüber. Sie lächelten sich an, denn bald würde es passieren.

Er fuhr mit dem Messer in den Plastikbehälter. »Käse oder Marmelade?«

»Beides.«

»Beides geht nicht.« Er legte eine Scheibe Schmelzkäse auf einen Toast und reichte ihn ihr hinüber.

»Ich bin hier zu Gast, Joe«, erinnerte sie ihn. Sie löffelte sich Marmelade auf das Käsebrot und verschmierte sie mit dem Daumen. »Ich darf essen, was ich will.«

Und als sie somit die Regeln ihrer Beziehung klargemacht hatte, konnten sie das Frühstück mit Anstand genießen.

Gegen neun Uhr dreißig verließen sie die Wohnung, was Joe eine gute halbe Stunde gab, um im dichten Berufsverkehr von Kilburn nach Hampstead zu kommen.

Ein bisschen übervorsichtig, fand sie, als sie durch Carlton Vale fuhren. Vielleicht ein Hauch von analem Zwangscharakter, aber sie wollte nichts sagen.

Das Auto war ein BMW, ein neues Modell, mit weichen Ledersitzen, was für Geschäftsleute. Der Wagen war Henrys drittliebster in seiner Sammlung, erzählte Joe; an erster Stelle kam der Bentley und dann der Mercedes-Sportwagen.

»Und Mervyns Jaguar?«

»Du meinst den Daimler?«

»Genau.«

»Gehört auch Henry.«

Sie starrte aus dem Fenster. »Gehört also alles Henry.«

Joe schaltete hoch in den Dritten. »So ziemlich.«

Sie schlichen durch die West End Lane und fuhren dann nach rechts, die Lymington Road hoch. Er hatte eine Hand am Steuer, die andere lag auf seinem Schenkel. Sie merkte, wie er ihr hin und wieder einen Blick zuwarf, als wolle er nachsehen, ob sie wirklich da war, als könne er noch nicht so recht glauben, dass sie beinah ihm gehörte, dass sie beinahe seine Freundin war. Er raste über die Kreuzung, trat das Gaspedal durch, und sie fuhren die Steigung der Arkwright Road hinauf. Der deutsche Motor war kaum zu hören. Sie liebte dieses Auto, sie liebte das Auto wirklich. Etwas Qualität in einer schäbigen Welt. Müsste ihm gehören, dachte sie. War nicht richtig, dass Joe nichts hatte.

Als sie in die Fitzjohn's Avenue einbogen, stand der Verkehr nahezu still. Die Abgase sammelten sich bereits, die Luft fing an, dick zu werden. Aber dafür war man in Hampstead Village, da konnte man ruhig Abstriche machen. Er schob den Knüppel in den Zweiten.

»Würdest du gern hier wohnen?«

Sie begutachtete ihren Lippenstift im Spiegel. »Warum nicht.«

Er bog nach links in die Church Row ein, dann zwanzig Meter die Frognal hoch, dann wieder links in die Redington Road. Ungefähr halb die Straße runter parkte er und zog die Handbremse an. Sie betrachtete die Häuser. Unerreichbare Häuser.

»Sind wir einmal um den Block gefahrn?«

Joe stellte den Motor ab. »Ich dacht, wir nehmen die Touristenroute.«

Sie zog ihre Kalbslederhandschuhe an. Das einzig Gute, das sie ihr Eigen nennen konnte, war ein Paar Kalbslederhandschuhe.

»Darf ich dich mal was fragen?«

»Klar.«

»Wie kommt er in den Sportwagen rein?«

Joe überlegte. »Wir hieven ihn rein, dann wuchten wir ihn wieder raus.«

Es war acht Minuten vor zehn. Henry erschien um drei Minuten nach. Er kam die kurze Einfahrt hoch und manövrierte seine weichen Massen vorsichtig auf den Rücksitz. Das Auto war plötzlich mit einem schwachen, kaum wahrnehmbaren Geruch erfüllt. Er schwebte durch die Luft und umwirbelte ihren Kopf.

»Ich hoffe, du hast eine angenehme Nacht verbracht«, sagte er. »Ich hoffe, mein Junge hat sich gut benommen.«

Er versetzte Joe mit dem Handrücken einen kleinen Schlag gegen den Kopf. So eine Art Klaps, ziemlich sanft. »Was, mein Sohn?« Noch ein Klaps, diesmal etwas kräftiger. »Bist du da auch vorsichtig umgegangen mit der Dame?«

Das Auto schwankte, als Henry sich nach vorn lehnte. Sein Mund stand offen, und da war wieder dieser Lufthauch, dieser Alte-Männer-Atem.

»Er hat sich gut benommen, oder? *Mir* kannst du's sagen, mein Schatz, weil wir hier alle Freunde sind. Sprich dich aus, Süße, spuck's einfach aus. Ich erwarte von meinen Jungs, dass sie spuren, also sag's mir, ich will's wissen.«

Der Henry-Geruch, der ihr ins Gesicht wehte.

»Gekochte Milch«, murmelte sie.

»Was sagst du da, Zuckerpuppe?«

»Er hat nichts gemacht, Henry.«

»Bist du sicher?«

»Das hätt ich wohl bemerkt.«

»Vielleicht, als du nicht hingeguckt hast ...«

»Bezweifle ich.«

»Als du geschlafen hast ...«

»Konnte nicht schlafen, Henry, nicht in dem Bett.«

Der Fettsack schnaubte. »Was hast du erwartet? Das ist das Bett von einem armen Schlucker. Das kriegst du, wenn du dir den Chauffeur aussuchst und nicht den Chef.«

Joe drehte den Schlüssel in der Zündung. Der Motor sprang an. Er sah in den Rückspiegel. »Wohin?«

Neutrale Stimme. Aus seiner Stimme konnte man nichts heraushören.

»Ist das 'ne Frage, Joe?«

»Ja.«

Der Fettsack lehnte sich im Sitz zurück. Er richtete sich ein, er machte es sich bequem. »Darüber muss ich erst mal nachdenken«, flüsterte er. »Muss ich erst mal die kleinen grauen Zellen bemühen.«

Er holte eine dünne Zigarre heraus und pellte sie langsam aus der Zellophanhaut. Wohin?, fragte er sich. Eine interessante Frage von beinah metaphysischer Bedeutsamkeit. Wessen Leben sollte er heute verschönen? Welche unbezahlten Schulden benötigten seine Aufmerksamkeit? Welchen Teil der Stadt sollte er mit der Gnade der herrlichen Fettsack-Präsenz beglücken? Stillschweigend ließ er sich's durch den Kopf gehen. Genüsslich dachte er über die Sache nach.

»Weißt du was«, sagte er schließlich und steckte sich den Zigarillo in den Mund, »heut ist so ein schöner Tag, und ich fühl mich so gut, dass ich gerne mal Trevor einen Besuch abstatten würde.«

3

Er legte einen schwarz behandschuhten Finger auf den Klingelknopf und drückte zweimal. Räusperte sich und wartete.

»Ich will, dass du ein paar von meinen Freunden kennen lernst.«

Montagmorgen in Acton Town, und ein nasskalter Novemberwind peitschte durch die Straße und brachte Abgase und Schmutz von der Hanger Lane mit.

»Müssen oben überm Laden wohnen, die armen Schweine.«

Sie starrte die Auslage im Schaufenster an. Billige, goldene Armreifen waren auf blauem Synthetiksamt arrangiert. Wertloser Plunder für Mädchen wie sie.

»Anständige Leute«, fügte er hinzu. »Du kennst die Sorte.«

Er stand dicht an sie gedrückt da. Ein anderer Mantel als gestern. Diesmal Kamelhaar, was ihm nicht stand. Ihr Kopf schmerzte vor fehlendem Schlaf. Sie warf einen Blick zurück über die Schulter. Joe wartete im Auto, fünfzig Meter weiter unten in der vom Verkehr verstopften Straße. Nirgendwo findet man einen Parkplatz heutzutage, hatte Henry gesagt. Macht fast keinen Sinn mehr, ein Auto zu haben, hatte er gesagt. Würde sich fast lohnen, die U-Bahn zu nehmen, hatte er gesagt, wenn einem die Menschheit nichts ausmachen würde, wenn man nicht so allergisch gegen Körpergerüche wäre. Sie zitterte in ihrer Jacke und merkte, wie er den Arm um ihre Schulter legte.

»Du musst mehr essen«, murmelte er. »Musst zusehen, dass du morgens was Warmes in den Bauch kriegst.« Lächelte sie mit seinen weichen, rosa Lippen an. »Magst du hübsche Sachen?«

Er hatte eine ungewöhnliche Stimme. Nie schneidend, nie rau. Eine Stimme, die aus allen Londoner Gesellschaftsschichten hätte stammen können. Von der Art, wie er sprach, konnte man ihn nicht einordnen, konnte ihn auf nichts festnageln und in keine

Schublade stecken; man hätte nicht sagen können, wo er herkam. Und leise sprach er, fast flüsternd. Man musste genau auf die Worte hören. Man musste die Ohren spitzen, den Atem anhalten und sich anstrengen, um die geflüsterten Worte Henrys zu verstehen.

Der Arm um ihre Schultern, die schweigende, schwer lastende Umarmung des Besitzenden. »Wenn du hübsche Sachen magst, musst du nur hübsch nett zu mir sein.«

Er legte den Finger auf den Klingelknopf, und diesmal hielt er ihn gedrückt, bis drinnen ein Mann erschien, ein Mann mit schmalem Gesicht und dunklem Anzug, der zur Tür geeilt kam. Sie sahen ihm zu, wie er mit den Schlüsseln hantierte, dann wurden Schlösser aufgeschlossen, Riegel zurückgezogen, und die Glastür ging auf.

Ein Moment Schweigen, dann: »Tag, Trevor. Ich bin's wieder.«

Er fasste sie am Ellbogen, und sie traten ein. Schön warm, dachte sie anerkennend. Der Fettsack sah sich mit kritischem Blick um.

»Bisschen dunkel hier drin«, stellte er fest. »Bisschen trübselig.« Er stiefelte in die Mitte des Ladens. »Mach das Licht an, guter Junge.«

Der Juwelier murmelte Entschuldigungen und betätigte einen Schalter. Licht flutete auf sie herunter.

»Fast hab ich gedacht, Sie wärn nicht da«, sagte Henry. »Fast hab ich's gedacht.«

»Meine Frau hat geschlafen«, sagte der Mann. »Ich wollte sie nicht stören«, sagte er, »nicht so früh am Morgen. Diese ganze Klingelei ...«, fügte er hinzu. »Ich befürchte, Sie haben sie aufgeweckt.«

Henry nickte. Die freudlosen, nicht blinzelnden Augen. »Hab keine Angst.«

»Es geht ihr nicht gut, Henry.«

»Es tut mir *so* leid, das zu hören. Außerordentlich leid sogar.

Hoffentlich nichts Ansteckendes? Keine Bakterien, die da oben die Luft verseuchen?«

»Sie hat's mit den Nerven«, sagte der Mann. »Sie ist immer schon ein nervöser Typ gewesen.«

»Das weiß ich doch. Das braucht mir keiner zu sagen. Sehr angespannt ist sie, sehr zart, zerbrechlich, wenn man so sagen will. Sollen wir kurz hochgehen und ihr guten Tag sagen? Die Frau Gemahlin im Nachthemd begrüßen?«

»Lieber nicht ...«

»Aber sie hat sich doch wohl gewaschen? Denn sie fangen an zu riechen, die Weiber, wenn sie im Bett bleiben, irgendwie nach Hefe. Aus all ihren versteckten Stellen fangen sie an zu stinken. Was schon in Ordnung ist, wenn man so was mag. Ich beschwer mich nicht, aber Billy könnte da anderer Meinung sein.«

»Vielleicht sollten Sie ein andermal wiederkommen. Das würde besser passen.«

»Vielleicht, Trevor, vielleicht auch nicht. Denn heute ist Ihr Tag, falls Sie verstehen, was ich meine. Ich habe den Tag extra für Sie reserviert, weil ich an Sie gedacht habe. Heute, habe ich mir gesagt – beim Rasieren, vor dem Duschen, nach dem Wichsen –, der heutige Tag gehört Trevor.« Er öffnete den einzigen Knopf seines Mantels und ließ ihn kokett offen hängen. »Wie läuft das Geschäft in diesen Tagen?«

»Nicht sehr gut.«

Der Fettsack schüttelte den Kopf und gestattete sich ein kleines, bitterböses Grinsen. »Irgendwie wusste ich, dass Sie das sagen würden. Keine Ahnung, warum.«

»Aber es ist wahr, Henry. Die Leute kaufen nicht.«

»Dann setzen Sie die Preise runter. Verkleinern Sie die Gewinnspanne.«

»Wenn ich das tue, kann ich meine Lieferanten nicht mehr bezahlen.«

»Scheiß auf die Lieferanten, mein Sohn. Mich müssen Sie bezahlen.« Henry seufzte und sah auf die Uhr. »Ich hätte eigentlich schon vor zwanzig Minuten woanders sein müssen. Ist Ihnen das klar? Ihretwegen bin ich für meine vorherige Verabredung zu spät dran.«

Trevor blinzelte unglücklich unter dem Neonlicht.

»Meine Zeit ist mehr wert als das, was Sie mir schulden«, sagte Henry. »Aber manche Dinge sind wichtiger als Geld. Prinzipien sind wichtiger, und ich bin ein Mann von Prinzipien. Ich habe ein weiches Herz, und ich helfe den Leuten, die vom Schicksal gebeutelt werden. Aber ich lass mich nicht gern ausnutzen. Das habe ich noch nie gern gehabt, alter Knabe.« Er zog ein Päckchen Zigaretten heraus. »Wahrscheinlich meine Schuld, weil ich immer schon zu gutmütig war.« Er klopfte auf den Boden der Schachtel, und ein paar Zigaretten kamen heraus. »Kippe?«

Trevor schüttelte den Kopf.

Henry hob die Schachtel an den Mund und schob sich eine Zigarette zwischen die Zähne. »Seien Sie doch nicht so«, sagte er sanft.

»Wie so?«

»So unfreundlich.«

Der Juwelier wurde ungesund bleich. Er sah aus wie ein Mann, der sein Gemüse nicht aß. »Ich rauche eigentlich nicht«, erklärte er hastig.

»Tatsächlich.«

»Meine Frau …«, sagte er, »die meint immer …«

»Soll ich Ihnen mal was sagen, Trevor?« Henry zündete ein Streichholz an. »Wenn ich das schulden würde, was Sie schulden, und der Mann, der's mir geliehen hat, stattet mir einen Besuch ab, dann würd ich an einer Kippe lutschen, wenn er mir eine anbietet. Ich würde nicht mein Näschen rümpfen und den Kopf schütteln.« Er hielt das brennende Streichholz an die Kippe. »Ich würd verdammt noch mal seinen Schwanz lutschen, wenn ihn das glücklich macht. Genau das würd ich tun, Trevor, falls es Sie interessiert.« Er blies eine elegante Rauchwolke in die Luft. »So was nennt man Manieren, alter Knabe.«

Er zog wieder an der Zigarette, atmete hustend aus und sah zu dem Mädchen hinüber. »Und wie geht's, Kleine? Amüsierst du dich?«

Sie nickte ein bisschen, weil sie nicht gern enttäuscht, sie versucht, sich korrekt zu verhalten. Aber sich *amüsieren?* Ist sie der Typ, der durchs Leben geht und sich dabei *amüsieren* will? Sie steht da, sieht schweigend zu und registriert das Summen, das in der Luft vibriert, die diskrete, aber aufmerksame Alarmanlage, von der sie bereits sondiert und eingeordnet und für eher ungenügend befunden wurde. Denn hin und wieder hat sie dieses Gefühl. Fühlt sich, als hätte man ihr alles weggenommen. Als würde sie draußen stehen und hereinstarren, wie ein Bettler vor der Tür.

»Sehr still, die Kleine, was, Trev? Sollte ein bisschen mehr reden, sonst fang ich noch an, mir Sorgen zu machen. Sonst denk ich noch, dass sie sich langweilt.« Er schob sein Gesicht direkt in ihres. »Langweilst du dich? Wenn ja, sag mir nur Bescheid. Halt dich nicht zurück.«

Und Donna, die Vernünftige, sagt: »Wo sind die ganzen andern Kunden, Henry?«

»Es kommen keine andern, mein Schatz, weil Trevor die Tür abgeschlossen hat. Ist besser so, weil ich gerne beim Einkaufen meine Ruhe hab, ohne den ganzen Pöbel um mich rum. Ich bleib weg von den Normalos. Kann sie ehrlich gesagt nicht aushalten. Die alten Stinker. Was meinen Sie, Trev? Hab ich recht?«

Der Juwelier nickte und brachte sogar ein Lächeln zu Stande. Henry schlug ihm mit der Hand auf die Schulter. Nicht zu stark, ganz freundschaftlich.

»Er ist hier der Chef, verstehst du? Er ist der Inhaber von diesem Laden hier. Er ist nicht irgendein hergelaufener Habenichts. Ihm gehört dieses Etablissement. Der Bank natürlich auch, und ein paar anderen Leuten. Leuten, die ihm Geld geliehen haben, verstehst du. Weichherzigen Menschen wie Du-weißt-schon-wer. Er ist also nicht einfach ein Niemand, würd ich sagen, er ist nicht irgendein Stück Scheiße.«

Er ließ diese Aussage in der Luft hängen, dann sagte er: »Verzeiht mir, Mädels. Wie unhöflich von mir. Gestattet, dass ich euch miteinander bekannt mache.« Er wedelte mit der Hand. »Süße, das ist Trevor. Ein Geschäftspartner, wenn man so will. Trevor, das ist mein kleines Goldstück. Wir hätten gern ein paar Klunker für die Kleine, Trev. Was schön Glitzerndes. Nichts Dunkles. Kein antikes Silber für mein Girlie. Was, womit sie an einem verregneten Nachmittag spielen kann.« Er blickte hinunter in die Auslage, die ihm am nächsten war, und zeigte auf einen Halsschmuck aus schmalen Silberkettchen. »Ich würde sagen, wir nehmen das hier. Genau das Richtige für unseren kleinen Käfer.«

»Meine Frau hat genau so einen.«

»Ach, wirklich?«

»Sie hat schon immer eine Schwäche für Silber gehabt.«

»Eine sehr wählerische Dame.«

»Sie hat eine ganz stattliche Sammlung.«

»Nur das Beste für die Frau Gemahlin, hm?«

»Sie hat einen hervorragenden Geschmack«, fügte der Juwelier hinzu.

»Das stimmt.« Der Fettsack nickte ernst. »Sie weiß sich zu kleiden, Ihre Frau, da muss ich Ihnen Recht geben. Weiß, wie man die Haare kämmt und das Halstuch knüpft. Eine sehr elegante Gattin. Sehr *mondän,* würd ich das nennen. Ungemein attraktiv und sehr verführerisch, die Gute, der Sie da Unterkunft und Verpflegung bieten, während sie Ihnen einen bläst. Ihre charmante Frau Gemahlin, ich kenne sie sehr gut.«

Er stierte die Halskette an, wobei sich seine Augen leicht verengten. »Und es freut mich, dass Sie sie nicht darben lassen. Zeigt doch, wie viel sie Ihnen bedeutet. Ein Mann, der seine Frau nicht darben lässt, gefällt mir. Selbst wenn er Schulden hat. Selbst wenn der Mann seine Schulden nicht zurückzahlen kann; es gefällt mir, wenn er immer noch Geld für seine Frau übrig hat, es gefällt mir, Trevor. Da kitzelt's mich so richtig am Sack, und ich krieg da unten ein schön warmes Gefühl ...« Das Henry-Lächeln. »... was ja nie schaden kann.« Er presste die Fingerspitzen gegen das kalte Glas. »Was soll der Spaß denn kosten, Trev?«

»Na ja, normalerweise ...«

»Für mich, Trevor. Was soll's für mich kosten?«

»Dreihundert.«

Henry stieß einen leisen Pfiff aus, als ob er beeindruckt wäre. »Und sicherlich jeden Penny davon wert, zweifellos. Ich wünschte nur, ich könnte es mir leisten. Würde meiner kleinen Donna hier gut stehen.« Er tätschelte ihr die Wange. »Hab ich Recht, Trevor? Meinen Sie, sie ist drei Hunnis wert? Ich glaube, sie ist es wert. Ich würd sagen, dreihundert, um sie glücklich zu machen, das ist ein gutes Angebot.«

Er drehte sie zu sich herum und musterte sie von Kopf bis Fuß. Er gab dem Mädchen seine völlige und uneingeschränkte Aufmerksamkeit. »Also rück raus mit der Sprache. Sei nicht schüchtern. Willst du das Ding haben oder nicht?«

Sie dachte einen Augenblick lang nach, wägte vorsichtig ab und sagte dann: »Ich glaube, ich will's lieber nicht.«

»Zu schick für dich?«

»Zu schäbig.«

»Drei Hunnis, du dumme Gans.«

»Das reicht nicht.«

»Joe könnte sich das nicht leisten.«

»Darum geht's nicht.«

Er sah sie einige Augenblicke durchdringend an. »Ich hab's gern, wenn sie gesprächig sind.« Strich mit dem Finger über sein Revers, spielte mit dem Ende des spitz zulaufenden Aufschlags. »Ist es nicht wunderbar, wenn sie so schnattern? Geht wirklich nichts über die kesse Lippe von kleinen Mädchen. Deswegen wollen wir sie ja, was, Trev? Und wenn es uns zu viel wird, dann halten wir das Maul einfach zu, stopfen's einfach, stecken einfach den Korken zurück in die Flasche.«

Und Donna, die diese Ader in sich hat, Donna, der ein gewisser Selbsterhaltungstrieb abgeht, blickt ihm geradewegs ins Fettsack-Auge und sagt: »Ich würde sagen, du kannst dir mich nicht leisten.«

»Ich kann mir jede leisten.«

»Fast jede.«

»Schon gut, Süße. Quatsch du ruhig.«

»Nur ein kleiner Gauner.«

»Wie Kinder sind sie, wenn sie so draufkommen, man muss ihnen nur ein bisschen den Kopf gerade rücken, wenn sie zu frech werden.«

»Bisschen stehlen, bisschen hehlen, bisschen Geld verleihen nebenbei.«

»Aber sie sind ja zart besaitet, da darf man nicht zu fest zuschlagen. Nicht ins Gesicht. Ich schlag kleine Mädchen nicht ins Gesicht.«

»Hier und da ein bisschen Zuhälterei.«

»Außer sie betteln geradezu um Schläge.« Die Zunge kam zwischen seinen Lippen hervorgezüngelt. »Außer sie wollen's unbedingt.«

»So richtig was für Gossenpack, sollte man meinen.«

»Da magst du Recht haben«, sagte er und schlug sie zweimal mit dem Handrücken, einmal auf die Wange und einmal auf den Mund, und beide Male kam der kleine, befriedigte Henry-

Grunzer aus seiner Kehle. Er hielt ihr Gesicht ins Licht und begutachtete es. »Ich bin froh, dass wir das bereinigt haben«, sagte er. »Jetzt fühl ich mich besser.«

Ihre Backe war knallrot angelaufen, auch wenn er sie gar nicht fest geschlagen hatte, fand er. Gar nicht richtig, nur nett und vorsichtig. Er sah zu, wie die Tränen zu fließen begannen, und wusste, was sie fühlte: den Schock, den Schmerz, die plötzliche Erkenntnis, dass sie in dieser Welt bedeutungslos ist. Er wusste das alles. Er hatte Verständnis. Er war ein verständnisvoller Mann.

»Wissen Sie was, Trevor? Sie ist vermutlich eine von der Sorte, die keine Geschenke haben will. Manche Frauen sind halt so.«

Er fuhr mit der Hand in seinen Mantel und holte einen Zwanzig-Zentimeter-Hammer heraus; Männer wie er tragen so was bei sich. Man weiß ja nie, wann man einen Hammer braucht. Er legte ihn vorsichtig auf den Ladentisch.

»Sie haben's lieber, wenn ihre Macker arm, aber ehrlich sind und sich in Kilburn durchs Leben schlagen. Die Scheiße fressen und Kaufhausplunder tragen. Die immer lächeln und immer da sind, um den Nachbarn auszuhelfen. Normale, anständige Kerle. Gott steh uns bei. Die Frauen fahren auf so was ab, Trevor, und ich hab keine Ahnung, warum. Weil man genauso gut tot sein könnte, wenn man arm ist. Oder nicht? Ohne Geld ist man nichts auf der Welt. Und wenn die Weiber so nett zu Leichen sind, da mach ich mir doch meine Gedanken. Da fang ich doch an, mich zu wundern. Über die Damen, alter Knabe. Ich versuch zu verstehen, wie sie funktionieren.«

Er zog sich die Handschuhe aus und sah auf die Uhr. »Wird langsam spät, Trev, ich glaube, ich muss meinen Kauf jetzt tätigen.« Er zog sein Taschentuch heraus und tupfte eine Träne von ihrer geschwollenen Backe. So nett bin ich, dachte er. Ich bin ein anständiger Kerl. »Schalt die Anlage aus«, murmelte er, »guter Junge.«

Der Juwelier starrte den Hammer an. Er sah irgendwie unecht aus, wie er da neben der Hand des Fettsacks auf dem Glastresen lag. Unwirklich neben den dicken, haarlosen Fingern.

»Aber ein bisschen plötzlich, wenn es Ihnen nichts ausmachen würde. Joe steht im Halteverbot, und Sie wissen doch, wie nervös ihn das macht.«

»Wie bitte ...?«

»Die Alarmanlage«, erklärte Henry. »Die stellen Sie besser aus, alter Freund. Wir wollen doch Ihr Frauchen nicht stören.«

Trevor beugte sich vor und langte unter den Ladentisch. Seine Haut wurde grau, und er schien in sich zusammenzuschrumpfen. Es war, als wolle ihm das Fleisch von den Knochen fließen, als wolle er von dieser Welt Abschied nehmen. Wie aus dem Nichts standen ihm plötzlich winzige Tröpfchen auf der Stirn. Vielleicht schwitzte er, vielleicht war es das Licht.

Henry nahm den Hammer in die Hand. »Guter Junge«, sagte er.

Donna sah zu, wie er ein paar Schritte zurücktrat. Er hob den Arm, rannte fast vorwärts und ließ den Hammer mit einem kleinen, genüsslichen Stöhnen, mit einem Seufzer stiller Befriedigung niedersausen. Er schlug zu, blitzschnell. Glitzernde Glassplitter flogen durch die Luft. Der Lärm explodierte in ihrem Kopf.

»So ein bisschen Randale hat mir immer schon Spaß gemacht«, murmelte er. »Ein bisschen Schall und Rauch.«

Er fasste in die Auslage, schob Ringe und Armreifen zur Seite und pflückte die Silberkette von der Unterlage. Er hob sie hoch, begutachtete sie eingehend und hielt sie ins Licht. Der Preis, dachte er, die heiß begehrte Trophäe. Ein bescheidenes Geschenk für mein kleines Mädchen.

»Wir nehmen sie so mit«, sagte er. »Einpacken ist nicht nötig.«

Und er wünschte dem Juwelier alles Gute, nahm das Mädchen bestimmt am Arm und schob es zur Tür hinaus. Als sie beim Auto ankamen, lief der Motor schon. Auf niedriger Tourenzahl, nur, damit er nicht kalt wurde. Henry stieg hinten ein und zog sie neben sich auf den Sitz, immer noch hielt er sie mit seinen Alte-Männer-Fingern fest.

»So ist's recht, Goldstück. Kuschel dich an mich.«

Die rote Stelle in ihrem Gesicht verblasste bereits zu einer schwachen, attraktiven Rötung. Sie war beinahe verschwunden, was ihm fast Leid tat.

Joe schaltete das Radio aus und löste die Handbremse. Er sah in den Rückspiegel und wartete auf Anweisungen.

»Zurück zu mir«, befahl Henry. »Sie kommt zum Mittagessen.«

Sie holte ihre Kippen raus. (Camel Lights, das Kraut ihrer Wahl.) »Ich hab keinen Hunger.«

Er zündete ein Streichholz an. »Du brauchst nichts zu essen.«

Sie beugte sich vor zur Flamme. »Ich will lieber nach Kilburn.«

»Was hast du gegen Hampstead?«

Sie betätigte einen Knopf. Ihr Fenster öffnete sich. »Zu grün ...« Sie blinzelte hinauf in den Londoner Himmel. »... zu ländlich.«

Joe hielt die Kupplung auf Anschlag. »Chef?«

Der Fettsack seufzte. Sie war ein Nylontyp und nicht an Besseres gewöhnt. Dann sollte sie ihren Willen haben, wenigstens fürs Erste.

»Du meinst, du bist lieber bei ihm als bei mir?«

»Seine Wohnung hat mehr Charakter.«

»Mehr Schimmel und Moder.«

»Genau das mein ich.«

Henry grunzte. War sowieso egal. Dauerte vielleicht ein bisschen länger, aber raus kam am Ende das Gleiche.

»Der Wunsch einer Dame ist mir Befehl, Joe. Ich will ja nicht, dass sie schmollt. Also setz mich einfach ab, klar? Nimm sie mit zu dir, ich komm dann später vorbei. Können wir ’n bisschen übers Geschäft plaudern und so.« Er sah zu, wie East Acton hinter der Scheibe vorbeiraste. »Vielleicht bring ich Mervyn mit«, fügte er sanft hinzu. »Damit uns nicht langweilig wird.«

4

Er hebelte eine Dose Steak- und Nierenragout auf und leerte sie in den Kochtopf. Das Mädchen stand neben ihm und sah zu, wie sich die Mixtur im Topf ausbreitete.

»Hübsche Kette«, bemerkte er.

»Nicht schlecht.« Sie gab ihm die Plastikgabel. »Hat mir dein Chef geschenkt.«

»Das war großzügig.«

»Es hat ihn nichts gekostet.«

Joe drehte das Gas runter und fing an zu rühren.

»Dich auch nicht.«

Frühnachmittag, und sie schlagen die Zeit tot, bis der Fettsack kommt, warten drauf, dass Henry ihnen einen Besuch abstattet. Sie waren sich einig gewesen, dass sie eine Weile bleiben sollte, und sie hatte ihre Sachen ausgepackt und verstaut. Draußen schüttete es nur so, es prasselte auf das schmierige Pflaster und trommelte auf die Kellerstufen. Sie drehte das Gas ab.

»Soll ich dir mal was sagen?«

»Ach nee.«

»Ich hab keine Ahnung, warum du für ihn arbeitest.«

»Ist ein Job«, murmelte er.

»Gullys reinigen auch.«

Er goss das braune Zeug in einen Suppenteller. »Willst du auch was?«

Sie dachte eine Nanosekunde lang nach. »Iss du, Joe.«

»Kannst gern was abhaben …«

Sie schüttelte den Kopf. »Du brauchst deine Kraft.«

Sie sah zu, wie er einen Stuhl heranzog und sich an den Tisch setzte. Er nahm ein paar Scheiben Toastbrot aus der offenen Packung und fing an, sein Mittagessen zu löffeln. Er ließ sich Zeit bei den Mahlzeiten. Aß sie langsam und mit Würde. Er mochte

Scheiße fressen, dachte sie, aber er aß sie wie ein Prinz. Sie fragte sich, was Henry wohl essen mochte, welch edles Stück Filet gemächlich den Henry-Bauch füllte, welch befriedigter Rülpser der Sättigung sanft die Fettsack-Lippen durchbrach.

»Schuldest du ihm auch was?«

»Ja.«

»Schulden ihm alle was?«

Er riss ein Stück Brot entzwei, fuhr langsam damit durch den Teller und tunkte Soße und Karottenstückchen auf. »Ja.«

Zum Nachtisch aß er Pfirsichstücke aus der Dose, dann ging er um die Ecke zum Laden. Meinte, er würde Kuchen und so holen gehen, bisschen was Süßes für die Jungs. Sie musste ihm versprechen, dass sie aufräumen würde, damit sein Zimmer gut aussah; also räumte sie den Tisch ab und stellte ein paar Stühle um. (Das reicht, dachte sie. Man soll's ja nicht übertreiben.) Als ihr Junge wiederkam, ließ der Regen etwas nach, und die Wolken rissen langsam auf. Aber es war trotzdem dunkel in der Wohnung. Kein Lichtstrahl schafft es, sich den Weg in eine Kellerwohnung in Kilburn zu bahnen.

Ungefähr zehn nach drei klingelte es an der Tür. Joe grinste sein nervöses Joey-Grinsen. Er fuhr sich über die Haare und machte die Tür auf, und da waren sie, Merv und Henry, kamen, um ihren Tee zu trinken.

»Tag, mein Sohn«, sagte der Fettsack und trat ein. Er ließ es zu, dass sein Gesicht einen leisen Hauch von Widerwillen ausdrückte, eine zarte Andeutung, dass er in seinem Leben schon bessere Salons gesehen hatte. »Du hast den Tisch gedeckt«, bemerkte er. »Gut so«, sagte er. »Ich mag Männer mit einer Vorliebe für Zierdeckchen.« Seine Anwesenheit füllte den gesamten Raum. »Setz dich, Merv, richtig so, mach's dir gemütlich, genau. Joe macht das nichts, Joe ist gut drauf.«

Er bemerkte das Mädchen. Ein breites, gelbes Lächeln. »Kannst du dir das vorstellen? Ich bin hier in der Gegend aufgewachsen. Auch der Fettsack hat mal klein angefangen. Ich bin kein Snob, falls du das gedacht hast. Ich bin vielleicht ein altes Arschloch, aber kein Snob. Deswegen komm ich gern mal auf einen Besuch vorbei. Ich komm zur Tür rein, und alles steht mir wieder vor Augen: der Schmutz, die ganze Scheiße. Fast nostalgische Gefühle krieg ich da. So eine Welle von Gefühlen im Bauch, und ich denk an meinen Alten, das arme Schwein. Mein armer alter Dad, denk ich dann, der arme alte Penner.«

Er zog seinen Mantel aus und hängte ihn über einen Stuhl. »Aber nett hast du's hier, Joe. Nicht zu groß, falls du weißt, was ich meine, genau richtig; das, was man im Gewerbe *kompakt* nennt.« Er reckte die Nase in die Luft und schnüffelte. »Hat auch diesen ganz gewissen Geruch an sich.« Konzentriertes Stirnrunzeln. »Ich würde sagen, bei euch gab's geschmortes Fleisch mit Soße zu Mittag. Irgendeine Art Eintopf, aus irgendeiner Dose.« Er schnalzte mit den üppigen Lippen, als wünschte er, er wäre eingeladen worden, als wäre es sein Lieblingsessen. »Und, Joe, hab ich Recht? Sag doch, Joe, hab ich nicht Recht?« Er grinste in die Runde. Ihm ging es gut. »Komm, sag doch was.«

Joe klopfte auf das Sofa mit den dicken Knöpfen in der Mitte. »Setz dich doch«, bat er ihn. »Mach's dir gemütlich.«

»Werd ich tun, mein Sohn, keine Angst.« Er zog sein Taschentuch heraus und wedelte damit über die Polster. Eine seiner Angewohnheiten bei Hausbesuchen. Wegen der Krümel und so. »Unglaublich, was man heutzutage alles mit Plastik machen kann.« Er ließ sich vorsichtig nieder und quetschte sein großes Gesäß in die kleine Sitzfläche. »Sieht doch fast aus wie Leder, oder nicht? Natürlich nicht von nahem, aber wenn man da in der Tür steht und sich umguckt, schon. Man wirft einen Blick in die Bude, und da sieht man dieses große Ding im Licht glänzen und denkt: Leck mich am Arsch, Joey hat ein Ledersofa. Dem Fußabtreter geht's gut.«

Er zog eine der Tassen zu sich heran und füllte sie mit dunkelbrauner Flüssigkeit. »Und dann kommt man rein, tritt näher, entspannt sich, kommt gut drauf und beruhigt sich. Denn es ist ja nur Plastik, was? Joe kann seine Miete nicht zahlen, und wenn man auf Pump lebt, sollte man nicht auf Leder hocken. Sollte seinen Arsch nicht auf handgenähte, echte Kuhhaut pflanzen, wenn man noch Rechnungen zu begleichen hat.« Ein Schuss Milch, zwei Stück Zucker.

»Wenn du meine ehrliche Meinung hören willst, solltest du auf dem Boden hocken. Auf der Straße sitzen solltest du, auf der Straße, in einer beschissenen Pfütze. Genau das solltest du tun, Joe. Das ist meine ehrliche Meinung, falls die jemanden interessiert, was man ja nie wissen kann.«

Er trank vorsichtig ein Schlückchen und nickte dem Mädchen zu. »Gut, der Tee, Süße. Ist das Darjeeling?«

Nach dieser Bemerkung machte er eine Pause und leerte seine Tasse. Kein Geräusch, nur das von der Flüssigkeit, die den Schlund hinunterlief. Keine völlige Stille, aber fast. Er fühlte sich entspannt, ziemlich wohl, während ihm die Tanninwärme durch den Bauch gluckerte. Er lehnte sich im Sofa zurück und ließ den Blick durchs Zimmer schweifen.

»Wenn ich es in Worte fasse, dann würde ich diese Wohnung als *angemessen* bezeichnen. Du hast deine Nische gefunden, mein Junge. Du hast dir dein Plätzchen im Leben ergattert.« Er nahm sich einen Schokoladenkeks. »Mach einfach nur hin und wieder das Fenster auf.« Gestattete sich einen herzhaften Biss. »Mach das Fenster auf, und lass mal Luft rein. Wär doch mal was zur Abwechslung.« Spülte ihn mit einem Glas Limo runter.

»Du wirst schon wie meine Kunden, Joe. Ich mein: Ich geh sie besuchen und komm zu ihnen, und bei denen riecht es einfach. Haben noch nie davon gehört, dass man das Fenster aufmachen kann. Haben Angst vor Londoner Frischluft. Die Durchschnittsbürger, wenn man so will. Im Grunde alles Drecksäcke, *hoi polloi,* aufgeblasene Nichtsnutze. Sitzen den ganzen Tag drinnen in der abgestandenen Luft. Sie befummeln sich und schwitzen und furzen und denken nicht an ihre Kreditgeber. Mach das Fenster auf, sag ich zu ihnen. Eine Stunde oder so am Tag, das bringt den Kreislauf in Gang. Frischluft kann nicht schaden. Billy kann dir vielleicht schaden, aber Frischluft nicht.« Und dann lachte er, damit sie verstanden, dass er nur gescherzt hatte, und schnitt sich ein großzügiges Stück von der Zitronen-Biskuitrolle ab.

»Komm schon«, sagte Joe. »Sei doch nicht so.«

»Das sagen die Leute immer, mein Sohn. Aber sie meinen meistens damit, dass sie nicht zahlen können. Sie sagen's nicht gerade heraus, nie sagen sie's frisch von der Leber weg. Reden um den heißen Brei herum, als könnten sie sich dran verbrennen. Sei doch nicht so, sagen sie. Als ob ich ein alter Depp wäre.« Er schielte zu Joe hinüber. »Hältst du mich für einen alten Deppen?«

Joe schüttelte den Kopf.

»Tschuldigung, ich hab dich nicht verstanden.«

»Nein, Chef.«

»Nein, Chef. Ich bin kein alter Depp. Ich bin nicht gefühlsduselig, und ich bin auch nicht auf den Kopf gefallen. Ich bin derjenige, der dir Geld geliehen hat. Ich bin der Mann, bei dem du angedackelt kamst, als du Probleme hattest. Ich brauch einen Tausi, Chef. Leih mir einen Riesen, Chef. Und hab ich dich warten lassen? Hab ich gesagt: Jetzt nicht, komm nächsten Monat wieder? Hab ich dir zu erzählen versucht, dass die Zeiten schlecht sind? Hm?«

»Nein, Chef.«

»Ich hab's rübergerückt, ohne großes Gerede, ohne viel Aufhebens zu machen, ohne nach Sicherheiten zu fragen. Und weißt du, warum ich nicht nach Sicherheiten gefragt habe?«

»Nein, Chef.«

»Weil *du* die Sicherheit bist. Und deine Frau Mama. Und das kleine verführerische Ding, das du da neben dir sitzen hast.«

»Gib mir nur noch eine Woche Zeit, mehr nicht.«

»Ich bin immer zu gutmütig gewesen. Immer kommen sie zu mir, diese Leute, die sonst keinen Kredit kriegen können, wo jeder heutzutage einen Kredit kriegen kann, wo sogar Kinder einen Kredit kriegen können, zu mir kommen sie und sagen: Hilf mir, Henry. Hilf mir aus der Patsche. Und wegen meinem guten Charakter, meinem grenzenlosen Mitgefühl sage ich: Was darf's sein, alter Kumpel? Spuck's aus, und es gehört dir. Brauchst einen Riesen? Da hast du ihn. Und ich sag nie, wann ich ihn wiederhaben will. Ich sag nie, dass ich ihn an dem und dem Datum zurückhaben will. Ich geb ihnen noch nicht mal eine Frist, verdammt noch mal, sie brauchen's also nie zurückzuzahlen, falls sie nicht unbedingt wollen. Sie brauchen nichts zu tun, als ihre fünf Prozent zu zahlen. Fünf Prozent pro Woche, jede Woche, sonst verlang ich nichts. Und das erklär ich ihnen. Ich setz mich mit ihnen hin und erklär es ihnen und lass sie entscheiden, ob sie meine Kohle wollen. Und wenn sie drüber nachgedacht haben und wiederkommen und sagen: Henry, ich will das Geld von dir leihen, krieg ich nichts als eine mündliche Abmachung. Kein Papierkram, keine Unterschriften. Ich nehm ihnen nicht das Rentenbuch oder das Kindergeld weg, oh nein. Weil ich ein Mann mit Prinzipien bin. Ich rück einfach das Geld rüber, wir schütteln die Pranke, und sie geben mir ihr Wort drauf, dass sie jede Woche abdrücken. Ihr Wort ist ihr Pfandbrief, sag ich mir. Verlässliche Leute, sag ich mir. Ein Mann, ein Wort, sag ich mir. Hab ich Recht?«

»Ja, schon …«

»Wenn also jemand mein Geld aus freien Stücken annimmt, und ich verlang nichts dafür als die Zinsen, die paar Prozente, die er sich bereit erklärt hat zu zahlen, die fünf Prozent, die er mir versprochen hat, geht das zu weit? Hm? Das will ich mal wissen.«

»Nein, tut es nicht.«

»Ganz recht. Was zu weit geht, sind gewisse Leute, die ihre Fenster nicht aufmachen, Leute, die in stinkigen Buden hausen und meinen, sie bräuchten ihre Schulden nicht zu bezahlen. Leute, die meinen, sie wären in Brasilien. Das nenn ich zu weit gehen.«

Joe rutschte auf seinem Stuhl hin und her. »Du weißt doch, dass du's kriegst«, murmelte er.

»Das weiß ich, mein Sohn. Ich weiß nur nicht, wann. Und das ist, was zählt, verstehst du. Auf das Wann kommt es an.« Henry wischte sich die Finger an einer Papierserviette ab. »Erzähl mir bloß nicht, dass du es nicht schaffst. Gehst einfach abends kurz raus, schlägst bei einem Auto die Scheibe ein und nimmst das Radio mit. Dann gehst du zum Pub und verkloppst es. Am nächsten Abend machst du dasselbe und am nächsten Abend wieder, bis du genug Kohle beisammen hast, um mir zu zahlen, was du schuldest. Alles, was du danach reinbringst, kannst du behalten. Was du danach reinholst, bringt dich vorwärts im Leben. Du hast Verpflichtungen gegenüber deiner kleinen Freundin, Joe, und du kommst deinen Verpflichtungen nicht nach. Du musst sie nähren, musst sie kleiden, dir ein anständiges Auto zulegen, in eine bessere Gegend ziehen, dich mit zivilisierteren Leuten abgeben. Du musst endlich mal anfangen, dich so zu verhalten, als wärst du jemand, Joe. Nimm dir endlich, was du brauchst, dann kriegst du auch Respekt.«

Henry unterbrach sich, um Luft zu holen. Hervorragende Rede, lobte er sich. Hätte Anerkennung verdient. Er sah Mervyn an, aber Mervyn hörte nicht zu.

Mervyn aß cremegefüllte Kekse, denen er sehr zugetan schien. Joe starrte den Teppich an und sagte nichts; es gab ja auch nicht viel zu sagen. Donna beugte sich über den Tisch und stapelte das Geschirr zusammen, nett und fügsam.

Der Fettsack hob seinen leeren Teller hoch. »Soll ich dir helfen, Liebling?« Mühelos bewegte er sich über den Teppich. Sehr leichtfüßig für so einen schwergewichtigen Mann. Sehr behände für so einen massigen Kerl. Sie zwängte sich an ihm vorbei.

»Nein.«

Er folgte ihr in die Küche. »Macht mir nichts«, sagte er. »Ich mach mir gern die Hände schmutzig.« Er beobachtete sie, wie sie die Teller ein paar Sekunden unter den kalten Wasserstrahl hielt. »Wäschst du so ab?«

Sie schüttelte sich das Wasser von den Händen.

»Sehr häuslich, was?« stellte er fest. Er reichte ihr das Geschirrtuch. »Eine nette kleine Haushälterin würdest du abgeben.« Er beugte sich vor. »Du weißt, an wen du dich wenden kannst«, sagte er, »falls du mal 'nen Job brauchst.«

Der Milchatem in ihrem Gesicht.

»Darf ich?« sagte sie. Sie drückte sich an ihm vorbei und fing an, das Geschirr im Abtropfgestell zu stapeln.

Er fasste sie an der Taille und drehte sie zu sich herum. »Nur dieses eine Mal«, sagte er, »nur heute«, sagte er, »will ich, dass du so tust, als ob du mich mögen würdest.«

Sie sah ihn mehrere Sekunden lang an. »Aber ich mag dich nicht, Henry.«

In seinen Augen flackerte etwas, aber er hörte nicht auf zu lächeln. Er hob ihr Kinn und küsste sie nass auf den Mund, und sie spürte den warmen Schweiß auf seinem Gesicht und die harte Wölbung zwischen seinen Beinen.

»So ist's recht«, lächelte er. »Meine kleine Donna.« Er drückte sich derart gegen sie, dass sie sich an der Wand abstützen musste, um ihn abzuschütteln. Sie wischte sich den Mund mit dem Handrücken ab. »Sei nicht so«, sagte er leise. »Sei nett, du Luder.« Er umklammerte ihr Handgelenk mit den Fingern. »So scheiß-arrogant, was?«

Er drehte ihr den Arm um. Nicht zu fest, nicht genug, um ihn zu brechen, gerade genug, um ihr wehzutun. Gerade genug, um der Schlampe Schmerzen zu bereiten. »Ist doch wahr: Ein beschissenes Schlafklo an der Kilburn Lane, und sie meint, sie hat eine Zukunft gefunden.« Er merkte, wie sie sich zu befreien versuchte. Keine Kraft, dachte er. Als ob man einen Vogel festhalten würde. »Er ist ein Fahrer, Süße, kapierst du? Du kannst ihn vergessen. Der kann dir noch nicht mal genug Tampons kaufen, oder? Nichts als ein armseliger kleiner Wichser, der dir einen Scheißdreck kaufen kann.«

Es machte ihm Spaß zu spüren, wie sie sich wehrte. So dünn war sie. Ein Nichts. Es machte ihm ganz enormen Spaß. Die Schlampe, dachte er. Die verführerische kleine Schlampe. »Dann stehst du also auf arme Typen? Von denen gibt's nämlich jede Menge. Typen, die ihn umsonst reinstecken wollen. Nur Schwanz und keine Kohle, Süße, fährst du auf so was ab?«

»Du hast keine Ahnung, worauf ich abfahre.«

»Lass mich raten.«

»Du meinst, Geld wäre alles.«

»Das weiß ich sogar, mein Schatz, das weiß ich mit absoluter Sicherheit. Das ist das eherne Gesetz des Lebens: Wer keine Knete hat, ist in den Arsch gefickt.«

Und er ließ sie los, sah ihr zu, wie sie ihre empfindliche Haut rieb. Nicht seine Schuld, dachte er. Sie brachte ihn wirklich auf hundertachtzig. Sie gab ihm den Rest. Er bürstete seinen Ärmel ab und schnippte einen Krümel verirrter Biskuitrolle auf den Boden.

»Ich meine einfach, dass du keinen runtergekommenen Penner brauchen kannst.«

»Er ist einer von deinen Jungs, Henry.« Sie wischte einen Teelöffel am Handtuch ab. »Ich dachte, du kümmerst dich um deine Jungs.«

»Tu ich auch, meine Gute. Solange sie treu sind.«

Sie warf das Handtuch auf das Abtropfgestell. »Nur Hunde sind treu.«

Der Fettsack lächelte. »Meine Jungs sind Hunde.« Er beugte sich vor und drehte den Wasserhahn zu, weil er auch gern einen Beitrag leistete, weil er gern das seine tat. »Na gut«, sagte er, »lass uns wieder Freunde sein. Joe ist im Grunde mein Kumpel, und wenn du nett zu mir bist, bin ich nett zu ihm.«

»Wie nett?«

»Er schuldet mir zwölfhundertfünfzig.«

»So viel?«

»Ich erlass es ihm.«

»Weil er dein Kumpel ist …«

»Weil du nett sein wirst.« Er beobachtete sie, wie sie es sich überlegte, konnte die Rädchen im Donna-Hirn rattern sehen. »Er ist ein zartbesaiteter Kerl, verstehst du? Er braucht 'n bisschen guten Zuspruch.« Er machte einen Küchenschrank auf und wühlte darin herum. »Haben ihm übel mitgespielt«, murmelte er. »Kinderstreiche, aber von der schlimmen Sorte.« Ein leiser Ausruf der Freude, als er eine Packung gemischte Waffeln fand. »Willst du wissen, was sie mit ihm angestellt haben?«

»Eigentlich nicht.«

»Ich erzähl's dir, wenn du willst.«

»Lieber nicht.«

»Na ja, wo du mich so fragst, wo du so drum bettelst: Sie haben ihm eine Strippe um seinen Dödel gebunden und ihn damit über den Spielplatz gezerrt. Vor allen Leuten, kannst du dir das vorstellen? Also wirklich: Kinder! – Was soll man dazu noch sagen?« Er beugte sich zu ihr vor und senkte die Stimme. »Das bleibt natürlich unter uns. Das hat er mir im Vertrauen mitgeteilt.«

Und er tippte sich auf den Nasenflügel und kaute eine Karamelwaffel. Das Mädchen zwängte sich an ihm vorbei.

»Ach, gehen wir wieder rein? Nach dir, Süße.«

Er hielt ihr die Tür auf und ging nach ihr hinein. »Wir haben ein bisschen geplaudert«, verkündete er. »Kleines Gipfeltreffen mit unserm süßen Käfer.«

»Hauen wir bald ab?«

»Langweilst du dich, Merv?«

»Ich hab 'ne Verabredung.«

Ein Krampf durchzuckte die Fettsack-Eingeweide. Es verstörte ihn immer, wenn die Jungs das machten, wenn sie sich schamlos von ihrer wahren Seite zeigten, wenn sie ihre feucht-schwülen Bedürfnisse raushängen ließen. Das tat ihm weh im Unterleib, das brannte und zuckte in seinem Innern, und er würde Milch trinken müssen, um es wieder zu besänftigen.

»Das freut mich für dich. Ein Mädchen?«

»Ist über dreißig.«

»Sieht dir gar nicht ähnlich, mein Sohn, so viel Großmut.«

»Sie vögeln besser, Chef. Sind irgendwie dankbarer.«

»Hervorragend beobachtet, Merv. Und das sind ja wunderbare Neuigkeiten. Hab ich Recht, Joe, hm? Freust du dich für ihn? Ich freu mich nämlich für ihn. Ich bin wirklich glücklich.«

Der Schmerz in seinen Fettsack-Eingeweiden, und Henry hatte dieses plötzliche Bedürfnis, brutal zu sein, seinen gesamten Henry-Stress loszuwerden und sich durch eine schlechte Tat zu erleichtern. Er brauchte das einfach. Er konnte nicht anders. Er musste sich nehmen, was er brauchte, sonst nichts.

Er winkte sie zu sich, die andern drei. Merv und Joe und Donna. Ihn und ihn und sie. »Ich muss euch was erzählen, Leute.« Er holte eine Schachtel schlanke Panatellas heraus. »Also hört mir gut zu, es wird spannend.« Er gestattete Merv, ihm eine anzuzünden, denn Rangordnung muss sein. »Es gibt zwei Sorten Menschen auf dieser brutalen Welt«, erklärte er, »die einen, die geknüppelt und getreten werden, und die andern, die knüppeln und treten. Was bedeutet, dass jemand wie ich – was man in unseren

Kreisen als den Henry-Typus bezeichnet – im Grunde tun und lassen kann, was er will. Man kann nach Lust und Laune schalten und walten. Man kann seine Freunde wie den letzten Dreck behandeln, und sie danken einem noch dafür. Sie beugen das Knie, senken den Kopf und küssen einem mit ihren eifrigen Gesichtern den Arsch.« Er spuckte ein Stückchen grünbraunes Blatt aus. »Das ist jedenfalls mein Eindruck«, murmelte er. »Ich kann mich allerdings auch irren.«

Er sah das Mädchen an. »Ich will dir was beweisen, Süße, also hör gut zu. Aber bevor ich anfange, musst du meine Prämisse verstehen: Diese Kerls, die du so toll findest – das ist alles nur Show, verstehst du? Große, kräftige Kerls, und im Innern sind's kleine Mädchen. Spielen dir nur was vor. Führen dich an der Nase herum. Und jedes Mal, wenn du siehst, wie sie sich in die Brust werfen, wenn sie dir ins Auge gucken, wenn sie so tun, als könnten sie's dir besorgen, dann denk einfach dran, dass das alles nur Show ist. Weil tief im Innern, mein Schatz, tief im Herzen dieser wilden Kerls, wollen sie nichts als ihre Ruhe und ihren Frieden ...« Er atmete den Rauch tief in seine Lunge ein. »... und ein warmes Plätzchen, wo sie menstruieren können.« Er schnippte etwas Asche auf den Boden, dann sagte er: »Komm mal her, Joe, bitte.«

Er winkte Joe zu sich, der sich neben ihm aufstellen musste. Dann nickte er fast unmerklich, und Mervyn, der es schon kannte, der es schon das eine oder andere Mal gemacht hatte, packte Joe von hinten, damit Henry mit seinem plötzlichen Bedürfnis, brutal zu sein, seinen gesamten Henry-Stress loswerden und sich durch eine schlechte Tat erleichtern konnte. Er brauchte das einfach. Er konnte nichts dafür. Er musste sich nehmen, was er brauchte, sonst nichts.

»Wie herrlich, Henry zu sein«, sagte er, »welch wunderbares und gesundes Vergnügen.« Und er ließ seine Hand langsam über Joes Schenkel gleiten, bis sie direkt auf seinem Sack lag, seinen privaten Teilen, seinen perfekt geformten Genitalien. »Wenn man Henry ist«, sagte er, »wenn man das große und wunderbare Glück hat, ich zu sein«, sagte er, »dann kann man so was machen.«

»Ich glaube, ihm gefällt's«, hauchte Mervyn.

»Meinst du?«

»Ja.«

Der Fettsack dachte drüber nach. »Das ist wichtig, Merv. Das spielt eine Rolle. Die Frage ist doch«, sagte er, »die Frage ist doch wirklich«, sagte er, »steht er auf so was? Weil wenn ja, dann lacht er sich ins Fäustchen. Wenn ja, dann tun wir ihm nur einen Gefallen, wir sind ihm zu Diensten, wir tun ihm was Gutes.«

Er schloss seine Finger um die Fülle. Nicht zu fest, freundlich und sanft, und Joe stand da, die Arme auf den Rücken gepinnt, das Joey-Grinsen auf dem Gesicht, sah schweigend zu, wie Henry an ihm herumfummelte, wartete reglos, während Henry hinlangte. Stand einfach nur da, groß und doof, während Henry sein Henry-Ding durchzog.

»Ich kann machen, was ich will«, verkündete der Fettsack. Er drückte wieder zu. »Das ist mein größtes Problem.«

Mervyn sah das Mädchen an, und ihm kam ein Gedanke. »Meinst du, sie will auch was abhaben?« Seine dünne, nasse Zunge. »Ich hab da so 'n Gefühl. Wie eine aufgeblasene Schnepfe sieht sie aus, oder?«

»Recht hast du.«

»Dabei würd sie mir besser einen blasen.«

»Ja.«

»Und, soll sie?«

»Lieber nicht«, sagte der Fettsack. »Könnte sein, dass ihm das nicht passt.«

»Da ist was dran.«

»Und unsern Joey-Boy wollen wir lieber nicht wütend machen.«

»Au, das könnte böse enden.«

»Da müssten wir uns verstecken.«

»Solche Angst hätt ich da«, sagte Merv, »mir würd ganz schlecht …«

»Dann kotz dich einfach aus.«

»Der wilde Joe wär losgelassen.«

»Mit dem lahmen Grinsen und dem schlaffen Pimmel …«

»Wie er leibt und lebt.«

»So ist er«, murmelte Henry. »Aber manche Mädchen stehen auf so was.«

»Auf was?«

»Auf das. Auf Jungs mit gutem Charakter und weichen Lippen. Zarte Jünglinge, die die Weiber niemals beschützen können. Als ob es da draußen nichts Schlimmes geben würde. Als ob man die Straße mit einem Schlappschwanz langlaufen kann, und Gott wird's schon richten.«

»Als ob …«

»Weil sie nicht mehr auf echte Männer mit dicken Nüssen stehen. Dicke, runde Nüsse, die sie jede Nacht küssen können. Echte, gut bestückte Männer. Männer wie mich.«

Das leuchtet Henry nämlich einfach nicht ein, er kapiert diese Logik nicht. Ehrlich gesagt: absolutes Unverständnis. Er rafft das nicht.

»Ich dagegen«, sagte er, »ein Mann wie ich, ein großer und bösartiger Mann wie ich«, sagte er, »das seh ich ein. Weil ich sie durchficke, bis sie einschlafen, schön fest und immer ins Loch. Ich stopf es ihnen, bis sie nicht mehr können, ramm ihn rein und beweg ihn hin und her, besorg's ihnen, bis sie das Maul halten«, sagte er. »Wenn sie auf mich stehen würden …«

»Wär vernünftig.«

»Wär logisch.«

Joe und Donna. Bedeutungslos in dieser Welt.

»Weißt du was, Merv? Eine Bordsteinschwalbe hat mir mal was gezwitschert, irgendeine Nutte mit Herz, eine Fotze vom Sozialdienst, die sagte: Warum machst du diese Sachen, Henry? Was für Sachen?, sagte ich. Die Sachen, die du machst, sagte sie. Weil ich sie machen kann, sagte ich. Oh, sagte sie.«

Mervyn schüttelte den Kopf. »Sie raffen's einfach nicht, was?«

Henry nickte. »Völlig unterbelichtet.« Er zog seine Hand von Joeys Wölbung weg. »Wir gehen jetzt, Merv.«

»Jetzt gleich?«

»Du hast eine Verabredung, Sohn.«

Mervyn grinste. »Ach ja, ganz vergessen.«

»Muss die Aufregung gewesen sein.«

»Wahrscheinlich.«

»Wie ich also sagte ...« Henry lächelte sie an. Der Fettsack-Charme. »Komm morgen Nachmittag gegen vier vorbei. Wir fangen von vorne an. Wir sind wieder Freunde, ja?« Er nahm seinen Mantel. »Wir trinken einen Tee und machen es uns gemütlich. Schluss mit den Streitereien. Du bist nett zu mir, und ich bin nett zu ihm. Alle für einen, und einer für alle.«

»Den Film kenn ich.«

»War gut, was, Merv?«

»War super, Chef.«

5

Sie zog ihre Handschuhe an. »Passt zu dir, dieses Auto.«

Er schaltete runter in den Zweiten und brauste an einem Lastwagen vorbei. »Weiß ich.«

Regen spritzte gegen die Windschutzscheibe.

»Passt besser zu dir als zu ihm.«

Er schaltete den Scheibenwischer auf Intervall. »Weiß ich.«

Sie starrte aus dem Fenster. »Joey, fragst du dich manchmal, wie es wohl ist, so zu sein?«

»Wie zu sein?«

»Wie er. Wie es ist, wie er zu sein.«

Sie durchfuhren das hintere Ende von Kensal Rise. Sie war einmal hier in der Gegend auf einer Party gewesen, einer wüsten Fete mit vielen Leuten, bei einem Typen namens Tom. Eine kurze Erinnerung an Calvados und Berge von Essen.

»Ist doch wahr«, sagte sie, »wie er da rumstolziert, reich und fett und …«

»Kann nichts dafür, dass er dick ist.«

»… immer am Angeben …«

»Er redet halt gern.«

»… ständig macht er höhnische Bemerkungen …«

»Ein sehr wortreicher Mann.«

»… große Klappe, nichts dahinter«, sagte sie, »eine verdammt große Klappe.«

»Er liest viel.« Joe zuckte die Achseln. »Da wird man so.« Er fuhr rechts rein in die Chevening Road. Auf der linken Seite wurde die Straße aufgerissen, und die Autos stauten sich auf dreißig Metern. Jede Menge Krach für so eine kleine Straße. Jede Menge Lärm, wenn man hinhörte. Er steckte sich zwei Zigaretten in den Mund. »Und lässt du ihn …?«

»Lass ihn was?«

»Lässt ihn, du weißt schon.«

Sie drehte sich auf dem Sitz herum, sodass sie ihm ins Gesicht sehen konnte. »Du meinst, ich würde das tun, damit er dir die Schulden erlässt?«

»Wär doch ’ne nette Geste.«

»Du bist gar nicht witzig, Joe.«

Er holte sein Feuerzeug heraus. »Aber dafür seh ich gut aus, oder?« Er zündete die beiden Kippen an und gab eine an sie weiter. »Und was machst du, wenn er’s probiert?«

Sie schaltete die Heizung an und drehte sie voll auf. »Dann improvisier ich.«

Sie kutschierten durch Brondesbury, und die Häuser wurden größer und die Hecken höher. Andere Strecke, selbes Ziel. Zwölf Minuten später, und sie biegen in Henrys Auffahrt ein, wo ihnen sein Schotter in den Reifen stecken bleibt. Joe wendete das Auto, sodass es mit der Schnauze zur Straße stand. Sie sah ihm zu, wie er die Zündung abstellte, lauschte dem Ticken des Motors.

»Du wartest hier auf mich, ja?«

Er nickte. »Klar.«

»Weil ich’s für dich tue, Joe, oder?«

Er starrte auf die Kühlerhaube. »Was meinst du genau mit ›tun‹?«

»Sachen regeln.«

»Also lässt du ihn doch.«

»Ich werde die Sache regeln.« Sie öffnete den Gurt. »Falls du Schreie hörst …«

Er stieß seine Tür auf. »Komm ich gerannt und helfe dir.«

Er wuchtete sich aus dem Sitz und kam herum auf die andere Seite, während er seine Haare vor dem Regen zu schützen versuchte. Denn er war gut erzogen und hatte Manieren. Er achtete immer darauf, einer Dame behilflich zu sein. Er schlug ihren Kragen hoch und berührte ihre Wange. »Ich warte auf dich, ja?«

»Halt ihn schön warm für mich, Joe.«

»Werd ich machen«, versprach er. »Den Motor auch.«

Sie lief die Einfahrt zu dem roten Backsteinhaus hoch, zu der soliden, gutbürgerlichen Villa mit Erkern vorne raus, in der Henry sich niedergelassen hatte. Sie drückte auf den Klingelknopf und hörte es drinnen läuten. Es gab kein Namensschild, das Verirrte hätte leiten können, kein gedruckter Hinweis, dass hier der Fettsack wohnte. Hätte da sein sollen. Es hätte irgendein Zeichen geben sollen, vielleicht ein Stück Papier, neben den Briefkasten geklemmt, auf dem stand: *Hier wohnt eine Riesensau.* Hätte nützlich sein können, dachte sie. Vielleicht hätte es die zufällig vorbeikommenden Passanten interessiert.

Sie klingelte noch einmal. Aus der Sprechanlage knisterte es. »Wer ist da?« Billys Stimme, die durch die Leitung lispelte.

»Ich bin's«, sagte sie.

Die Donna-Schlampe, hätte sie hinzufügen können. Das Opferlamm, der kleine Leckerbissen, der stillschweigend alles erduldete, das Stück süß parfümiertes Fleisch für Henrys Genuss.

Ein elektronisches Surren war zu hören, und das stahlverstärkte Tor ging auf. Joe hatte ihr von dem Tor erzählt. Es war ein ganz besonderes Henry-Tor. In der Mitte steckte man den Schlüssel rein, drehte zweimal um, und vier Stahlbolzen schossen wie geschmiert heraus und bohrten sich in die Ecken des Türrahmens. Uneingeladen kam man also nicht hinein, das Schloss ließ sich nicht einschlagen oder zusammentreten, einbrechen war unmöglich. Man hätte mit flüssigem Sauerstoff ein Loch reinbrennen müssen, hätte mit voller Montur erscheinen und sich anstrengen müssen, und es macht ein Riesengetöse und dauert ewig. Aber so sind die Chefs eben, bemerkte Joe abschließend. So leben die halt. Abgeschlossen und unerreichbar.

Billy erschien auf der Veranda und verstellte ihr den Weg, das pockige Gesicht von Zweifeln durchfurcht. »Erwartet er dich auch?« Er popelte an seinem Hautausschlag herum. Nicht, dass er direkt gekratzt hätte; er spielte nur mit seinen Lieblingsstellen.

»Ich glaube schon, Billy«, antwortete sie. »Ich würde sogar sagen, dass er sich in einem Zustand gesteigerter Erwartung befindet, wenn du's ganz genau wissen willst.« Sie beobachtete ihn, wie er mit dem Fingernagel durch seine Wange pflügte, was Schuppen toter Haut herunter auf die Fliesen rieseln ließ. »Also lass mich lieber rein, Süßer. Wollen den Chef nicht warten lassen.«

Er betrachtete sie etliche Sekunden lang schweigend, beglotzte sie eingehend mit seinen ausgeblichenen Augen. Der Regen schlug mittlerweile kräftig auf den Schotter. Sie konnte die Feuchtigkeit in der Luft riechen.

»Bisschen ungemütlich hier draußen.« Sie zog die Schultern unter ihrer Jacke ein. »Komm, sei ein Gentleman.«

Von ganz hinten in seiner Kehle kam ein Geräusch, ein schleimangereicherter Ausdruck seiner Gefühle, und er bewegte sich widerstrebend zur Seite. Sie ging an ihm vorbei in die Eingangshalle. Mervyn lümmelte an einen Flurtisch gelehnt herum, Füße über Kreuz, Hände tief in den Hosentaschen vergraben. »Hallo, Liebling. Bist du zum Arbeiten da?«

»So was in der Art.«

»Eine Putze haben wir nämlich schon«, sagte er. »Wir haben eine Frau fürs Gröbste.«

»Und was macht sie genau?«

»Sie macht alles.«

»Wie schön für euch.«

»Durchaus.«

Billy schloss die Tür und kam herüber. Er beäugte sie misstrauisch, als ob sie eine Krankheit wäre. »Und, bringen wir sie hoch?«

»Noch nicht«, sagte Mervyn. »Wir lassen sie lieber ein bisschen warten.«

»Warum?«

»Ist gut für den Charakter.«

Er winkte in Richtung eines Dralon-Sessels in der Ecke. »Setz dich, Zuckerpuppe. Ruh die Füße aus.«

»Ich finde, wir sollten sie hochbringen«, drängte Billy.

Mervyn schüttelte den Kopf. »Sie ist zu früh dran, Billy.«

Der Skinhead runzelte die Stirn. »Warum ist sie zu früh, Merv?«

»Weil sie's nicht abwarten kann.«

Billy starrte sie unverwandt an. »Gefällt uns gar nicht, was, wenn sie's nicht abwarten können.«

»Ziemlich abtörnend«, stimmte Merv zu.

»Ziemlich nuttig, ehrlich gesagt, und Nutten können wir nicht ab.«

Mervyn legte den Kopf auf die Seite und schwelgte in Erinnerungen. »Ich hatte meine Erste unten in Cornwall.«

»Sehr ländlich.«

»Sie war enorm entspannt da unten.«

»In Cornwall, meinst du?«

»Unten herum, mein ich.«

»In ihren niederen Regionen …«

»Genau denen. Damals war es mir natürlich noch nicht klar. Aber woher auch? Wo ich so jung war, und sie die Erste und so. Wurde mir erst später klar, als ich bei andern drin gewesen war, da kam ich erst auf die Idee, dass sie irgendwie ungewöhnlich gewesen war. Sie war so schlabberig, so ausgeweitet, dass ich fast nichts gefühlt hab.«

»Ich glaube, ich kenne ihre Schwester …« Billy sah mit zusammengekniffenen Augen an die Decke. Er fixierte die Lampe und versuchte sich zu erinnern. »… nettes Mädchen, aber höhlenmäßig da drin.«

»Ich musste sie da unten küssen.«

»Auf ihr Ding?«

»Ich konnte nichts dagegen tun. Sie hat die Beine breit gemacht und mein Gesicht einfach reingeschoben, die alte Kuh.«

»Die Drecksau.«

Mervyn seufzte. »Ich war erst vierzehn.«

»Du armes Schwein.«

»Genau.«

Draußen pisste es in Strömen. Der Regen prasselte auf die Veranda und zischte auf den Schotter.

»Hinterher hab ich ihr was gegeben.«

»Eine Abreibung, hoffe ich.«

»Mein Dad hat gesagt, man soll immer dankbar sein.«

»Dein *Dad?*«

»Also hab ich ihr einen Fünfer gegeben ...«

»Um deinem Dad eine Freude zu machen.«

»... da hat sie mir eine geknallt.«

»Hättest ihr zehn geben sollen.«

»Meinst du?«

»Ja.«

Mervyn brütete über seine vergeudete Jugend nach. »Aber sie war keine zehn wert«, erklärte er, »und wenn sie keine zehn wert sind, soll man ihnen auch keine zehn geben.«

»Man sollte ihnen sieben fuffzig geben.«

»Einen Scheißdreck sollte man ihnen geben.«

So standen sie einen Augenblick lang da, in stummem Schmerz vereint. Langsam stellte Merv einen Fuß neben den andern. Seine Knochen fühlten sich steif an. Die Feuchtigkeit, dachte er. Dieses widerliche Wetter. Er warf dem Mädchen einen Blick zu. »Beachte uns gar nicht«, sagte er. »Wir unterhalten uns nur. Kleines Gespräch unter Männern.« Er verlagerte sein Gewicht herunter von dem Tisch. »Und darf ich hinzufügen, wie umwerfend du heute ausschaust? Hab ich nicht Recht, Billy? Würdest du nicht auch sagen, dass unser Girlie heute appetitlich aussieht?«

Sie bauten sich direkt vor ihr auf und sahen auf sie herunter.

»Schöner Lippenstift«, sagte Mervyn.

»Sehr rot«, fügte der Skinhead hinzu.

»Eher rosa.«

»Sehr rosa.«

»Und sehr schön.«

Billy runzelte die Stirn. »Irgendwie sieht sie ...«

Mervyn nickte. »Find ich auch.«

Er kam noch näher, um sie zu begutachten. »Meinst du, sie hat schon geduscht?«

»Heute, meinst du?«

»Weil er nicht will, dass sie *super*sauber sind. Er hat keinen Reinlichkeitsfimmel, wie er das ausdrückt. Er hat's gern natürlich. Er mag es, wenn sie diesen gewissen *Geruch* haben.«

»Aber nicht, wenn sie stinken ...?«

»Das nicht. Nur erdiger.«

Er räusperte sich und schnüffelte rund um ihren Kopf. »Dann wird er also nicht sehr erfreut sein.«

»Wir hätten's ihr sagen sollen.«

»Wär besser gewesen.«

Merv bückte sich und starrte sie an und kam ganz nah, so nah, dass er sein ekles Fleisch direkt an ihre Wange hätte drücken können. »Sie ist nicht schlecht, oder?«

»Sehr lecker.«

»Aber meinst du, es reicht?«

»Wie reicht?«

»Reicht für alle, mein ich.«

»Pfui, Merv. Aber ich versteh, was du meinst.«

»Dacht ich's mir doch. Denn zuerst war da Joe, und jetzt Henry, und was ich wissen will, was ich nun wirklich wissen will, ist ...«

»Was ist mit uns?«

»Genau.«

»Weil wir auch Gefühle haben.«

»Genau.«

Die blank geschrubbten, glänzenden Gesichter, die über ihr hingen. Merv und Billy, wie sie freundlich sind, wie sie jungenhafte Jovialität versprühen.

Eine Hand, rundlich und haarlos, packte zu. Sie hatten ihn nicht nach unten kommen hören. Manchmal sind schwergewichtige Männer so. Sie können sich ranschleichen, können ihre Masse geräuschlos herumrollen, und eben waren sie noch oben, wo sie auf die kleine Sahneschnitte gewartet haben, und im nächsten Augenblick sind sie schon unten im Flur und ziehen Billy am Ohr.

»Meine Herzensdame und ich«, er sprach langsam, »wünschen nicht gestört zu werden.« Er hielt das Skinhead-Ohrläppchen im Zangengriff und drehte es herum. »Haben wir uns verstanden? Wenn nicht, sag mir bitte Bescheid. Wenn ich mich nicht absolut glasklar ausgedrückt haben sollte, nick einfach, sag was, und ich werde für Abhilfe sorgen.«

Billys nichts sagendes rosa Gesicht hatte sich zu einem schmerzerfüllten Grinsen verzogen. Der Mund stand ihm offen, die Zunge hing heraus, Speicheltropfen bildeten sich und platzten.

Er hatte Recht, dachte sie. Seine Jungs sind Hunde.

Der Fettsack nahm sie bei der Hand. »Schön, dass du da bist«, murmelte er. Er führte seinen Gast nach oben. »Und ich hoffe sehr, dass dir dein Besuch Freude machen wird. Weil es mir keinen Spaß macht, wenn es dir keinen Spaß macht.«

Sein Gesicht glänzte im Licht. Wenn man gewollt hätte, hätte man seine Backe abschlecken können, man hätte seinen Schweiß mit der Donna-Zunge ablecken können.

»Oder, um genau zu sein«, führte er aus, »wird es mir nicht *ganz* so viel Spaß machen, denn irgendwo, in einem Eckchen meines

Hirns, weiß ich, dass meine heutige Herzensdame, die derzeitige Königin meiner Begierden …« Er musste nach Luft schnappen. »… schmollend unter mir liegt.«

Sie stiegen zwei Treppen hinauf und hielten vor einer schweren Holztür an.

Er stand neben ihr, weich und keuchend. »Also bemüh dich, will ich damit sagen.« Ein charmantes Henry-Lächeln. »Nur um des guten Benehmens willen.«

6

Sie hatte noch nie das Schlafzimmer eines alten Mannes betreten, und ein Schauder der Ödnis, eine sanfte Welle verfrühter Langeweile schlug über ihr zusammen. Hier also leibte und lebte er, hier nahm er ihn in die Hand und streichelte sich selbst in den Schlaf.

»Warum setzt du dich nicht?«

Er nickte in Richtung des gigantischen Betts mit der frisch gewaschenen Bettwäsche. In dieser Hinsicht also nichts Perverses, nichts Muffiges, was die Laken anbelangte. Sie achtet auf so etwas, denn sie wird sich nicht an Henrys Bettwäsche schmutzig machen. An Henry vielleicht, aber nicht an seiner Bettwäsche.

»Warum machst du's dir nicht auf dem Bett gemütlich? Entspann dich, probier die Matratze aus.«

»Sieht tadellos aus.«

»Probier sie aus, nur für den Fall.«

»Für welchen Fall?«

»Für den Fall, dass du den Boden vorziehst.« Er öffnete ein Walnussschränkchen. »Kann ich dir was zu trinken anbieten, Schatz?« Er spähte hinein. »Wir haben Whisky, Brandy, bisschen Lemon-Wodka. Für die Damen gibt's 'n paar Piccolos, Bacardi und Cola für die Nutten.« Er öffnete eine Flasche Single Malt Whisky. »Ein gutes Tröpfchen.« Er atmete den Duft tief ein. »Da fließen die Säfte gleich besser.« Er schenkte etwas von der bernsteinfarbenen Flüssigkeit in ein Glas ein und hielt es ihr entgegen.

Sie schüttelte den Kopf. »Danke, noch 'n bisschen früh. Aber lass es dir schmecken.«

Er nahm einen Schluck, und sie sah sich um. Nach einem richtigen Henry-Zimmer sah es aus, alles dick vertäfelt und dumpfig vor Alter. Ein voll gestopftes und bedrückendes Altmännerzimmer, und sie verabscheute es absolut. Wenn sie gekonnt hätte, hätte sie die Bude in Schutt und Asche gelegt, hätte sie einfach abgefackelt und wär weggegangen. Wenn sie gekonnt hätte, hätte sie alles zu Klump geschlagen, denn so ein Mädchen ist sie nun mal.

»Hübsch«, murmelte sie.

Auf seinem Hals breitete sich eine befriedigte Röte aus. »Gefällt es dir?«

»Mmmm. Passt zu dir.«

Das nahm er mit erfreutem Gesichtsausdruck auf und winkte sie hinüber zu einem Sofatisch. Er war für zwei gedeckt; es gab Brot und Honig und einen Krug heiße Milch. Er schenkte sich mit einem Ausdruck stiller Zufriedenheit eine Tasse ein. »Willst du auch?«

Die Haut, dachte sie. Er trinkt die *Haut.* »Lieber nicht.«

»Beruhigt den Magen.«

»Danke nein. Nicht für mich.«

Er riss ein Stück von einem langen Baguette ab. »Bist wie meine Jungs«, brummte er. »Weißt nicht, was dir entgeht.« Er rollte das Brot zwischen den Fingern zusammen und tunkte es in die Milch. »Solltest es mal probieren. Ist gut für die Nerven.«

Er beförderte den durchweichten Brocken auf seine Zunge. Etliche Sekunden lang war nichts zu hören außer Kaugeräuschen, nichts war zu hören als ein zufriedener Henry. Dann leerte er die Tasse und leckte sich die Lippen, und ein kleines, weißes Bröckchen milchdurchweichtes Brot rollte ihm das Kinn herunter.

»Darf ich dich etwas fragen?«

Sie nickte. »Klar.«

»Du kannst Joe gut leiden, was?«

»Ach ja, es geht.«

»Ich möchte wirklich zu gern wissen, wie Kerle wie er das immer anstellen, die Frauen rumzukriegen.«

»Er sieht klasse aus, Henry.«

»Aber er hat keine Kohle, meine Liebe, und wie ich immer sage: Wenn man arm ist, kann man genauso gut tot sein. Ein Leichtgewicht, der Gute, oder? Im Grunde nicht viel an ihm dran. Also lässt ein Mädchen, das mit so einem Typen geht, eine Leiche an sich ran, sie treibt's mit den lieben Dahingeschiedenen. Und so was ist meiner Meinung nach gar nicht hübsch. Das ist ehrlich gesagt nicht das, was ich gesund nennen würde.«

»Er hat seine guten Seiten.«

»Ach ja? Zum Beispiel?«

»Er ist sanft und liebenswürdig.«

Henry schnaubte. »Das ist Larry Lämmchen auch. Und der Scheiß Andy Padendy.«

»Kein Grund zum Schreien.«

»Ich kann nichts dafür, Süße, ich hab hier diesen Schwanz, weißt du, und wir sind eben so. Wir Kerle, mein ich. Die Dreibeiner dieser Welt. Wir werden halt manchmal aggressiv, und wenn das bei deinem Joey nicht so ist, dann ist er kein Kerl, mein Schatz. Kein richtiger Mann.« Er wischte sich den Mund ab. »Ein ziemlicher Schlappschwanz.«

Mit dieser äußerst passenden Bemerkung stand er auf und öffnete seinen Hosenlatz. Vielleicht ein Hauch optimistisch, aber sie fand es klüger, das nicht auszusprechen. Er zog sich die Hosen herunter, pellte sich aus dem Hemd und stand wartend neben dem Bett. Eine günstige Gelegenheit, ihn sich gut anzugucken. Der Boss aller Bosse hatte naturweiße Unterhosen, hängende Brustwarzen und einen erwartungsvollen Gesichtsausdruck. Eine mäßige Menge an Körperbehaarung war vorhanden. Gerade genug für den Anstand, nicht genug für Potenz. Aber immerhin bestand er den Donna-Test, denn sie mochte keine unbehaarten Männer. Wenn man auf unbehaarte steht, hatte sie immer gedacht, will man im Grunde lieber 'ne Frau.

Er fuhr mit der Hand in die Unterhose und bewegte den Inhalt sanft umher. »Alles in Ordnung, Zuckerpuppe. Nur mal gucken, ob alles klar ist da unten.«

Sie verspürte das plötzliche, dringende Bedürfnis wegzugucken, und ihr Blick blieb am Nachttisch hängen. Sie sah noch einmal genauer hin, nur um ganz sicherzugehen, und da lag es: ein Gedicht, die reine Wonne. Seit sie hier war, erblickte sie zum ersten Mal etwas, das sie wirklich erregte, und ihre schlummernde Leidenschaft begann sich zu rühren.

»Was ist das für Geld, Henry?«

»Was für Geld, Süße?«

»Neben dem Bett, Henry.«

»Das ist deins, mein Schatz.« Er kam ein bisschen näher. »Ein Bündel Scheine für dich auf die klebrige Hand für bis jetzt noch ungeleistete Dienste.«

»Das heißt, du erlässt Joey die Schulden, und ...«

»Du kriegst einen Bonus.«

»Oh.«

Ihr Blick lag voller Zärtlichkeit auf dem wartenden Stapel. Kleine, braune Zehner und große, blaue Zwanziger und ein paar süße Fünfer als Glücksbringer obendrauf. Ein kleiner, dicker Haufen brandneuer Scheine. Alles meins, dachte sie in einem plötzlichen Rausch des Stolzes. Für mich, dachte sie. Weil ich nett bin.

Er zog sie an sich, drückte seinen Mund gegen ihren Hals, langte um sie herum und umfasste den zerbrechlichen Donna-Rumpf in den Samtjeans. »Sei brav«, sagte er, »sei einfach nur nett, und der Fettsack wird sich gut um dich kümmern. Ich war in dieser Hinsicht immer schon nett, war immer schon großzügig den Damen gegenüber.« Er schob seinen Schwanz gegen ihren Unterleib. »Ich mach sie gern glücklich.«

»Wie glücklich, Henry?«

Sie streckte die Hand nach den auf sie wartenden Geldscheinen aus.

Seine breiten Lippen öffneten sich. Das Henry-Lächeln. »Na

na, nicht so eilig«, sagte er und umklammerte ihr Handgelenk mit seinen schweißigen Fingern. »Ich glaube, da sind wir doch etwas vorschnell. Wir wollen der Sache ja nicht vorgreifen.« Er zog ihren Arm weg. »Erst sind wir nett, dann werden wir bezahlt.« Sein Gesicht war von einem Schweißfilm bedeckt, die Augen ein blasses, ausgewaschenes Grau, wie ein englischer Himmel im Winter. »Wenn du also so freundlich wärst und dich ausziehen würdest, wäre ich dir verbunden.« So nah war er mit seinem ganzen Milchgeruch und faltigen Alter.

»Lieber nicht«, sagte sie, »jetzt auf jeden Fall noch nicht.« Sie trat einen Schritt zurück. Ein entschuldigendes Lächeln. »Ich bin nicht locker, verstehst du. Ich bin grad nicht gut drauf.«

»Wird nicht lang dauern«, versprach er. »Im Handumdrehen ist die Sache vorbei.«

»Vielleicht ein andermal.«

»Gefällt mir nicht, wenn du schwierig bist.«

»Ärztliche Anordnungen, tut mir Leid.«

»Weil ich hart durchgreifen muss, wenn du schwierig sein willst.«

»Ich bin nämlich allergisch ...« Ihr Gehirn rotierte. »... gegen Sperma.«

Er stutzte. »Du meinst den weißen Glibber?«

»Genau den.«

Das verschlug ihm ein paar gute Sekunden lang die Sprache. Er saugte Luft zwischen den Zähnen hindurch ein und starrte sie an. Er fixierte sie mit seinen Schweinsäuglein. »Ist das dein Ernst? Du verscheißerst mich ja wohl nicht, oder? Weil ich sehr wenig Sinn für Humor habe, wenn es um meinen Johannes geht.«

»Das glaube ich dir sofort, und so was würde ich mir nie erlauben.«

Er sah nicht sehr überzeugt aus. »Warum bist du dann hergekommen?«

»Weil du mich hergebeten hast. Zum Tee«, fügte sie hinzu. »Scones und so. Toast und Honig und Radio Four.«

»Honig?«

»Ja.«

»Da hast du ja Glück gehabt.« Er hob das Glas hoch und las, was auf dem Aufkleber stand. »Marks&Sparks. Ist das gut genug?«

»*Wunderbar*«, hauchte sie. »Du bist ein *ganz* Süßer.«

»Weiß ich doch.« Er zog sich die Unterhose herunter. »Ich kann einfach nichts dagegen tun.«

Und er stand vor ihr, splitterfasernackt, rosa und im Licht glänzend. Verdammte Scheiße, dachte sie. Elende Flitzkacke. Er reichte ihr das Honigglas und einen silbernen Teelöffel. »Und, schmierst du?«

»Schmier du, Henry. Ich bin zu aufgeregt.«

Er führte sie ins Badezimmer, einen endlosen Palast aus Chrom und Kacheln, und ließ sich auf einem Holzhocker nieder. Sie schraubte den Deckel ab, weil sie ja gern ihren Teil tat, und stellte das Glas auf den Wäschekorb.

»Ich bin froh, dass wir das geklärt haben«, brummte er, »weil ich extra alles schön gemacht habe; hab sogar das Bett frisch bezogen.«

Er ächzte leicht, als er sein Gewicht nach vorn verlagerte, seine Finger in das Glas tauchte und eine ordentliche Hand voll herausholte. Dann spreizte er die Beine und schmierte sich ein, verteilte den Honig auf dem lila Sack, den geäderten, faltigen Henry-Klöten, in denen seine bescheidenen Nüsse ruhten. Das Klatschen von Haut auf zarter Haut. Die Vergnügen des Fleisches.

»Das hier ist für dich«, erinnerte er sie. »Also komm schon, Süße …« Er leckte sich die Finger ab, einen nach dem anderen. »… mach einen alten Mann glücklich.«

Sie starrte die gleißende Bescherung entgeistert an. Die Worte »staunendes Entsetzen« kamen ihr ungebeten in den Sinn. Henry tropfte auf den Boden. Sein Bauch hing diskret herunter, ohne die kleinen Teile, die klebrigen, wartenden Sukkulenten zu verdecken, die bescheiden zwischen seine Schenkel gebettet lagen. Die Luft roch nach Milch und Honig, wurde ihr klar. Sie hatte ihr gelobtes Land erreicht.

»Gut siehst du aus«, bemerkte sie. »Richtig lecker siehst du aus, Henry.«

Sie starrte ihn an und wusste, dass sie's nicht tun konnte. Nicht für Joe. Noch nicht mal für Geld, und für Geld hatte sie immer schon eine Schwäche gehabt.

»Na, dann werde ich mich wohl besser mal ausziehen.« Sie bewegte sich zentimeterweise in Richtung Tür. »Mir die Haare hochstecken und so.«

Er kratzte sich unterm Arm. »Ich warte, Süße.«

Sie blies ihm einen Kuss zu. »Fang nicht ohne mich an.«

Sie war im Schlafzimmer und schloss die Tür hinter sich. Das Donna-Herz schlug ihr in der Brust. Wenn sie der Typ gewesen wäre, der schwitzt, dann hätte man eine gewisse Transpiration wahrnehmen können. Die Knete wartete immer noch auf dem Nachttisch. Die gehört mir, dachte sie sich. Sie hatte ihren Teil getan, sie hatte es sich auf redliche Art und Weise verdient. Sie hatte ihm dabei zugeguckt, wie er seinen Dödel mit Honig einschmierte, also gehörte der Schotter ihr.

Sie streichelte die Scheine sanft und versenkte sie in der Handtasche. Ein paar Minuten hatte sie vermutlich. Zwei Minuten, nicht mehr, bevor ein plötzliches Aufbrüllen des Verstehens, ein Aufjaulen glitschiger, tropfender Wut die Lakaien herbeirennen ließ.

Sie verließ das Schlafzimmer und huschte den Flur entlang. Sie hoffte, dass es keine Szene geben würde, keine Auseinandersetzungen oder Unerfreulichkeiten anderer Art. Sie machte sich auf den Weg nach unten. Nicht rennen, dachte sie sich, denn Damen rennen nie. Mädchen vielleicht, aber Damen nicht. Die erste Treppe hinunter, über den Treppenabsatz, die zweite runter, und sie hat es fast geschafft. Joey ist draußen, und sie hat es fast geschafft. Sie bog um die Ecke, und: »*Meine* Fresse ...«

Merv stand in der Eingangshalle und lehnte sich gegen die stahlverstärkte Tür. Düster da unten, nur eine einzige, funzlige Glühbirne. Der Fettsack sparte Pfennige. Er beobachtete sie, wie sie die Treppe herunterkam. »Sie sieht wirklich gut aus.« Hände tief in den Hosentaschen vergraben, und dieser Ausdruck auf seinem Gesicht, dieses Mervyn-Grinsen. »Bisschen erhitzt vielleicht.« Er verengte die Augen. »Rosa Bäckchen.«

Sie war unten, er kam auf sie zu.

»Steht dir aber gut, Süße, also sei bloß nicht schüchtern.« Das Rosenknospenmündchen steuerte auf ihr Ohr zu. »Und, haben wir schön Tee getrunken?« Er packte sie am Oberarm. Fest genug, dass es wehtat, aber nicht fest genug, um einen Abdruck zu hinterlassen. »Haben wir unser Zimtschneckchen schon verspeist?«

Sein Gesicht schob sich derart nah an sie heran, dass sie die Mitesser auf seiner Nase sehen konnte und den frischen, neuen Herpespickel auf seiner Oberlippe.

»Gibt's Probleme, Merv?«

»Keine Probleme, Zuckerpuppe.«

Er ließ den Blick ausgiebig an ihr herauf- und heruntergleiten, er begutachtete sie eingehend, die engen schwarzen Jeans, die Sieben-Zentimeter-Absätze, das tief ausgeschnittene Oberteil. Gut sah sie aus, dachte der Junge. Die Donna-Schlampe sah gut aus.

Gedämpftes Poltern von oben, das Geräusch von Kleiderschränken, in denen gewühlt und alles durcheinander geworfen wurde. Sie befreite sich sanft.

»Ich düs dann mal, Süßer. Der Chef braucht dich vielleicht.«

Er zog die Riegel zurück und machte die Tür auf, und sie trat vor ihm nach draußen, hinaus aus der Dunkelheit und hinein ins Licht.

»Wenn du das nächste Mal zu Besuch kommst«, sagte er, »wär's nett, wenn du auch noch was für die Jungs aufhebst.«

Das flüchtige Donna-Lächeln. »Werd ich tun, Merv. Ehrlich.«

7

Sie bewegte sich nicht besonders gern, wenn es sich irgendwie vermeiden ließ, aber als sie aus dem Haus kam, da rannte sie.

Es war spät an einem eisigen Nachmittag und die Kälte so bitter, dass es ihr die Tränen in die Augen getrieben hätte, wenn sie der Typ gewesen wäre, der zu Tränen neigt. Ein schneidender Wind fegte die Straße herunter und biss ihr ins Gesicht. Der Schädel begann ihr wehzutun, die Zähne schmerzten, und ihre Lippen wurden so weit auseinander gedrückt, dass man hätte denken können, dass sie grinste. Man hätte denken können, dass sich die Donna-Schlampe in einem freudig erregten Zustand befand, wenn man sie so aus dem Haus rennen sah.

Es wurde dunkel draußen, und die Farben wirkten ausgewaschen, als wären sie abgespritzt worden, als hätte jemand den Stöpsel rausgezogen und sie den Abfluss runterfließen lassen. Joe lehnte an der Kühlerhaube, völlig in sich versunken und voll und ganz mit dem Rollen der perfekten Kippe beschäftigt. Er leckte das Papierchen an und steckte sich die Kippe in den Mund, wobei er eine derart überzeugende Ruhe ausstrahlte, dass sie fast lähmend wirkte. Ein kurzes Aufflammen, das orange Glühen beim Einatmen, und ein halb abgebranntes Streichholz wurde weggeworfen.

Aber es dauert nicht lang, eine Einfahrt herunterzurennen. Sogar in Sieben-Zentimeter-Absätzen. Auch wenn man nicht gerade ein sportlicher Typ und es eine längere Einfahrt in einem besseren Teil von London ist. Sogar dann kann man sie relativ schnell hinter sich lassen. Der Schotterboden kann einen aufhalten, aber man kann es schaffen, wenn man sich konzentriert. Und während sie vorwärts stöckelte und ihr Atem in der Luft kondensierte, begann ihr unterbewertetes Donna-Hirn im Kopf zu hämmern, still und leise unter der Schädeldecke zu pulsieren, weil sie an dieses ewig grinsende Stück Scheiße denkt, das sich Merv schimpft. Fünfzehn Sekunden, um die Treppe hochzusteigen, noch mal fünf, um den Flur zu durchqueren, dann würde er die Fettsack-Klause betreten, und …

»Joe!« kreischte sie. »Wir hauen ab, Joe!«

Man musste es dem Jungen lassen, er konnte flott sein, wenn er wirklich musste. Er war um die Kühlerhaube herum und auf dem Sitz, bevor sie wieder Luft geholt hatte, bevor sie fertig eingeatmet hatte. Er beugte sich hinüber, stieß die Tür auf, und sie schlüpfte ins Auto.

»Alles klar?«

»Alles klar. Und bei dir?«

»Alles paletti.«

Ich hab deine Schulden beglichen, hätte sie fast hinzugefügt, und einen Bonus hab ich auch gekriegt. Sie hatte ihn in die Handtasche gestopft, hatte ihn reingeworfen und die Tasche zuschnappen lassen. In der Sicherheit ihrer Ledertasche hatte sie es, das Geld des Fettsacks, das Einzige von ihm, das sie tief in sich haben wollte. Ehrlich gesagt wurde ihr ganz feucht unten rum. Brachte die Schmierung in Gang. Von dem ganzen Geld auf ihrem Schoß zerschmolz sie richtig zwischen den Beinen. Denn sie mag es, wenn sie Sachen geschenkt kriegt, sie hat es gern, wenn man Geld für sie ausgibt: Aber sie *liebt* es, wenn sie es sich nimmt, denn so ein Mädchen ist sie halt.

Weil sie vergesslich sind, die Dreibeiner. Vergessen, sie einzuladen, vergessen, ihr zu kaufen, was sie haben will, vergessen ihren Namen, vergessen, wie sie's gerne hat. Aber sie erinnern sich immer dran, ihn reinzustecken, sind allzeit bereit, ihn reinzuschieben, vergessen niemals das Rammeln. Das heißt, so wie sie die Sache sieht, schulden sie ihr was. In ihrer donnazentrischen Sicht der Welt schulden sie ihr reichlich.

»Joe, fahren wir?«

»Gleich, Baby.«

Er klappte den Kragen hoch und setzte die Sonnenbrille auf, weil er immer gern seine Rolle spielte, er wusste, was er sich schuldig war. Sie blies auf ihre Finger.

»Also verpissen wir uns, was?«

Ein letzter Zug, und er warf die Selbstgerollte aus dem Fenster. »Sind schon unterwegs.« Er drehte den Schlüssel um. Der Motor hustete und ging stotternd wieder aus. »Na gut, fast«, sagte er und versuchte es noch mal. Der Motor sprang fast an. Beinah hätte er gezündet. Drei endlose Sekunden, in denen der Zündfunken beinah übersprang und dann still und leise verreckte. Er pumpte das Gaspedal.

»Gleich säuft dir der Motor ab.«

»Kennst du dich etwa mit Autos aus?«

»Er säuft dir ab, Joe.«

Er versuchte es ein drittes Mal. Eine Umdrehung nach rechts, und die Zündung ist an. Noch eine halbe Drehung, und der Motor rührte sich, und dann dieses wohl bekannte tuberkulöse Geräusch, dieses kranke, röchelnde Geräusch, wenn die Batterie den Geist aufgibt.

Ein Krampf durchzuckte die Donna-Eingeweide. »Geht's jetzt los, Joe?«

»Wir düsen gleich los.«

»Jetzt, oder was?!«

»*Gleich,* ja?«

Sie drehte sich auf ihrem Sitz herum und starrte zurück zum Haus. Oben gingen Lichter an, Schatten bewegten sich hinter den Vorhängen. Henrys Gesicht erschien, ein Klumpen bleicher Bösartigkeit, der vom Fenster im ersten Stock eingerahmt wurde. Der Mund veränderte seine Form, weil er irgendwas schrie, weil Henry sich auf seine bevorzugte Art und Weise ausdrückte. Sie beobachtete das Loch, wie es sich öffnete und schloss. Stellte sich die

Beschimpfungen vor, die daraus hervorgeschossen kamen, die Tropfen Henry-Spucke, wie sie durch die Luft flogen, bevor sie mit einem leisen, klebrigen Zischen auf der Fensterscheibe landeten.

»Du brauchst dich ja nicht zu beeilen, aber ich habe das Gefühl, er beobachtet uns.«

»Wie sieht er aus?«

»Nicht besonders glücklich.«

Joe bearbeitete den Motor. »Dann düsen wir besser mal.«

Sie behielt das Gesicht des Fettsacks im Auge und winkte in einem stummen Abschied mit den Fingern. »Ja«, sagte sie. »Wär besser.«

Merv und Billy jetzt neben ihm, und er zeigt herunter, gibt Befehle, wobei die schwarze Öffnung größer und kleiner wird. Als ob man einen Stummfilm gucken würde, dachte sie, und plötzlich merkte sie, dass die Jungs weg waren, auf und davon, dass sie ihr Testosteron zusammengerafft und aus dem Blickfeld verschwunden waren. Da war nur noch der Fettsack allein am Fenster, und sie war sich nicht ganz sicher, sie hätte es nicht mit völliger Sicherheit sagen können, aber irgendwie sah es aus, als würde er grinsen.

»Machst du jetzt sofort das Auto an?«

»Ich probier's ja!«

»Mach's jetzt sofort an, verdammt noch mal!«

»Schreist du mich jetzt an, oder was?«

»Tritt einfach drauf! Nicht pumpen, kapiert? Tritt einfach das Pedal durch.«

»Hab ich ja *getan!*«

»Dann bleib jetzt verdammt noch mal drauf stehen.«

Die Haustür wurde aufgerissen, wie in einem schlimmen, schlimmen Traum. Mervyn kam aus dem Haus getobt, in der Faust ein fünfzehn Zentimeter langes Stück Metallrohr. Sie drückte das Türknöpfchen hinunter. Joe warf den Schaltknüppel in den Zweiten und trat das Gaspedal voll durch. Mervyn kam die Einfahrt heruntergerannt, kurz hinter ihm Skinhead Billy. Die plötzliche Vision, wie sie nach oben gezerrt wurde, wie sie geknickt und genommen und vor dem Fettsack erniedrigt wurde. Panikkotze in ihrem Bauch. Nicht das, dachte sie. Nicht ich, dachte sie.

»Oh Gott …«, stöhnte sie.

Er riss den Schlüssel herum, der Motor rührte sich. Dann hob er den Fuß, und er machte es richtig, und der herrliche, herrliche Klang eines geborgten Motors, wenn er endlich anspringt. Er ging von der Kupplung, und das Auto schoss vorwärts, die Reifen hinten drehten durch, bis sie den Boden fanden. Der verführerische Geruch von verbranntem Gummi, und Merv und Billy hatten sie fast gehabt, sie hatten sie fast berührt, sie waren fast da gewesen.

Dann schlitterte das Auto auf die Straße zu, sie wurde zurück gegen den Ledersitz geschleudert. Wie beim Abheben eines Flugzeugs, so gut war es, Geschwindigkeit und Licht und Kraft. Die Beute vom Fettsack auf ihrem Schoß und der schreiende Mervyn direkt hinter ihr, und das Adrenalin raste durch ihre Adern.

»Joe«, hauchte sie, »es ist wie im Film, Joe …«

Und er trat das Gas voll durch, und sie waren weg.

8

Sobald sie den Heath Drive hinter sich gelassen hatten, verringerte er das Tempo. Er mochte nicht wissen, wie man ein Auto zum Laufen brachte, aber mit solchen Sachen kannte er sich aus. Man steht locker mit dem rechten Fuß auf dem Pedal, man rast nicht die Redington Road herunter und verschreckt die anständigen Bürger. Könnte man genauso gut ein Schild hinten auf dem Auto anbringen. Gib mein Kennzeichen durch, ich bin ein Räuber. Mit solchen Sachen kennt er sich aus, er ist ja ein gewiefter Junge. Als sie also den Heath Drive hinter sich gelassen hatten, verringerte er das Tempo, dann rauschten sie mit dem Verkehr mit, rollten gemächlich die Straße entlang, schön langsam, immer schön cool, als würde er so was jeden Abend machen.

Er hebelte den Schaltknüppel in den Vierten. Aus den Belüftungsschlitzen kam jede Menge kalte Luft, auf der Innenseite der Fenster bildeten sich Tröpfchen. Er schaltete die Heizung an, lauschte dem Gebläse. Und dann fragte er unvermittelt: »Und, wie viel hast du rausgeholt?«

Sie reagierte nicht. Man hätte sogar denken können, dass das Mädchen nicht gehört hatte. Sie sagte nur … »Und, essen wir bald was?« … und drehte den Kopf, sodass sie ihn anschauen konnte. Er war ein gut aussehender Junge, und sie schaute gerne. Auf seiner Backe waren Bartstoppeln, weil er nicht allzu viel fürs Rasieren übrig hatte, nur hin und wieder, wenn es ihn mal überkam. Er hatte gesagt, er würde es machen, wenn sie wollte, aber sie hatte ihm geantwortet, dass es nicht nötig ist, denn sie mag es, wenn ihre Männer wie Kerle aussehen, sie steht nicht auf Milchgesichter.

Er fuhr rechts rein in die Arkwright Road.

»Hast du Hunger, Baby?«

»Na ja … nicht so richtig.«

»Aber du würdest nicht nein sagen?«

»Wär ein guter Zeitvertreib.«

»Und, wie viel hast du nun rausgeholt?« Er hatte es nicht vergessen.

»Rausgeholt, Joe?«

»Rausgeholt, Baby. Aus Henry.«

»Wie kommst du da drauf?«

»Ich kann so was riechen. Du hast diesen Kohlegeruch an dir.« Er ließ das Auto im Leerlauf die Straße runterrollen. »Ich mein, ich frag ja nur. Nichts Weltbewegendes.«

Sie blickte stirnrunzelnd auf das Armaturenbrett. »Du willst also nur wissen ...«

»Ich bin ein neugieriger Kerl.«

»Und es gehört dem ehrlichen Finder, stimmt's, Joe?«

»Stimmt.«

Sie umfasste die Tasche mit beiden Armen und drückte sie gegen ihren Bauch. »Ich hab jede Menge rausgeholt, Joey.« Sie nickte gedankenverloren. »Hab voll abgesahnt.«

Er glitt in den Ersten. »Womit du wohl sagen willst, ...« Er machte eine scharfe Linkskurve. »... dass wir abgesahnt haben, Süße.«

Sie sah den vorbeifliegenden Gebäuden nach und zeichnete ein großes D auf die beschlagene Scheibe. »Ja«, brummte sie. »Wahrscheinlich.«

Sie steckten bei der Ampel am Bahnhof im Stau. Sechs Spuren Verkehr, aufjaulende Motoren. Lärm und Dreck und Ärger, der ewige Gestank an der Finchley Road. Er rückte am Spiegel herum, tastete nach einer Kippe. »Und, wie ist es nun gelaufen?«

Sie berührte eine Plombe mit der Zunge. »Na ja, nicht schlecht.«

»Keine Probleme?«

»Eigentlich nicht.«

Er zerknüllte eine leere Zigarettenpackung in der Faust und warf sie nach hinten. »Bin ich meine Schulden los?«

»Ja, irgendwie schon.« Sie beobachtete einen jungen Kerl auf einem Mountain Bike, der sich zwischen den Autos hindurchfädelte. »Deinen Job bist du auch los.«

»Ich hab den Job nie gemocht.«

»Dann sag auch danke schön.«

»Danke schön.«

Die Ampel wurde gelb.

»Du hast ihn gesehen, was?«

»Was gesehen, Joe?«

»Seinen Dödel«, sagte er. »Den Henry-Dödel.«

Sie nahm eine Packung Tabak in die Hand und holte eine großzügige Prise heraus. »Kurzen Blick hab ich vielleicht drauf geworfen.«

»Ich hab ihn auch schon gesehen«, sagte er. »Das, was es da zu sehen gibt.« Er hielt die Kupplung im Anschlag. »Bisschen klein, fand ich.«

»Winzig«, stimmte sie zu. Sie rümpfte angewidert die Nase. Allein die Vorstellung, was er von ihr gewollt hatte. Diese Unverschämtheit. Diese absolut bodenlose Dreistigkeit.

»Einmal musst ich am Holland Park anhalten«, sagte Joe. »Er musste pissen.«

»Direkt da im Park?«

»In der Addison Road.«

»Das ist am Shepherd's Bush.«

»Hast wohl den Stadtplan auswendig gelernt.«

Sie holte ein Papierchen heraus und fing an, ihm einen Glimmstängel zu rollen. »Und dann hast du angehalten ...«

»Und er hat gepisst. Auf der Veranda von so einem roten Backsteinhaus. Direkt da auf der Veranda, direkt gegen die Tür.«

Sie schüttelte den Kopf. »Tut man doch nicht, so was.«

Joe nickte trübsinnig. »Ganz schön abartig, echt.«

Der stehende Verkehr fing an zu rollen. Er machte eine Rechtskurve, und sie rasten durch Kilburn hindurch. Dann Kensal Green, die Scrubs-Lane-Kreuzung, und nicht allzu viel später waren sie schon in Harlesden mit den verrosteten Eisenrollläden vor den Schaufenstern und den schnellen, diskreten Deals gegen Bares.

»Ist meine Kippe fertig?«

»Ich bin dabei, Joe.«

Er fuhr von der Hauptstraße ab und schlich an den Häusern vorbei, Fuß auf der Bremse, sodass er die Hausnummern lesen konnte. Die Dunkelheit war hereingebrochen, und er gab's auf mit seinem Image und nahm die Sonnenbrille ab. Sie blickte von der Selbstgedrehten hoch und starrte durch die getönten Scheiben nach draußen. Es gab nicht gerade viele Cafés, eigentlich überhaupt kein nennenswertes Nachtleben.

»Und was wollen wir hier?«

»Wir fahren nur 'n bisschen rum«, sagte er. »Fahren nur durch.«

»Und dann essen wir was, ja?«

»Bald, Baby«, sagte er. »In ein paar Minuten.« Er fuhr neben einer drei Meter hohen, plakatverkleisterten Wand auf den Bürgersteig. »Muss erst noch was Geschäftliches regeln.«

»Was für Geschäfte denn?«

»Autogeschäfte. Das ist doch nicht so dein Ding, oder?«

Sie leckte das Papierchen an und gab ihm die Selbstgedrehte. »Du willst das Auto loswerden?«

Er stellte den Motor ab. »Es muss weg.«

»Ich mag dieses Auto.«

»Man kann nicht alles haben, was man will.«

Sie zog die Sonnenblende mit dem Spiegel herunter und befeuchtete ihre Lippen. »Ich glaub, du kannst jede Menge haben, Joe.«

»Glaubst du, ja?«

»Ja.«

Der warme Motor tickte noch. Sie lächelten sich im schwindenden Licht an.

Er stieg aus und verschwand durch eine kleine Tür, die aus einem großen Holztor ausgeschnitten war. Ein paar Minuten später gingen die Torflügel auf, er kam wieder heraus und fuhr mit dem Auto hindurch. Er drehte eine langsame Runde und parkte neben einem ausgeweideten Bristol.

Sie stiegen aus und standen auf dem Hof. Neonlicht flutete auf sie herunter, und der Geruch von Sprühlack hing in der Luft. Sie beobachtete den Besitzer, wie er das Tor zuschob.

»Ist der auch koscher?«

Joe biss sich auf die Lippe. »Mehr oder weniger.«

Joe hatte sie zu jemandem gebracht, den er kaum kannte, jemandem namens Phil, dem Freund eines entfernten Bekannten. Ein schlaksiger Mann mit dünnen Haaren, rot geäderten Augen und einer laufenden Nase. In der Nähe stand ein Austin-Healey und dahinten ein Mercedes-Sportwagen, denn Phil hielt auf Qualität, er führte nur das Beste. Sie sahen ihm zu, wie er sich die Hände am Monteuranzug abwischte und auf sie zugeschlendert kam, wobei er die Karre kaum eines Blickes würdigte. Er nickte Joe kurz zu und nahm das Streichholz aus dem Mund.

»Wie viel?«

Joe sah ihm in die Augen. »Die Kiste ist über dreißig wert.«

»Ich weiß, was sie wert ist«, sagte Phil. »Sag mir einen Preis.«

»Zwanzig.«

Das Gesicht des Mannes verzog sich zu einem Lächeln. »Drei«, sagte er freundlich.

»Komm, tu mir einen Gefallen …«

»Ich versuche es.«

Staub schwebte glitzernd in dem künstlichen Licht.

»Fünfzehn«, brummte Joe.

Der Mann wischte sich die Nase mit dem Handrücken. »Nicht gerade 'ne gute Position, die du da hast«, sagte er. »Gar nicht gut«, sagte er, »jedenfalls nicht zum Verhandeln, falls du mir folgen kannst.«

»'n bisschen heiß, sonst nichts.«

»Brandheiß.«

»Dann halt zwölf.«

»Dreieinhalb«, sagte Phil. »Und da bin ich noch großzügig.« Der Mann steckte sich das Streichholz wieder in den Mund. »Abgemacht?«

Einen Augenblick lang zögerte Joe. Er kickte mit der Schuhspitze gegen den Asphaltboden und schien den Kopf zu schütteln. Und dann sackte er in sich zusammen, sein gesamter Körper gab nach. Es sah aus, als würde ihn jemand gegen die Wand drücken, als hielte ihn jemand an den Armen und hätte ihm einen Schlag ins Zwerchfell versetzt. »Abgemacht«, murmelte er.

Sie warteten draußen auf dem Hof, während Phil in einer Baracke verschwand, um das Geld zu holen. Sie fing an, sich irgendwie beraubt zu fühlen. Keine Fahrten mehr in Henrys Auto. Kein zarter Donna-Rumpf auf glänzenden Ledersitzen.

»Mach dir nichts draus«, tröstete sie ihn. »Ist ja nur Geld.« (Die dümmste Bemerkung, die sie in den letzten drei Stunden gemacht hatte.)

Phil erschien nach ein paar Minuten wieder und kam auf sie zu. Er warf einen Schlüsselbund von einer Hand in die andere. »Wie wär's mit einer neuen Karre?«

»Ich hätte gern das da«, verkündete sie und zeigte auf den Austin-Healey.

Joe grinste und versetzte dem Mann einen kleinen Knuff gegen die Schulter. »Setz meiner Süßen mal keinen Floh ins Ohr.«

Phil grinste zurück. »Kann man nix machen, alter Schwerenöter.« Das Grinsen erstarrte auf seinem Gesicht. »Aber einen fahrbaren Untersatz brauchste schon, was?«

»Gut möglich.«

»Brauchst ihn doch dringend, oder nicht?«

»Willste mir ein Angebot machen?«

Der Mann fingerte wieder an seiner Nase herum. »War nur ein Vorschlag.«

»Und, was hast du zu bieten?«

»Einen Mark II Capri.«

Joe nickte und dachte drüber nach. »Und läuft er?«

»Wie geschmiert. Ist eine Ludenkarre, falls du weißt, was ich meine.«

Er führte sie hinten um die Baracke herum, und da stand er, in verschiedenen Blautönen: ein zweifarbig lackierter Ford Capri. Joe hob die Haube und beguckte sich den Motor. »Bisschen sauber«, meckerte er.

»Für die Spießer. Du weißt doch, was die immer für 'n Geschiss machen.«

Joe fing an, das Auto langsam zu umrunden, trat gegen die Reifen, fuhr mit dem Finger über die Karosserie. Er ging vor dem Kühler in die Hocke und sah mit zusammengekniffenen Augen an dem Kotflügel entlang. »Hat 'ne neue Tür«, bemerkte er.

»Ich sag ja nicht, dass noch nie was dran gemacht worden ist.«

Joe wuchtete sich hoch. »Können wir's auf die Hebebühne stellen?«

»Dafür ist es 'n bisschen spät. Müssen Rücksicht auf die Nachbarn nehmen.«

»Aha«, grunzte Joe. »Schon klar.« Er warf Donna einen Blick zu und hob die Augenbrauen. Sie zuckte die Achseln und nickte. »Ich geb dir achthundert«, sagte er.

Phil schnaubte. Er zog die Stange heraus und ließ die Motorhaube zuknallen. »Du raffst es einfach nicht, was?«

»Raff was nicht?«

»Spießer wie du kriegen Sonderpreise.«

»Ein Riesen«, sagte Joe, »und wir nehmen ihn mit.«

»Dreieinhalb«, entgegnete Phil, »und ich mach dir den Tank voll.«

Joe starrte ihn an. »Weißt du, was du bist?«

»Ein Autohändler.«

»Du bist eine neunkarätige Riesensau.«

»Ist dasselbe.«

9

»Wir könnten natürlich auch wegfahren«, sagte sie.

Es war nur ein Vorschlag, ihre Art, hilfreich zu sein, ihr Donna-Beitrag des Abends. Sie hatten ein Zimmer in Finsbury gefunden, ein ziemlich abgefucktes Zimmer, aber sie blendete es aus, sie beschwerte sich nicht. Schmales Doppelbett, nackte Glühbirne, das Ganze kostet dreiundzwanzig Pfund, alles inklusive. Eine Glotze gab's nicht, dafür hatte man seine eigene Dusche. Doch es hat diesen Geruch, und diesen Geruch kennt sie, eine schmierige Mischung aus Moder und Verfall, genau wie damals die Bude in Camden. Denn Donna hat schon einiges gesehen, sie ist rumgekommen in der Welt.

»Könnten einfach wegfahren, nur wir zwei.« Sie betrachtete sich im Spiegel. »Wär doch romantisch. Wie Flitterwochen oder so.«

»Du meinst, ins Ausland, oder was?«

»So in der Art.« Sie zog die dunkelverfärbte Haut unter ihren Augen vorsichtig nach unten. Entzündet, dachte sie. Ich krepiere. »Wo's Spaghetti gibt«, fügte sie hinzu.

»Ich mag keine Spaghetti.«

»Dann halt wo's Hamburger gibt.«

Er lag auf dem Bett und starrte die Decke an. Er hatte die Schuhe nicht ausgezogen, was sie nervte, aber nur leicht. Sie beugte sich näher an das Glas und musterte ihr Spiegelbild. Eine kleine rosa Beule war auf ihrem Kinn gesprossen.

»Ich hab einen Pickel, Joe.«

»Ich weiß.«

»Vielleicht ist es ein Schuldgefühl-Pickel, weil ich einem alten Mann sein Geld weggenommen hab.« Sie begutachtete den Pickel eingehender. »Muss mein Gewissen sein, das mir zu schaffen macht.«

»Du hast kein Gewissen«, murmelte er, »du hast einen Pickel.«
»Meinst du, der Typ unten hat ihn bemerkt?«
»Ich glaub schon.«
»Ist er so auffällig?«
»Was willst du hören?«
»Sag nein.«
»Nein.«
»Ich werd morgen was draufschmieren.«
»Warum drückst du ihn nicht einfach aus?«
»Man kriegt noch mehr, wenn man das macht.«
»Du hast doch schon jede Menge.«
»Was soll das heißen?«
»Das soll heißen, dass du letztens auch einen hattest.«
»Wann letztens?«
»Als wir uns kennen gelernt haben«, sagte er. »Bei Carlo.«
»Das war ein Periodenpickel.«
»Was für 'n Pickel?«
»Du erinnerst dich, Schatz: mag nichts essen, und überall ist Blut …?«
»Ah ja.« Er rollte sich auf die Seite. »Ich erinnere mich.«
Es war elf vorbei gewesen, als sie hier angekommen waren. Eine billige Pension, die Sorte Absteige, die man schon auf den ersten Blick nicht leiden kann, weil sie einem jede Illusion nimmt und einen daran erinnert, dass man ein armer Schlucker ist. Sie hatten im Voraus zahlen müssen. Deswegen hatten sie gesagt, dass sie nur zwei Nächte bleiben würden. Sechsundvierzig Pfund, plus fuffzig extra, für den Fall, dass was kaputtging. Kostet alles heutzutage, alles teuer heutzutage.

Als der Typ am Empfang ihnen die Schlüssel aushändigte, hatte er diesen Ausdruck auf dem Gesicht gehabt, dieses wissende Grinsen, der totale Blockwart-Typ. Sie sah's ihm an den Augen an, dem »Na, Süße«-Ausdruck auf dem Gesicht, als ob sie 'ne Nutte wäre, irgendein angepinseltes Stück Fleisch, das sich stundenweise vermietet. Ein plötzliches Bedürfnis überkam sie, ihm zu sagen, wer sie war, ihn wissen zu lassen, wer sie war, dass sie und nur sie allein diejenige gewesen war, die den Fettsack ausgeraubt hatte. Aber sie blieb friedlich. Folgte Joe einfach nach oben, trat ins Zimmer, pellte sich die hautengen Jeans vom Körper und redete mit ihm über Pickel und Spaghetti.

Sie ging rüber zum Tisch und nahm sich eine Fluppe, steckte sie sich elegant zwischen die Lippen. Ein leises Grunzen, als er sich aus dem Bett wuchtete, ein gedämpfter Seufzer, als Joe sich bemühte. Er zündete ein Streichholz an und hielt die Flamme ein paar Zentimeter vor ihr Gesicht. Sie beugte sich vor und saugte Hitze in das Kraut. Es gibt nichts Besseres, dachte sie, denn das war ihr absolut zweitliebstes Gefühl auf der Welt. Sie atmete lang, tief, perfekt ein und hielt den Rauch fast bis zum Gehtnichtmehr in der Lunge, bis das Gefühl da war, dass die Lunge gleich platzte.

»Mach das nicht«, sagte er.

»Was?«

»Das mit dem Rauch.« Er steckte die Streichhölzer wieder in die Tasche. »Eines Tages treibst du's noch mal zu weit.«

»Weiß ich.«

»Eines Tages musst du dran glauben.«

»Weiß ich.«

Ihre Tasche lag auf dem Bett. Sie zog Joe nach unten, neben sich, steckte eine Hand rein und zog das Bündel Geldscheine heraus. Und die Donna-Schlampe kann nichts dagegen tun, aber wie sie es so in der Hand hält, einfach nur das Gefühl, Henrys Geld mit ihren heißen, gierigen Fingern zu umfassen, bringt still und leise die Schmierung in Gang.

»Sieht nach ziemlich viel aus«, sagte er.

Sie nickte. »Stimmt. Haben gut abgesahnt, Joe. Jetzt leben wir anständig.«

Sie verteilte es auf der Nylonbettdecke, und der Anblick tat fast weh, so schön war er. Saubere, neue Scheine, noch unbefingert von der Menschheit. Unverdrecktes Papier, mit dem man die Flatter machen konnte. Alles meins, dachte sie. Sie sah zu ihm rüber. Alles unsers, verbesserte sie sich.

Er ließ die Finger knacken. »Willst du's zählen?«

Sie schüttelte den Kopf. »Ich hab's besorgt, Joe. Du zählst es.«

Er beugte sich vor und machte ein kleines Häufchen aus ein paar Zehnern. »Das sind schon mal hundert«, sagte er.

»Nicht schlecht für den Anfang.«

»Und da ist noch jede Menge mehr.«

»Jede Menge«, stimmte sie zu.

Es dauerte nicht sehr lange, bis sie alles gezählt hatten, aber sie prüften es trotzdem noch mal nach, nur um ganz sicherzugehen. Vierhundert Pfund, was geklaut nicht sehr viel ist, nicht zu viel, wenn man's hat mitgehen lassen. Nicht, wenn man die Donna-Schlampe ist und man das Gefühl von Seide auf der Haut so gern hat. Vierhundert mickrige Mäuse von einem Millionär. War ja ehrlich gesagt ein Witz. Ein Scheißdreck, wenn man drüber nachdenkt. Vierhundert beschissene Kröten, um ein Leben anzufangen.

So einen Betrag hätte man besser nicht genommen. Wenn man einen Mann wie Henry beklaut, nimmt man besser alles, oder man lässt die Finger davon. Einem wie ihm steckt man nicht die Hand in die Tasche und lässt ein bisschen was mitgehen, um sich über Wasser zu halten. Einem wie ihm klaut man besser das Brot aus dem Mund und die Kleider vom Leib und lässt ihn nackt auf der Straße stehen, allein und hilflos, draußen auf der Straße. Alles muss man nehmen, oder ihn in Ruhe lassen.

Denn es gibt eins, was Donna noch lernen muss: Fordere nie einen Reichen heraus, weil Reiche sich rächen. Und deswegen war es zu nett von ihr gewesen, zu zart besaitet, zu gutmütig, als sie die

Scheine in die Tasche steckte und ihn da tropfend sitzen ließ. Sie hätte sein Zeug zu Klump und Asche hauen und das Haus abfackeln sollen, einfach niederbrennen, bis auf die Grundmauern.

Der Schweinehund hätte es verstanden. Vielleicht hätte es ihm nicht gefallen, aber verstanden hätte er es. So eine durchgeknallte Tusse, die kein Geld hat und aus der Kälte reingeschneit kommt und sich mit hungrigen Augen umguckt. Das erwarten sie doch, Männer wie er; das ist doch das Zeug, aus dem ihre Alpträume gemacht sind. Und wenn sie mitten in der Nacht schweißgebadet aufwachen, dann haben sie von Girlies wie Donna geträumt.

Sie schob die Zehner und Zwanziger zusammen. »Dir gefällt's ja sowieso nicht im Ausland«, sagte sie, »stimmt doch, oder, Joe?« Stapelte sie zu einem kleinen, ordentlichen Häufchen zusammen. »Ist doch so. Ob Osten, ob Westen – zu Hause ist's am besten. Sagt man doch, oder?«

Er nickte. »Kann sein.« Er zuckte die Achseln. »Aber, Süße, mach dir nix draus, ja? Immer schön lächeln.«

»Klar, Joe. Sicher.«

Weil sie weiß, dass sie Versager sind, er und sie. Im Grunde nur arme Schweine. Die Sorte Kids, die immer einstecken müssen. Es steht ihnen auf die Stirn geschrieben: Ich bin nichts auf dieser Welt. Fassen einen Diamanten an, und er wird zu Staub. Denn wie Henry sagen würde, wie der Fettsack sagen würde, ist es ihre wahre und einzige Bestimmung, ein Scheißleben zu leben.

Sie hat immer schon gewusst, dass sie ein Verlierer ist. Sie hat's im Blut, in den Knochen, dieses Wissen, dass sie was Schlechteres ist, dass sie die Kluft nie überwinden wird, dass sie die andere Seite nie erreichen wird. Und Joey-Boy, der Mann ihrer Träume, ist ein gutmütiger, armer Schlucker. So auf die Welt gekommen, und so wird er auch bleiben. Weil er es nicht raffte. Weil es noch nicht bis in sein zuckendes Joey-Hirn durchgedrungen war, dass er schon beklaut worden war, bevor er angefangen hatte, dass er schon zermalmt worden war, bevor er eine Chance gehabt hatte. Sie hatten ihm das Leben gestohlen, bevor es angefangen hatte; das Einzige, was ihm blieb, war, eine Maske überzuziehen, den Totschläger rauszuholen und sein Bestes zu geben, um es zurückzustehlen.

Doch Joey kannte keine Wut. Das war eins seiner Probleme. Selbst wenn er auf dem Boden lag, einen Fuß im Gesicht, das Gesicht im Dreck: Nie verspürte er den Hunger, sie fertig zu machen, sie zu vernichten, ihnen einfach ein hübsches, rundes Loch in den Hinterkopf zu pusten und sich zu trollen.

Denn so war Joe. Ein großer, dummer Junge. Joey sagten sie zu ihm, um ihm zu zeigen, wie gern sie ihn hatten, auf die Art, wie sie einen Hund gern hatten. Sie legten ihm ein Halsband um den Hals, befestigten die Leine und führten ihn spazieren, ihren Joey-Boy, damit er schön auf allen vieren blieb, mit raushängender Zunge und eingezogenem Schwanz.

Sie seufzte beim Ausziehen in sich hinein, sagte nichts, weil es nichts zu sagen gab. Faltete ihre Klamotten zusammen und legte sie weg. Fünf Minuten unter die lauwarme Dusche, dann ab in die Falle und rankuscheln, das Gefühl von Haut an zarter Haut, fast wie Sex.

Weil sie zwar Versager sein mögen, er und sie, sie mögen zwar nichts sein auf dieser Welt, aber sie dürfen sich nichts draus machen, immer schön lächeln.

Hab ich Recht, Joey? Was, Joe?

10

Ein halb erinnertes Geräusch drang vom Gang herein und weckte sie gegen ihren Willen. Sie öffnete die Augen im Dunkeln. Der Geruch des Zimmers schlug wieder über ihr zusammen, alles schmierig, alles verdreckt.

In so einem Zimmer konnte sie einfach nicht. Konnte in einer Zwanzig-Pfund-Absteige in Finsbury nicht die Beine breit machen und ihren Macker ranlassen. Weil das eins von Donnas Problemen ist, eine ihrer Neurosen, dass sie's einfach nicht überall treiben kann. Kann in so einer Syphbude nicht munter drauflos vögeln, Schmierung klappt nicht unter einem fettigen Laken, kann den Jungen nicht seinen Spaß haben lassen, wenn Viecher von der Decke plumpsen können, wenn festgetretener Dreck im Teppich sitzt und namenloser Schleim unter dem Bett. Sie fängt an, sich die Keime im Kopfkissen vorzustellen, die durchs Waschbecken krabbelnden Insekten, die Staubmilben, die sich im Schrank vermehren. Sie kann nichts dagegen tun, ehrlich, so denkt sie halt, und sie ist immer schon eine von der nachdenklichen Sorte gewesen.

Ihr Traum, ihr größter Donna-Wunsch, den sie sich gern erfüllt hätte, ist eine Erdgeschosswohnung in einem ordentlich verputzten Haus, fast keine Möbel, ganz viel Platz und spiegelblanke Böden, ohne dass der gesammelte Lebensmüll anderer Leute herumliegt und deren picklige Habseligkeiten sich auf dem Teppich breit machen.

Doch stattdessen, statt jemand von Rang und Namen zu sein, liegt sie in einem Bett, das jeder Landstreicher abfackeln würde, in einem völlig trostlosen Zimmer, das nach Plastikfraß und Urin stinkt.

Wieder das Geräusch, das durchdringende Flüstern, direkt vor der Tür. Ein unterdrücktes Lachen, hoch, fast weiblich. Und plötzlich das schlagende Donna-Herz, die Panik, die wie Kotze im Bauch brennt, das Bewusstsein, dass Joe neben ihr schläft.

Draußen auf dem Gang spitzte jemand die Lippen und blies hindurch, und ein Strahl Skinhead-Atem kam ihm aus dem Mund geschossen. »Psssst!«

Merkwürdig, wenn man jemanden im Dunkeln grinsen hören kann. Wenn man der Luft zuhört, die zwischen seinen Zähnen hindurchgepresst wird, und man weiß, dass er vor der Tür steht, die Hand im Schritt, und eher gutmütig ins Dunkel grinst.

Lachen gluckste durch den Korridor, und ein Stahlkappen-Stiefel krachte gegen die Tür. Ein plötzliches, peitschendes Krachen, als das Schloss nachgab. Es war so laut, dass man es meilenweit gehört hätte, dass man es bis in die Redington Road gehört hätte, wenn man nur die Ohren gut gespitzt hätte. Die Schritte entfernten sich, sie umklammerte die Bettdecke und gestattete sich halb zu glauben, dass sie weg waren, dann hörte sie die Füße wieder angerannt kommen, hörte sie den Korridor entlangdonnern, und der Boden unter ihrem Bett wackelte, unter ihr bebte es, als sich etwas Schweres gegen die Tür warf.

So etwas hatte es noch nie gegeben. Das kannte sie noch nicht, etwas Neues in ihrem ereignisreichen Leben, und da dauert es eine Weile, bis man versteht. Obwohl sie bei einem reichen Mann das Bare hat mitgehen lassen und mit einem Jungen namens Joe weggerannt ist, und obwohl sie genug Verstand hätte haben müssen, um zu wissen, dass so was Folgen haben kann, braucht sie eine Weile, bis ihr klar wird, dass ihre schäbige kleine Welt, so armselig sie auch ist, jetzt niedergewalzt wird.

Die Türfüllung gab in der Mitte nach, fiel in sich zusammen, barst entzwei. Eine Faust im Handschuh erschien in der Öffnung. Genau wie in dem Film, dachte sie. Joe, dachte sie, es ist wie im Film. Sie konnte nicht mehr atmen. Sie wusste, dass sie atmen sollte, aber es ging nicht. Sie hatten ihr die Luft geklaut, hatten alle warme, feuchte Luft weggesaugt. Sie bewegte die Lippen. Quietschende Geräusche in ihrem Kopf, leises, ungläubiges Winseln. Das bin ich, dachte sie, das ist die Donna-Schlampe. Endloses Splittern von billigem Holz und Spanplatte, dann gaben die Türangeln plötzlich nach. Die Tür sackte in sich zusammen und ging auf. Die Jungs explodierten ins Zimmer.

Die Deckenlampe ging an. Einen Augenblick herrliche Stille.

Billy kratzte sich die Backe. »Na, ihr Arschgesichter.«

Die Panik brennt dir wie Kotze im Leib, weil du nur ein weichknochiges Mädchen bist, und du wolltest doch niemandem zu nahe treten, und jetzt sind sie zur Tür herein und stehen neben dem Bett, stehen lächelnd neben dem Bett.

Mervyns cherubinisches liebenswürdiges Gesicht. »Wollten nur mal vorbeischauen«, sagte er. »Wo wir in der Gegend waren, sozusagen«, fügte er hinzu. »Wo wir gerade vorbeigefahren sind.«

Er hatte einen cremefarbenen Baseballschläger in der Hand. Rund um das dicke Ende war ein roter Streifen gemalt. Ungefähr zwei Uhr morgens musste es sein, mitten in der Nacht, wenn alles tot und begraben ist und keiner was hört, wenn jedes Geräusch gedämpft ist. Der Skinhead runzelte die Stirn. »Meinst du, wir stören, Merv?«

»Ich glaub fast, Billy. Ich glaub, die Arschficker waren am Pennen.«

»Dann haben wir sie wohl aufgeweckt.«

»Sieht ganz so aus. Tut mir ja so Leid.«

»Braucht dir nicht Leid zu tun, Merv.«

»Nein?«

»Nein.«

Billy langte in seine Crombie-Kutte und zog etwas Chromfarbenes, Schwarzes hervor. Er drückte auf einen Knopf, und eine Klinge schoss heraus. »Aber glaubst du, sie sind welche?«

»Was, Billy?«

Der Skinhead fuhr mit dem Daumen über die Schneide, und auf der Haut bildete sich ein Tropfen Blut, eine vollendete, scharlachrote Kugel. »Arschficker, Merv.«

Mervyn dachte drüber nach. »Gute Frage, Billy.«

»Danke, Mervyn.«

»Ich find, wir müssen das wissen.«

»Recht hast du.«

»Wir können sie nachher fragen. Sobald wir mit dem Geschäftlichen fertig sind, meine ich. Dann fragen wir sie, ob sie gerne ficken.«

»Dann können sie's uns erzählen«, sagte Billy.

»Oder vorführen.«

»Und wir gucken zu und machen von der Tribüne aus Vorschläge.«

»Wie im Theater.«

»So ein bisschen Theater dann und wann hab ich gern.«

»Dacht ich mir schon.«

Und sie lächelten sich an, denn sie waren fröhliche Jungs.

»Worauf warten wir noch?« murmelte Billy. »Wo wir schon mal da sind, können wir auch anfangen.«

Er ging ums Bett herum auf Joeys Seite, das Springmesser in der Hand; gut sah er aus, schick sah er aus, wenn man ehrlich war. Er hatte sich was überlegt, er hatte sich bemüht: rote Doc Martens und eine Samtfliege. Weil er sich gern mal schick machte, wenn die Gelegenheit es erforderte. Aber man hätte trotzdem nicht mit Joey tauschen mögen, nicht in dem Augenblick. Nicht, wenn man Gefühle hatte, was doch einige Leute haben. Wenn man so dalag, das Girlie neben sich, dann hätte man einen plötzlichen, brennenden Schmerz verspürt, einen Krampf in der Blase, während man den wortlosen Billy auf sich herunterblicken sah.

Der Skinhead seufzte und schüttelte den Kopf. Man konnte fast seine Gedanken lesen. Er dachte: Na, Alter. Ist doch 'ne merkwürdige Welt. Und eher sorgenvoll als wütend setzte er ein Knie auf die nackte Brust und lehnte sich mit seinem gesamten Körpergewicht nach vorn. Dann hielt er die Klinge so dicht an Joes Hals, dass einmal zu tief Atmen ins Auge gegangen wäre, und sagte: »Ich übergebe an dich, Merv.«

Was heißen sollte: Jetzt war sie dran.

Und Mervyn sagte: »Jetzt bist du dran.«

Das rot angemalte Ende des Baseballschlägers. Das rhythmische Klatschen in seine Handfläche. Er hätte das Ding über den Kopf schwingen können, hätte dann rankommen und sich bereitmachen können, er würde noch einen Augenblick zögern, sie den Moment auskosten lassen, dann würde er ihn niedergehen lassen, würde zuschlagen, würde ihn auf ihren Kopf herunterkrachen lassen. Das Bersten des Donna-Schädels. Zersplitterte Knochen. Nase zerquetscht auf Wange. Weiß glühender Schmerz.

»Joe ...«, flüsterte sie.

Mervyn schwenkte das dicke Ende in ihre Richtung. »Gefällt dir der Streifen?« Schob ihn gegen ihren Mund. Nicht zu fest, rammte ihn nicht rein. Drückte ihn ihr nur sanft gegen den Mund.

»Ich sagte: Gefällt dir der Streifen?«

Gefällt ihr der Streifen?

Eine winzige Kopfbewegung, ein zustimmendes Nicken, die Sorte Bewegung, die man zu machen pflegt, wenn man in seinem Zimmer die Macht stehen hat, mit einem Schläger in der Hand und einem Grinsen auf dem Gesicht.

»Du hättest was sagen sollen, wenn er dir gefällt, hättest nicht warten brauchen, bis man dich fragt; hättst es mir gleich sagen können.« Das wunderbare Gefühl von poliertem Holz auf weichem, willigem Mund. »Ich hab doch Recht, oder? Ich mein, du hättest was *sagen* können.« Die gerunzelte Mervyn-Stirn. »Dann entschuldige dich halt.«

Sie murmelte etwas, bewegte den Kopf.

»Ich habe dich nicht richtig verstanden, Schatz.«

»Tut mir Leid, Merv.«

»Weil …«

»Ich hätte was sagen sollen.«

Und etwas breitete sich auf seinem Gesicht aus, denn er hatte sich verständlich gemacht, er hatte sich durchgesetzt. Also weiter so, sagte er sich, man soll sich nicht zu schnell zufrieden geben. »Und gefällt dir der ganze Schläger, oder nur der Streifen?«

Ein halber Takt Pause, um sich die Frage durch den Kopf gehen zu lassen. »Alles an ihm gefällt mir.«

»Und das ist die reine Wahrheit, bei Gott?«

Sie nickte. »Ja.«

»Wenn er dir so gut gefällt, kannst du ihn ruhig küssen.« Er hält ihn waagrecht wie einen rot geringelten Torpedo. »Hab ich nicht Recht, Billy?«

»Du hast immer Recht, Merv.«

»Also küss ihn, Süße …« Drückte ihn ihr langsam gegen den Mund. »Ganz hervorragend. Schön aah sagen, gut machst du das, und jetzt lecken … jaah, die ganze Spitze. Gutes Mädchen, fein machst du das.« Und er fasste sich dahin, wo er's am liebsten hatte. »Sie ist doch echt 'ne Wucht, oder, Billy, findst du nicht? Wenn man sie so anguckt, wenn man sie sich so richtig anguckt …«

»Bitte …«, sagte sie.

»Habe ich da gerade ›bitte‹ gehört?«

»Ja.«

»Was meinst du? Will sie sagen: Kann ich bitte mehr kriegen?«

»Klar.«

»Bitte …«, flüsterte sie, weil sie nur ein weichknochiges kleines Mädchen ist. Und sie weiß ja, dass sie eine Versagerin ist. Es steht ihr auf die Stirn geschrieben: Ich bin nichts auf dieser Welt. Für ein Scheißleben vorbestimmt.

»Na gut«, sagte er, »dann sei doch mal ’n bisschen nett. Nur ein bisschen fummeln, mit dem Mittelfinger. Hab extra den Nagel geschnitten, bin ja nicht so; also bist du nett, und ich bin sanft, nur mal ein bisschen bohren für den alten Grapscher Merv, und …«

Ein Tiergrunzen, verwischte Bewegung, und Joe hat sich halb über sie geworfen.

Joe, dachte sie, es ist wie im Film, Joe. Und seine Wärme, Fleisch auf zartem Fleisch. Und deswegen konnte sie seine Rippen zittern fühlen, als sie anfingen, ihn zu prügeln, sie konnte es durch die Knochen hindurch fühlen. Ich beschütze dich, hatte er gesagt, nur wir zwei, hatte er gesagt, gegen den Rest der Welt. Ich schlucke deinen Schmerz, hatte er gesagt, denn so ein Mann ist er. Keine Heimat, keine Hoffnung, keine Kohle, aber er wirft sich über sie und schluckt ihren ganzen Schmerz. Und als sie anfingen, ihn zu prügeln, fühlte sie seine Rippen zittern, konnte es durch die Knochen hindurch spüren. Dann ist er auf dem Boden, und sie sieht nur noch Billys Knie, das sich auf- und abbewegt, und das Blitzen roter Doc Martens.

Ein Mervyn-Seufzer. »Wo waren wir stehen geblieben? Ach ja.« Und mit höflichem Lächeln legte er ihr eine Hand über den Mund und die andere zwischen die Beine. Er drückte ihr die Lippen gegens Ohr und flüsterte sanft, flötete ihr zärtlich die süßen Töne von Merv, dem Grapscher, ins Ohr: »Mhm, Liebling, solltest dir ein Nachthemd zulegen, wo doch jetzt Winter ist. Holst dir noch den Tod, wenn du nicht aufpasst.« Unterbrechung für nachdenkliches Bohren unten, dann nahm er seine Hand weg, zog sie heraus. »Schade, dass wir nicht länger bleiben können«, sagte er. »Wollten nur mal kurz vorbeischauen. Uns nur mal melden. Der Chef bestellt übrigens schöne Grüße. Meinte, du hättest was von ihm mitgenommen.« Er schnüffelte an seinen Fingern. »Meint, er will es wiederhaben.« Er deckte sie zu und strich sorgsam die Bettdecke glatt. »Und, Billy?«

»Fast fertig …« Ein letztes bisschen Selbstfindung, und der Skinhead trollte sich.

»Jedenfalls, Liebling …« Mervyn hüstelte höflich und zog an seinen Manschetten. »… bin froh, dass wir uns ausgesprochen haben.« Er steckte sich den Schläger unter den Arm. »Weil ich das Gefühl habe, dass wir uns irgendwie näher gekommen sind.«

Und er zwinkerte ihr mit einem fröhlichen Machozwinkern zu und verschwand durch die zerborstene Tür.

11

Wenn sie schon fahren musste, fuhr sie am liebsten nachts. Orange Straßenlampen, Frost und plötzlicher Nebel. Stille, Tempo und Dunkelheit. Schwarzer Himmel, keine Sterne, man sah nichts als die schlecht eingestellten Lichter entgegenkommender Autos: tauchten auf, blendeten, waren verschwunden.

Es war vier Uhr morgens. Ungefähr. Zwei kurze Stunden, seit die Jungs da gewesen waren, und der Krach war immer noch in ihrem Kopf, die rosa grinsende Doppelvorstellung Merv und Billy neben dem Bett. Ihr Schädel fühlte sich weich an, als ob sie ihn hätten aufbrechen können, ihn wie eine verfaulte Nuss knacken und die Schädeldecke abpellen können. Sie umklammerte das Lenkrad. In ihrem Hirn hämmerte es. Es ging ihr nicht gut.

»Geht's dir gut?«

»Ja.«

Sie stieß das Ausstellfenster auf. Kalte Luft biss ihr ins Gesicht. Nicht mehr weit, dachte sie. Noch 'n paar Minuten. Sind fast da. Sie warf Joe einen Blick zu. Er starrte geradeaus, das Licht von der Straße flackerte über sein Gesicht. Auf seiner Unterlippe klebte verschorftes Blut, an seinem geschwollenen Kiefer ein großer blauer Fleck. Er und sie, sagte sie sich. Weniger als nichts. Minus nichts. Sie spürte den gleichmäßigen Rhythmus in ihrem Kopf, den Puls der Erkenntnis, als ob ihr Hirn plötzlich alles erfassen würde, bis zum Bersten gefüllt mit der Einsicht, und gleich explodieren würde: er und sie, der Dreck auf Henrys Schuhen.

Sie schaltete runter in den Zweiten, bretterte über eine gelbe Ampel, und sie rasen am Heath vorbei. Gediegene Häuser aus rotem Backstein. Kieseinfahrten. Diskrete Gärten voller Bäume. Der ach so unauffällig zur Schau gestellte Reichtum: ein bescheidener Turner hier, ein Canaletto dort. Hampstead Town in all seiner Herrlichkeit. Nicht übertrieben edel, durchaus erstrebenswert.

Sie schaffte es, nicht hinzugucken, Blick immer schön nach vorn auf den Asphalt. Bleifuß, und sie rast die Straße entlang. Schießt am Wohlstand vorbei. Aber der Wind kam trotzdem durch die Bäume herangeweht, der kollektive Seufzer, der vereinte, warmblütige Atem der schlafenden Hampsteader Bürger. Guck her, flüsterte er. Weide deine Augen am Überfluss. Schau her, wie wir leben, und freue dich. Bete unser Leben an, du Schlampe.

»Gefällt's dir hier?« Er sprach leise, während er weiter aus dem Fenster sah.

»Nicht übel«, sagte sie.

»Den Jungs gefällt's hier nämlich nicht.« Er wischte etwas Feuchtigkeit von der beschlagenen Scheibe. »Ihnen passen Leute nicht, die's zu was gebracht haben. Regt sie irgendwie auf. Geht ihnen richtig auf den Sack.« Er betrachtete die vorbeiziehenden Bäume. »Aber wenn sie in Kilburn unterwegs sind, dann haben sie gut lachen. Steck sie in irgendein Scheißloch, und schon sind sie gut drauf, die Jungs. Mit Rattenlöchern kennen sie sich nämlich aus. Und wenn sie bei mir vorbeikommen, dann sind sie immer am Grinsen.«

Man konnte es fast hören, das Joey-Hirn, wie es langsam in Fahrt kam. Denn es fiel ihm wie Schuppen von den Augen, die Pforten der Wahrnehmung öffneten sich, Zentimeter um Zentimeter. Die Joeys dieser Welt gehen durchs Leben, und es gibt nichts, was sie beleidigt, nichts, was sie wirklich wütend macht. Nichts bringt sie dazu, einen durchgebrochenen Ziegel aus einer Mauer zu ziehen, ihn in eine Wollsocke zu stecken und hinaus in die Nacht zu gehen und nach Sinn in ihrem Leben suchen zu wollen. Nie verspüren sie das Bedürfnis, das Heilige zu entweihen. Sie nehmen das Dasein hin, so wie es ist, und schlucken, was man ihnen vorsetzt. Jeden Tag essen sie ein kleines Stück, jeden Tag ein Stück Scheiße. Einen frisch gesetzten, dampfenden, feuchten

Haufen, jeden Tag, und sie lecken sich die Lippen und bitten um mehr. Und Joe fängt an, fängt gerade erst an, den Geschmack widerlich zu finden.

»Sie sind in unser Zimmer gekommen«, sagte er.

»Ja.«

»Unsere Intimsphäre.«

»Ja.«

Er starrte in die Dunkelheit. »Er hat dich angefasst, nicht wahr?«

Sie zögerte einen Augenblick. Lieber nichts überstürzen, sagte sie sich. Denk wenigstens einmal nach, bevor du den Mund aufmachst. »Nur mit dem Schläger«, sagte sie. »Am Mund.«

Joe hörte ihr höflich zu. »Mit dem Finger«, hakte er nach. »Zwischen den Beinen.«

Sie schüttelte den Kopf. »Nein.«

»Aber ich dacht, er hätte.«

»Sah nur so aus.«

Er spitzte die Lippen und blies warme Luft auf die Scheibe, die langsam wieder zu beschlagen begann. »Aber hat es sich so angefühlt, als ob?«

»Nein.«

Joc strich sich über das Kinn. »Er hat's also nicht gemacht.«

Sie schaltete runter in den Zweiten. »Nur auf dem Oberschenkel«, sagte sie.

»Also doch.«

»Nicht da, wo's drauf ankommt.«

»Also nicht …«

Sie bog in die schmalen, baumbestandenen Straßen des Ortes ein. »Nein.«

In ihrem Kopf Lärm und Bewegung, und plötzlich steht ihr die Sache mit Mervyn wieder vor Augen. Braves Mädchen, hatte er gesagt. Dieses leere, träge, verblödete Gesicht. Sei nett, hatte er gesagt und ihr den Holzknüppel gegen den Mund gepresst. Und dann hatte sich unten der Finger reingebohrt, der Mittelfinger, mit dem Nagel, den er extra geschnitten hatte. Dick und feucht wie ein Regenwurm. Ihr wurde ganz anders, wenn sie dran dachte. Das kalte Kotzen stieg in ihr hoch. Ausblenden, einfach ausblenden. Gas durchtreten, Fernlicht an. Komm, wir fahren 'ne Runde, hatte sie gesagt. Komm, wir drehen 'ne Runde um den Block. Und hier waren sie, nur sie und er, auf dem Weg zu einem kleinen Besuch. Der Wurm zwischen ihren Beinen. Nie passiert. Einfach ausblenden.

Sie fuhr nach links in die Redington Road; Redington Road, kam einem irgendwie bekannt vor. Das dumpfmetallische Glänzen geparkter Limousinen, das Vorsicht gebietende Summen fast stummer Alarmanlagen, und über allem lag irgendwo in der Hampstead-Luft die dichte, unbeirrte Ruhe, die tiefen und vertrauensvollen Atemzüge der schlafenden Bourgeoisie. Denn es ist die ungeschminkte, schartige Stunde, der süßlich verfaulende Teil der Nacht, wenn alles schweigt, nichts sich rührt und anständige Menschen im Bett liegen.

Sie fuhr im Schritttempo. Jetzt war keine Eile mehr geboten. Die Sache ruhig und bedächtig angehen, easy. In den ersten Gang, im Schneckentempo weiter. Den Blick schweifen lassen, und da war sie, zwanzig Meter weiter rechts, hinter einer Backsteinmauer und einem verschlossenen Tor. Die Villa des Fettsacks, hockte doof im Dunkeln. Ein Gefühl der Befriedigung überkam sie, dieses plötzliche Rauschgefühl, das einen überkommt, wenn man durch die eisige Nacht gefahren und endlich da ist. Sie fuhr ran an den Bordstein und schaltete das Licht aus.

Von der Verandaecke spähte eine Videokamera zu ihnen herunter. An den Fenstern waren Gitter, Sensoren und Alarmknöpfe. Und das verschlossene und verriegelte Tor, die Stahlbolzen hinter der Eichenfassade, denn der Fettsack war ja nicht dumm; er mochte vulgär sein, aber dumm war er nicht. Er hatte eine Festung gegen das gemeine Volk gebaut, für den Fall, dass das Volk auf dumme Gedanken kam. Sollte der Abschaum doch verfaulen. Sollten sie doch in ihren stinkenden Behausungen verrotten. Sollten sie sich doch gegenseitig die Schädel einschlagen und das Weihnachtsgeld klauen, Henry interessiert das einen feuchten Kehricht. Er ist sicher aufgehoben in seinem Bettchen, schläft tief und schnarcht laut, der schlaffe, schwabbelige Henry-Schwanz liegt glänzend auf seinem Oberschenkel.

Sie stellte den Motor ab. »So, da wären wir.«

Er verlagerte sein Gewicht auf dem Sitz. »Mhm.«

Sie lauschte der Stille, einer besonderen Art Stille. Sie hing tief über den Dächern und kroch ins Auto, legte sich über ihren Kopf und erinnerte sie an gute Zeiten. »Einmal, da hab ich diesen Polizisten gesehen«, sagte sie. »Unten in Kensington.« Sie wickelte sich den Schal um den Hals. »Nett aussehender Typ, von Kopf bis Fuß marineblau und tipptopp sauber.«

»Könntest du so einen heiraten?«

»Einen Bullen?«

»Kriegen eine saugute Pension.«

»Ich werd drüber nachdenken. Jedenfalls geht er an so einem großen protzigen Auto vorbei, das im Halteverbot steht. Und er hält kurz an, und zerkratzt es.«

»Wie Billy, wenn ihm danach ist.«

»Hat einfach den Lack zerkratzt, mit dem Schlüssel.«

»Und der Fahrer?«

»War nicht da«, sagte sie. Sie zog das Ausstellfenster zu. »Keiner da. Nur ich und er.« Winterregen fing an, aufs Dach zu klatschen. »Und wie wir aneinander vorbeikommen, wirft er mir diesen Blick zu, unter dem Helm heraus, und er hat diesen Ausdruck auf dem Gesicht, dieses Bullengrinsen.«

»Das kenn ich, das Grinsen.«

»Wenn's eins gibt, was ich nicht ausstehen kann, sagte er, wenn's eins gibt, was ich wirklich nicht abkann, sagte er, dann ist es ein Arschloch in einem fetten Bentley.«

Der abkühlende Motor tickte leise.

»Ich dachte, ich träum.«

»Hast du vielleicht auch.«

Sie schüttelte den Kopf und grinste in sich hinein; nur dran zu denken, machte ihr schon Spaß, nur an den Tag zu denken, freute sie. Sie kann nichts dagegen tun, ehrlich, denn so eine ist sie halt.

»Ich bin mit dem Finger über den Kotflügel gefahren. Nur um ganz sicherzugehen, weißt du. Nur um es genau zu wissen.«

»Und er hat den Lack echt abgekratzt ...?«

»Bis aufs Metall.«

Joe pfiff leise. Beunruhigende Gedanken begannen ihm durch den Kopf zu gaukeln, Bilder von willkürlichem Trotz und uniformierter Bosheit. »Wenn die alle so wären ...«

»Das reinste Chaos, was?«

»Ein Tollhaus«, brummte er. Er zog seine Jacke zu. »Ich würd sagen, der Typ hatte sie nicht mehr alle.«

»Meinst du?«

»Ja.«

Er starrte durchs Tor und klappte seinen Kragen hoch. Spielte seine Rolle, spielte sie wie immer gut.

»Und, gehen wir rein?«

Er fixierte die Kutsche des Fettsacks. Sie war im Halbschatten der Einfahrt kaum zu sehen.

»Weil, wenn wir rein wollen, sollten wir jetzt gehen.«

Als sie aus dem Auto stieg, war die Kälte so heftig, dass sie ihr die Haut zu verbrennen schien. Sie schob die Hände tief in die Taschen. Ihre Finger in den Handschuhen wurden steif. Sie sah zu, wie er den Kofferraum aufmachte und drin herumwühlte, dann etwas Großes herauszog. Ein unterdrücktes Joey-Keuchen, als er das Ding herauswuchtete. Sie streckte den Kopf vor und starrte es an: ein mehr als dreißig Zentimeter langer Holzstiel mit einem länglichen, eisernen Kopf am Ende; sah aus, als könnte man Fleisch damit weich klopfen.

»Und das ist für mich?«

Er gab es an sie weiter. »Achtung, schwer«, murmelte er. Er beugte sich vor und holte einen rechteckigen Kasten hervor, den er vorsichtig auf den Boden stellte; dann drückte er den Kofferraumdeckel nach unten und ließ ihn zuschnappen.

»Zuerst die Batterie?« fragte sie.

»Die Batterie kommt immer als Letztes«, sagte er. »Du bist das Fleisch mit den zwei Beilagen, ich bin das Minztäfelchen nach dem Essen.«

Das ließ sie sich durch den Kopf gehen. »Ich will das Minztäfelchen sein, Joe.«

»Das sehen wir dann, ja?«

Er holte seinen Schlüssel raus und schloss das Tor auf. Er stieß es auf, und sie gingen hinein. Es war eine jener Londoner Nächte, von denen man nur träumen kann, beißend kalt und mondlos, wie geschaffen für die Unterwelt. Eine ideale Nacht für hungrige Gestalten, um die Werkzeugkisten einzupacken und Besuche abzustatten, um bei seinen Freunden vorbeizuschauen, bevor sie kamen und bei dir vorbeischauten. Ein Notlicht an der Wand leuchtete schwach, als sie auf die taubedeckte Limousine zugingen.

Sie konnte das Walnuss-Armaturenbrett fast riechen, den dicht geknüpften Teppich, das handgenähte Leder, auf dem der Fettsack seinen Fettsack-Rumpf parkte. Sie schnüffelte ein wenig eingehender. Es war der Geruch nach konzentriertem Geld, getränkt mit allem, was sie nie hatte und nie haben würde, und sie verspürte einen winzigen Stich, ein aufflackerndes Gefühl der Entbehrung, eine orangeglühende Flamme des Zorns. Das Wissen, nur von draußen hineinzuschauen. Donna, das Gesicht gegen die Scheibe gedrückt, mit ihren feuchten, ängstlichen Begierden, mit dem Eisenknüppel in der Hand. Die Donna-Schlampe. Die süße, sorglose, weiche, nachgebende, Schmerzen rächende Donna-Schlampe.

Denn so war er, ihr Scheißherr und Meister: ein Stück Dreck in einem Samtsakko, ein sabbernder Affe in einem Wagen mit Chauffeur. Sie berührte die Karosserie mit ihrem Kalbslederfinger. Glatt und dick fühlte sie sich an, solide und perfekt.

Etwas in Joeys Hand glitzerte.

»Bist du so weit, Joe?«

Er schloss kurz die Augen und fuhr sich mit der Hand übers Gesicht, als wolle er die Müdigkeit wegwischen. »Klar.« Er räusperte sich und spuckte nachdenklich auf den Boden. »Aber 'ne klasse Karre.« Er ging in die Hocke. »Ist 'ne Schande, dass wir … na ja, du weißt schon.«

Er stach das Teppichmesser in einen der Reifen auf der Fahrerseite. Leicht ächzend, weil es Qualitätsreifen waren und er die Klinge ziemlich tief reinstoßen musste, um den Schlauch aufzustechen. Stechen, schneiden, stechen, schneiden, einmal ganz herum. Irgendwie sehr körperlich, dachte sie. Ein echtes Männerding. Aber ein bisschen übel wurde ihr doch, wenn sie das so sah. Reifen aufstechen und so Zeugs. Das war was für Vandalen, für den Pöbel, für jugendliche Rowdies in Fulham. Zu schwach waren sie, zu scheißanständig, sie ließen Gnade vor Recht ergehen. Hätten reingehen und den Fettsack abstechen sollen. Hätten ihm das Teppichmesser reinrammen und sich ein schön dickes Stück Fett rausschnippeln und zum Frühstück aufbraten sollen.

Joe richtete sich auf und schob das Teppichmesser zusammen. »Du machst das mit dem Schläger, oder?«

»Ist ganz schön schwer, Joe.« Sie legte ihn auf die Kühlerhaube. »Ich dachte, ich mach zuerst das mit dem Schlüssel.«

Er ließ ihn in ihre ausgestreckte Hand fallen. »Und immer schön drücken, wie dein Freund, der Bulle.«

»Du meinst, ich kann das nicht?«

»Ich meine, dass du sehr zart bist.«

Er trat auf sie zu. Ihre Jeans waren zerrissen, und hinten auf ihrem Schenkel war ein pflaumengroßes Loch. Er steckte den Finger durch die Öffnung und berührte die Donna-Haut. Eine winzige Berührung, von der sie ein winziges bisschen erzitterte. Er zog sie an sich, beugte sich über sie und küsste sie im Dunkeln.

Doch erst die Arbeit, dann das Vergnügen. Sie entwand sich ihm sanft. »Wir haben noch was zu tun, Joe. Den Liebling vom Fettsack verschrotten.« Sie ging auf den Bentley zu. »Jetzt schön drücken?«

»Genau so, Baby.«

»Richtig kräftig drücken, oder einfach nur drücken?«

»Richtig kräftig.«

Sie würden das Auto zerkratzen, sagte sie sich, ihm die Farbe abreißen. Mit dem Schlüssel über den Kotflügel ratschen und der Melodie lauschen. Alle Farbe abziehen und sehen, was darunter ist. Das Metallic-Silber abpellen und die Grundierung darunter zum Vorschein bringen. Sie würden ihr Zeichen hinterlassen, sagte sie sich, sie würden verdammt noch mal ihr Zeichen hinterlassen.

Sie setzte den Schlüssel mit der Spitze aufs Metall und drückte ihn herunter, drückte ihn richtig kräftig herunter, und bewegte sich sehr langsam am Kotflügel entlang. Der Schlüssel sprang, dann fasste er und begann sich durch den Lack zu pflügen. Das Geräusch, das er machte. Versetzte sie etliche Jahre zurück. In ihre miserable, abartige Schulzeit, wenn die Kreide plötzlich durchbrach und die Lehrerin mit dem Fingernagel über die Tafel kratzte, und alle in der Klasse zuckten zusammen und schüttelten sich. Genau so hörte es sich an, nur zehnmal lauter. Genau so, nur hundertmal lauter. In ihrem Schädel, ihrem Hirn, der Lärm, den sie machte, hier mit Henrys Auto.

»Ich kann's nicht, Joe.« Sie schüttelte den Kopf. »Ich bin nicht kräftig genug.«

Er holte was aus dem Kofferraum für sie. Weil er sie liebte, wie er sagte. Weil er sie wirklich mochte. Es war lang und schwer und aus Metall. Er sagte ihr, dass man damit Radkappen abhebelt. Wie ein Brecheisen, erklärte er. Er platzierte Donna neben dem Kotflügel auf der Fahrerseite, mit dem Rücken zum Auto und einem Lächeln auf ihrem Gesicht.

»Heb's hoch, dann lässt du's fallen. Lass es einfach runterschwingen. Lass einfach los.«

Sie machte die Augen zu und hielt den Atem an. Ist doch einfach, sagte sie sich.

»Guck mal, Joey.« Sie hob die Eisenstange über den Kopf. »Guckst du, Joe?«

»Ja, Baby.«

Sie ließ es runterschwingen, ließ einfach los. Die Windschutzscheibe splitterte, dann fiel sie in sich zusammen. Zerbrach in winzige Scherben.

Das war Musik für ihre verwöhnten Ohren, denn wie viele aus der Unterschicht liebt sie das Geräusch von zersplitterndem Glas. Ein Rowdy hätte sie sein können, wurde ihr klar. Ein primitiver Rowdy hätte sie sein können. Hätte mit ihren Rowdy-Kumpels die Straße langrennen können.

Von der Straße her waren Stimmen zu hören, und nebenan ging das Licht an.

Joey grinste sein Joey-Grinsen, und Lust durchflutete ihre Adern, während ein einziger Tropfen geschmolzener Hitze langsam hervorgetröpfelt kam. Aah, welche Lust, dachte sie. Welche Ekstase.

Er ging neben dem viereckigen Kasten in die Hocke und schraubte die gelben Kappen ab. Jetzt nicht mehr trödeln. Müssen uns ranhalten. Ein plötzlicher Geruch nach Chemie, dass ihr die Augen brannten und der Magen sich zusammenzog. Er stand auf, winkte sie weiter weg. Einen Augenblick zögerte sie, aber nur einen Augenblick, denn sie will sich ja nicht wehtun. Sie will ja nichts abkriegen, sie will ja nicht, dass die Flüssigkeit an ihre Haut kommt und das zarte Donna-Fleisch verbrennt.

Er zeigte auf eine Stelle zwei Meter weg, und gehorsam bewegte sie sich dorthin; dann bückte er sich und hob mit einem leisen, unbewussten Grunzen die Batterie hoch. Ein schneller Blick des Einverständnisses zum wartenden Mädel.

»Guckst du, Baby?«

»Ja, Joe.«

Und er goss die Flüssigkeit auf das Metall, ließ sie in einem großen, weichen Bogen herausschwappen. Lass es schwingen, lass es fließen, lass einfach alles raus, dachte sie. Säure platschte auf die Karosserie, auf die gewachste, makellose Karosserie, und der Lack zischte und brannte und schrumpfte zusammen.

»Gehen wir, Joe?«

»Ja, Baby.«

Er warf die Batterie durch die getönte Heckscheibe. Das hätte ich auch gekonnt, sagte sie sich. Das wäre toll gewesen, wenn ich das gemacht hätte. Sie holte die Schlüssel raus, hoffte, dass der Fettsack zusah. Verfick dich, du reicher Schweinehund, fick dich in deinen schmierigen Arsch, denn du hättest sie heute Nacht nicht vorbeischicken sollen, mit den Baseballschlägern und den coolen Sprüchen. Sie holte ihren Lippenstift raus und schmierte ihre Botschaft auf die stahlblaue Motorhaube: *Ich mach dich fertig, du Schwabbelwampe – Donna die Schlampe.*

Sie wickelte sich den Schal ums Gesicht und ging zum Ford Capri. Henry war selber schuld, sagte sie sich. Er war zu weit gegangen. Er hätte sie nicht ins Gesicht schlagen sollen, hätte sich nicht wie so ’n totales Schwein benehmen sollen.

Wenn es eins gibt, was sie nicht leiden kann, dachte sie, wenn’s eins gibt, was sie einfach nicht abkann, dachte sie, dann ist es ein Arschloch in einem fetten Bentley.

12

Eine Telefonzelle an der Camden High Street, und die Tür fiel langsam zu. Pause zum Anstecken einer Menthol-Fluppe. Lange, dünne Finger, scharlachrote Nägel. Kein Schlaf, kein Essen, doch sie ist gut drauf, ist voll dabei, der reine Adrenalin-Trip.

Sie wählte die Nummer und wartete. Kalt in der Zelle, vor ihren Augen kondensierte der Atem. Sie trommelte mit den Fingern aufs Telefon, legte den Kopf auf die Seite, las die Anzeigen. Ein Motorrad, japanische Marke, donnerte vorbei. Kohlenmonoxid, ihr Lieblingsduft. Sie sah zur Scheibe hinaus. Mittwochmorgen, und die Straßen ächzten.

Komm schon, komm schon …

Musste wohl weggegangen sein, musste seine Karre zum Schrottplatz gebracht haben. 'n paar Sekunden geben wir ihm noch, eine Chance kriegt er noch. So lange zum Zeitvertreib das Lungenspiel. Den Rauch einatmen, bis sie fast ohnmächtig wird, bis ihr fast schwarz vor Augen wird, bis die Lunge fast platzt. In ihrem Kopf Joeys Stimme: Du treibst es noch zu weit. Eines Tages musst du dran glauben. Joey-Boy, der sie wirklich mochte, und sie will ihm sagen, dass er sich keine Sorgen zu machen braucht, dass er keine Angst zu haben braucht, weil es eins gibt, was sie ganz genau weiß: Egal, was sie ins Grab bringen wird – das Nikotin wird es nicht sein.

Sie blies einen Rauchring in die Luft und hörte dem Klingeln zu. Er ist weg, dachte sie, hat sich verpisst. Zehn Sekunden hat er noch, dann …

Jemand ging ans Telefon. Eine sehr kurze Pause, dann: »Ja?« Anspannung in der Stimme. »Ja?«

Sie drückte den Mund gegen den Hörer. Der heiße, feuchte Atem der Donna-Schlampe.

»Hallo, Süßer.«

Ein angespanntes, leeres Schweigen, dann kam ein fast freudiger Seufzer durch die Leitung geschwebt. »Na so was«, murmelte er, »wie geht's denn meinem kleinen Käfer?«

Sie zog an dem Glimmstängel. Sah die Spitze rot aufglühen. »Immer viel zu tun.«

»Unterwegs, Freunde besuchen?«

»Hier und da.« Sie nahm einen Zug. »Man amüsiert sich.«

»Das hab ich vermutet.«

»Dann hast du nachgedacht?«

»Sieht so aus.«

»Und, mit welchem Schluss?«

»Du warst böse, Herzchen, und ich glaube, dir gehört der Hintern versohlt.«

Man konnte es so richtig in der Leitung tropfen hören, die triefende Fettsack-Glückseligkeit. »Ich werde meinem kleinen Mädchen eine Lektion erteilen müssen.«

Sie lehnte sich gegen die Scheibe. Wintersonnenstrahlen drangen durchs Glas. Berührten ihre Haut, umschmeichelten ihr Gesicht. »So, du meinst also, du kannst das?«

»Ich weiß es.«

»Da weißt du aber viel.«

»Ich weiß jetzt nämlich, was dein Problem ist …«

»Ich bin nicht die Art Frau, die Probleme hat.«

»… du mit all deinem Getue, deinem Mundwerk – aber was du willst, was du im Grunde wirklich willst, ist, von einem Mann wie mir mal ordentlich, richtig durchgefickt zu werden.«

Sie lächelte ins Telefon. »Du hast ein großes Maul, Henry.« Die süße, verführerische Erinnerung an Honig im Badezimmer. »Einen kleinen Schwanz«, fügte sie hinzu, »aber ein großes Maul.« Sie schnippte die Kippe auf den Boden und trat sie aus. Zermalmte sie mit ihrem Sieben-Zentimeter-Absatz zu Brei. Wieder Schweigen. Tiefer, dunkler, noch dichter. Sie starrte die Decke an.

»Bist du noch da, Liebling?«

»Ich bin noch hier, mein Schatz.«

»Ich finde, wir sollten uns treffen«, sagte sie. »Deswegen rufe ich nämlich an. Weil ich mir dachte, wir sollten uns unterhalten, sollten uns mal ausquatschen. Warum treffen wir zwei uns nicht einfach mal, hm?« Sie zog ein Stück Papier aus einer Innentasche. »Vielleicht so gegen Mittag. Nichts Unanständiges.«

»Du willst dich also entschuldigen?«

»So was in der Art.«

»Komm einfach vorbei. Meine Tür ist immer offen, mein Bett ist immer gemacht.«

»Du willst sagen, ich soll mich noch mal bei dir blicken lassen?«

»Ich meine, scheiß drauf, Süße, du weißt, wo ich bin.«

»Ich glaub schon, dass ich's wieder finden würde.«

»Na, dann bis später, Darling.«

Guter Versuch, dachte sie. Sie musste es ihm lassen. »Ich hatte mir eigentlich etwas Neutrales vorgestellt.«

»Ach ja? Wo denn?«

Sie faltete den Zettel auseinander und glättete ihn sorgfältig. Lange, dünne Finger und scharlachrote Nägel. Kein Schlaf, kein Essen, doch sie ist gut drauf, ist voll dabei, der reine Adrenalin-Trip. Ein damenhaftes Hüsteln, als sie die Adresse nachguckte, dann presste sie die Lippen gegen den Hörer und sagte: »Hast du was zum Schreiben?«

13

»Soll ich dir mal was sagen, Süße? Ja? Soll ich meine geheimsten Gedanken vor dir offen legen? Ich finde, du solltest es wissen. Ich finde, du solltest informiert werden.«

Schwitzend saß er im Mantel neben ihr auf der Plastikbank, sein massiger Oberschenkel an ihrem Knie, sein süßlich verwesender Altmänner-Atem, eine leichte Brise in ihrem Gesicht. Halb eins auf einem Westlondoner Revier, und allein seine Anwesenheit hier bekümmerte ihn. Dicke Luft vor lauter Fettsack-Stress. Sie umschwebte sanft ihre Köpfe, schlug gegen die erbsengrünen Wände, tropfte die Wandfarbe herunter. Er schwitzte auf dem Skalp, seine Eingeweide taten ihm weh, und die Donna-Schlampe fühlte sich gut, denn sie hatte dem Fettsack Leid zugefügt.

»Als ich mein Auto sah«, sagte er, »als ich vor die Tür kam und mein Lieblingsauto so sah, da tat sich der Boden unter meinen Füßen auf, verstehst du? Ich will damit sagen: Mein Gefühl von Recht und Ordnung, von Falsch und Richtig, meine Sicht der Welt, mein Selbstverständnis als Mann« – Schaum blubberte ihm über die Lippen –, »alles war aus den Fugen geraten. In Stücke gerissen. Zerstört durch eine einzige Heimsuchung einer einzigen miesen, kleinen Schlampe.« Er betupfte sich den Mund mit einem Taschentuch. »Sie ist lebensmüde, sagte ich mir. Sie schreit geradezu danach. Zählt nur noch die Tage, bis wir sie einschläfern. Kannst du mir folgen?«

Sie runzelte die Stirn. »Nicht ganz.«

Er beugte den Kopf. Zischte ihr ins Ohr. »Was ich damit sagen will, meine Werteste: Man soll es nicht übertreiben.«

Sie hielt die Augen leicht geschlossen, um das grelle Licht abzublocken. Machte sie krank, das Neonlicht, ließ alles in ihrem Hirn weich werden, ließ ihr Gesicht in sich zusammenfallen und ihren Schädel langsam schrumpfen. »Du hast die Jungs geschickt,

Henry. Das war gar nicht nett von dir, Henry, und ich mag es, wenn du nett bist.«

Was dazu angetan war, ihn aufzuheitern, doch nur ein wenig. »Dann hat es dir also was ausgemacht?«

»Davon kann man ausgehen, ehrlich gesagt. Ich meine, Merv und Billy, bis an die Zähne bewaffnet. Man sollte meinen, dass mir das was ausgemacht hat. Richtiges Herzklopfen hatte ich. Bumm-bumm in der Brust. Atemnot und so weiter.«

Er schüttelte den Kopf. Ein wehmütiges Lächeln. »Sind doch Schlawiner, die zwei.«

»Das hättest du nicht tun sollen«, teilte sie ihm mit. »Mitten in der Nacht, und die zwei Rotzgestalten an meinem Bett.«

»Das war rein geschäftlich. Nichts Persönliches.«

»Und dennoch äußerst unerfreulich.«

»War doch nicht bös gemeint.« Er verlagerte sein Gewicht. »Sie wollten doch nur ein Schwätzchen halten. Kleines Kaffeekränzchen, falls du weißt, was ich meine.«

»Das hatten sie ja nun, oder?«

»Ich glaub schon.«

»Und was ist dann dein Problem?«

»Du bist es, meine Gute. Du bist mein derzeitiges Problem. Du hast was von mir mitgenommen, und ich will es wiederhaben.«

»Hättste bloß fragen brauchen«, sagte sie. »So läuft es für gewöhnlich. Wenn jemand was will, dann fragt er meistens.«

Ihr Blick blieb an dem wachhabenden Polizeibeamten hängen. Blass und teigig sah er aus. Rosa geränderte Augen und schmale Hüften. Hatte sich zu viele Backpflaumen mit Pudding reingestopft, unten in der Kantine. Und eine Fresse, wie man sie kriegt, wenn man die Welt hasst. Bösartig sah er aus, wenn man genau hinsah. Aber sauber und ordentlich, dachte sie. Geschrubbt und gebügelt. Man konnte sehen, dass er sich hinter den Ohren wusch, mal was anderes zur Abwechslung. So waren sie alle, die Jungs in

Blau. Alle sahen sie gebadet und gepudert aus, eingeseift und einsatzbereit. Allzeit bereit und super sauber.

Henry war auch ziemlich sauber, dachte sie, gemessen an den Umständen. Weil es schwer sein musste, die Körpergerüche in Schach zu halten, wenn man dem Verfall entgegenging. Doch wenigstens bemühte er sich. Ein verlorener Kampf, aber wenigstens strengte der alte Knabe sich an.

»Tja, jetzt weißt du's«, sagte er. »Gib's mir einfach wieder.«

»Wie viel willst du?«

»Das soll wohl 'n Witz sein?«

»Ich frag ja nur.«

»Alles, Süße. Ich will alles wiederhaben.«

Draußen schüttete es. Sogar hier im Warteraum bekam man es mit. Sogar bis in das bombensichere Polizeirevier konnte man es pissen hören.

»Echt zum Kotzen hier«, murrte Henry. Er produzierte ein Schleimgeräusch in der Kehle, als hätte er gerne gerotzt und seine Gefühle auf den Boden gespuckt. Sie einfach rausgekotzt und zugeguckt, wie sie sich auf dem gebohnerten PVC-Boden festsetzten. »Absolut zum Kotzen.«

»Dauert ja nicht lange«, tröstete sie ihn.

»Das hättest du nicht tun sollen, Liebling, mich hierher bestellen.«

»Wir machen nur unseren Deal, und schon sind wir draußen.«

»Voll mit Perversen.«

»Pssst...«

»Mich in einen Bullenstall kommen zu lassen. Das ist nichts anderes als willkürliche Bosheit.«

»Wenigstens ist es warm hier.«

»Nicht gerade damenhaft.«

»Aber ziemlich schlau, würde ich sagen.«

Er holte einen abgeschabten Tabaksbeutel heraus. Knetete ihn sanft zwischen den Fingern. »Ich weiß«, brummte er. »Und deswegen mag ich dich. Deswegen krieg ich dieses hübsch warme Gefühl in meinem Sack, wenn ich an dich denke. Und ich denk in letzter Zeit viel an dich.«

Sie betrachtete stirnrunzelnd den Boden. »Ist das wahr, Henry?«

»Was?«

»Dass dir warm in den Weichteilen wird?«

Er lächelte. »Ja.«

Das ließ sie auf sich wirken. Ließ es einsickern und langsam bis in ihr Hirn vordringen. »Wenn ich Joey das erzähl. Das würd ihn interessieren.«

Er schüttelte den Kopf. Das Fettsack-Grinsen. »Jetzt fängst du schon wieder an. Du mit deinem großen Mundwerk. Als ob du ständig irgendwas von dir geben müsstest, über das ich mich aufregen muss. Normale Mädchen dagegen, die sind schön still. Sind schlau genug, die Klappe zu halten. Richtig vernünftig, wenn man so drüber nachdenkt. Das Maul zu halten, mein ich, wenn jemand am Reden ist. Zeigt nur, dass sie Respekt haben, was nie schaden kann. Aber du machst immer weiter und weiter, was?«

Das ließ sie sich durch den Kopf gehen, dann zuckte sie die Achseln und murmelte: »Stimmt.«

»Was für ein vorlautes kleines Luder, aber ich will dir eins sagen: Ich mag es, wenn meine Bräute das Maul aufkriegen, ich mag es, wenn sie quatschen. Diese Mäuler«, sagte er, »weich und fleischig, feucht und offen. Sehr charmant eigentlich, wenn einem so was gefällt. Ich halt sie einfach fest und steck ihn rein, steck ihn rein in ihre kleinen Sabbermäuler. Da werden sie meistens ganz schnell still, meiner Erfahrung nach. Wenn sie mir also zu viel quatschen, wenn mir das Gegreine zu laut wird und mir ihre schrillen Stimmchen anfangen auf den Sack zu gehen, dann hol ich ihn einfach raus und ramm ihn rein, Hose auf, und schon ist

Ruhe.« Ein wehmütiger Blick trat auf sein Gesicht. »Davon werden sie ganz ruhig. Weißt du, was ich meine? Irgendwie … beruhigt es sie.«

An diesem Punkt in seinem Vortrag warf der wachhabende Beamte ihm einen Blick zu und fragte, ob er ihm helfen könne. Hat Manieren, dachte sie erfreut, denn sie hatte eine Schwäche für gute Manieren. Hier und da ein Hauch von Anstand. Konnte nicht schaden, ihrer Meinung nach.

Henry schüttelte den Kopf. »Danke, nicht nötig, alter Knabe. Warten nur auf einen von Ihren Kollegen.«

»Möchten Sie eine Nachricht hinterlassen?« Der rosaäugige Sergeant mit der Mersey-Stimme.

»Wir warten gern.« Der Fettsack lächelte. »Uns gefällt es hier.«

Sie sah zu, wie der Beamte die Achseln zuckte und sich abwandte. Er hatte genug zu tun, es war ein geschäftiges Revier. Die Normalbürger strömten ein und aus. Aus ihren Kleidern stieg dieser wohl bekannte, feuchte, durchnässte Geruch auf.

»Meinst du, er erkennt dich?«

Henry zuckte die Achseln. »Vielleicht hatte er mich mal auf der Straße gesehen, wie ich meinen rechtmäßigen Geschäften nachgehe.« Eine wohlhabende Art von Grinsen. »Mir doch scheißegal, ich kenn ihn nicht.«

»Der könnte dich einlochen, stimmt's?«

»Diese Affensuse?«

»Dich hinter Schloss und Riegel bringen.«

»Meint *er*«, grunzte Henry. »Im Traum vielleicht. In seiner abgewichsten Bullenfantasie.«

Sie schloss die Augen. Hörte dem Regen zu. »Du meinst, an dich kommt keiner ran.«

»Das mein ich nicht nur, das weiß ich.«

»Muss ja wunderbar sein, wenn man du ist.«

»Ist es, meine Gute, ist es. Wunderbar, genau so würde ich es sagen. Weil ich runter nach Kilburn fahrn kann, und da seh ich einen die Straße langhumpeln, der früher so ein harter Kerl gewesen ist, und jetzt hat er Schmerzen bei jedem Schritt. Und ich denke mir: Das habe ich getan. Das habe ich aus ihm gemacht. Ich habe ihn fertig gemacht, und soll ich dir mal was sagen: Ein tolles Gefühl ist das. Als ob du fliegen würdest. Als ob du König dieser verdammten Scheißwelt wärst.«

»Man flucht nicht.«

»Tut mir Leid.« Er kaute auf seiner Unterlippe. »Aber so bin ich halt, verstehst du? Wenigstens bemüh ich mich.«

»Bemühst dich was?«

»Bemüh mich, zu beweisen, dass ich noch lebe. Dass ich keine Scheiße fresse, egal, was kommt. Nicht wie Joe und dieser ganze Abschaum, diese Hosenscheißer, diese ach so aufrechten Kerle, die den Nachbarn gern mal aushelfen, gern anständig sind und immer so scheißfreundlich sein müssen. Manchmal könnt ich sie umbringen, wenn ich ihre lächelnden Scheißfressen sehe.« Er rollte den Tabaksbeutel zwischen den Fingern. »Ich weiß ja, dass du ihn lieber magst, ich weiß nur nicht, warum. Weil wir zwei, verstehst du, du und ich, wir sind sozusagen füreinander gemacht. Einer so schlimm wie der andere, wir zwei.«

Diesen Satz überdachte sie einige Sekunden. »Aber es gibt einen entscheidenden Unterschied, Henry.«

Sie beugte sich zu ihm vor und senkte die Stimme. Sie würde ihr Bestes geben, um es ihm schonend beizubringen. »Eine von uns ist eine Dame …« Der feuchte, duftende Donna-Atem. »… und die andere ist eine Fotze.«

»Ist was dran«, murmelte er. »Und elegant ausgedrückt, wenn ich so sagen darf.«

Und außerdem wahr, hätte er hinzufügen können. Weil das Problem mit Henry war, dass er tun und lassen konnte, was er wollte. Das war Henrys größtes Problem. Wenn Henry einen fahren ließ, klatschte alles. Wenn er sein Gewicht auf dem gepolsterten Sitz verlagerte, seine Arschbacken ein oder zwei Zentimeter hob, um die Gase ungehindert ausströmen zu lassen, dann lächelten sie ihn bewundernd an. Sie öffneten die Lippen und zeigten die Zähne, um ihr Vergnügen an dem Akt kundzutun. Sie schnüffelten die Henry-beduftete Luft, atmeten die herrlichen Henry-Ausdünstungen ein.

Wenn Henry einen Henry-Witz machte, dann lachten sie, um zu zeigen, dass sie ihn kapiert hatten. Sie genossen seinen gesegneten Appetit, beteten jede Maßlosigkeit an. Sie fühlten sich auf eine merkwürdige Art und Weise bereichert, wenn sie Zeugen seiner Gier wurden.

Selbst wenn er sie schlug, selbst wenn er ihnen eins aufs Maul gab, um seine Aussage zu unterstreichen, machte es ihnen für gewöhnlich nichts aus, denn Macht muss sich ausleben. Sie fühlten sich wie etwas ganz Besonderes, wenn sie ihm in den Arsch kriechen durften. Nicht in irgendeinen Arsch, sagten sie sich, sondern in *Henrys* Arsch.

Henrys Problem, sein größtes Problem, war, dass ihm noch nie einer die Wahrheit gesagt hatte. Niemand hatte ihm je gesagt, was er wirklich war. Er war durchs Leben gegangen, und nie hatte ihn jemand darauf hingewiesen, dass er ein stinkendes Stück Dreck war, ein Haufen Fäulnis in diesem grünen und freundlichen Land. Niemand fasste ihn am Arm und beugte sich an seine Wange und flüsterte Offenbarungen in das weiche, schmalzige Ohr. Sie hielten ihm keinen Spiegel vors Gesicht und sagten: Hier, sieh dich an! Guck dir die Bescherung an, du alte Fotze. Guck dir an, was für eine Beleidigung fürs Auge du bist. Nie sagten sie es. Dachten es vielleicht in ihren verschwitzten Träumen, ihren nächtlichen Indiskretionen, aber nicht in Henrys Gegenwart. Sagten es ihm nicht ins Gesicht.

»Soll ich dir was sagen? Ja? Du hättest dein bisschen tun sollen, meine Gute. Hättest den Kopf senken und das Knie beugen und deiner ehrlichen Bestimmung nachkommen sollen.«

»Ich konnte nicht anders, Henry.«

»Du hättst mir einen blasen sollen.«

»Ich konnt es nicht, Henry.«

»Hättst die Lippen über meinen Schwanz stülpen und tun sollen, was recht und billig ist.«

»Ich hatte diesen Anfall, weißt du.«

»Aber du hast mich da sitzen lassen wie einen Affen.«

»Diesen Anfall von Übelkeit tief drin im Bauch.«

»Hast mich warten lassen, ganz alleine.«

»So ein Kotzgefühl ganz tief drin.«

»Hast mich da sitzen und tropfen lassen, und bist abgehauen.«

»Ich wär schon geblieben. Aber ich musste los.«

»Ziemlich widerlich, so was. Typisch Weiber.«

»So sind die Frauen.«

»Es hätte dich ja wohl nicht umgebracht.« Das Zischen des Fettsacks in ihrem Ohr. »Und warum konntest du's dann nicht? Hörst du mir zu, Liebling? Warum konntest du nicht wenigstens *ein* Mal nett sein? Ich hätt's ja bloß gern gewusst. Nur interessehalber. Wo wir gerade plaudern. Also sag mir einen guten Grund, du verklemmte Zimtzicke.«

Das ließ sie sich einen Augenblick durch den Kopf gehen, sie erlaubte sich einen Moment der Besinnung, dann sagte sie: »Weißt du, Henry, du bist einfach einen Hauch zu alt. Ein bisschen zu verfallen, könnte man sagen. Hast diesen Alten-Männer-Geruch an dir, und der wäscht sich nicht ab.«

Das Alter, in dem alles erschlafft, dieser süßlich verwesende Duft …

»Und allein die Vorstellung, dass es innen wogegen schubbern könnte. Am Ende holt man sich da noch was. Der Schleim deiner angesammelten Jahre könnte was hinterlassen, so was wie einen

Rückstand, wie man so sagt. Bei der Vorstellung wird mir, ehrlich gesagt, ziemlich unwohl. Und ich kann ja wohl nichts dran ändern, was ich fühle, oder? Kann man nichts machen, Henry, so bin ich halt.«

Die Erinnerung an faltiges Fleisch und braunfleckige Haut.

»Irgendwie nicht mein *Ding,* weißt du, Alte-Männer-Schwänze. Ich meine, die *Vorstellung* ist ja nicht so schlimm, aber die Realität, Schatz, die brutale Realität …«

Und sie schüttelte den Kopf, denn so grausam konnte das Leben sein.

»Deswegen«, fasste sie zusammen, »wo du mich gefragt hast.«

Sie warf ihm einen Blick zu, aber sein Gesicht war leer. Vom äußeren Anschein her konnte man nicht ahnen, was er dachte. Man musste genau hinhören. Man musste ein offenes Ohr haben und seinen Mund beobachten, um ihn sagen zu hören: »Weißt du, wie ich mich jetzt fühle?« Seine Stimme neben ihr, dick und zahnlos.

»Ein hübsches, warmes Gefühl im Sack?«

»Ich hätte Lust, etwas zu Klump zu hauen.«

Sie nickte höflich. »Da warten wir besser noch einen Augenblick, bis wir draußen sind.«

»Etwas Weiches und Mädchenhaftes.«

Er sprach ruhig, sehr leise.

»Ich könnt es jetzt gleich tun, ich könnt dich hier auf der Stelle fertig machen.«

Sie sah zu, wie seine Hände den Beutel kneteten.

»Dir einfach das Genick brechen. Dir einfach die Hände um den Hals legen und knack. So schnell geht das.«

Ein verständnisvolles Donna-Nicken. »Gut, dass wir uns ausgesprochen haben …«

»Und der Ausdruck auf deinem Gesicht, die totale Angst auf deiner Schlampenfresse.«

»… ein kleiner verbaler Austausch, ein wenig orales Näherkommen.«

»Das könnt ich tun, oh ja, gleich hier im Scheißloch. Daumen auf die Luftröhre, Druck nicht nachlassen, dann dieses wunderbare Krachen, wie ein Peitschenschlag, der von den Wänden widerhallt. Stell dir nur mal vor. Ich kann's schon fast in den Fingern fühlen, dieses weiche Zittern zwischen meinen Fingern. Ich könnt es tun, Süße, könnt dich jetzt auf der Stelle fertig machen …« Plötzlich ein schrilles Lachen wie von einem Frischkastrierten, und er bohrte ihr die Finger in die Rippen. »War ja nur 'n Witz, mein Goldstück. Ich bin doch kein Tier, oder? Ich würde dir nur eins aufs Maul geben. Genau auf die Zähne, weißt du. Genau da, wo es wehtut.« Pause zum weiteren Sinnieren über diese Angelegenheit. »Und dann würd ich dir die Faust reinschieben, würd versuchen, mir genug Platz in deinem Kiefer zu schaffen, sodass ich ordentlich reinhauen kann. Probieren, ob sie reinpasst, die Faust.«

Eine lebhafte Vorstellung im Donna-Hirn: ihr Mund am Bluten, die Zähne ausgeschlagen, der brüllende Schmerz, als die Faust zuschlägt. Beide hatten dieselbe Vorstellung im Kopf, aber nur einer von beiden lächelte.

Sie sah auf die Uhr. »Eine Schande, dass wir hier bei den Bullen sitzen, was? So viel unausgelebtes Verlangen.«

»Könnte es aber fast wert sein«, murmelte er. »Der Ausdruck auf deinem Gesicht, der Ausdruck der Überraschung auf deinem auseinander fließenden Gesicht könnte fast seine Zeit im Bau wert sein. Ich würde sagen, das könnte fast seine sechs Monate wert sein.«

»Aber nicht ganz, vermute ich.«

Ein bedauernder Seufzer .

»Nicht ganz«, stimmte er zu.

Ein gedehntes, langsames Zischen war zu hören, und über

ihren Köpfen ging die Deckenbeleuchtung aus. Sie braucht ihr Licht, sie lebt vom Licht, und es war ihr etwas unangenehm. Nicht ganz so unangenehm wie Henry, aber trotzdem etwas.

»Sollen wir uns dann einigen, oder wollen wir nur rumsitzen?«

Der Fettsack zuckte mit den Achseln. »Gib den Bonus zurück, dann sind wir quitt. Den Wagen könnt ihr behalten.«

»Und was ist mit dem andern?«

»Dem demolierten?«

»Dem verkauften.«

»Hab ich schon wieder.« Ein befriedigtes Henry-Grinsen. »Ein Freund hat mir was geflüstert, und Phil hat meine Wünsche nur zu gern erfüllt.«

»Also nur den Bonus?«

»Und dann herrscht Frieden. Wir sind wieder Freunde.«

»Du schickst die Jungs nicht mehr …?«

»Wird nicht wieder vorkommen.«

Sie überdachte das. »Und du erlässt ihm die Schulden.«

»Das kann ich nicht, mein Schatz.«

»Doch.«

»Ich werde seinen Kredit verlängern.«

»Wie lange?«

»Drei Monate.«

»Zwölf.«

»Sechs«, sagte er.

»Abgemacht.«

Er räusperte sich und schluckte den Schleim herunter. »Also ruf mich morgen an, klar? Deponier es einfach irgendwo und sag Bescheid. Die Jungs können's abholen.« Er stand auf. »Sie haben immer gern was zu tun.«

»Dann ist also alles vorbei und vergessen?«

»Alles vorbei, mein Schatz.«

Er sah sie an. Die freudlosen, grauen Augen. »Aber merk dir

eins: Egal, was du mir wegnimmst, ich krieg es wieder. Das ist nur gerecht, und ich bin gern gerecht. Kannst du mir folgen, Süße? Verstehst du, was ich sagen will?«

»Klar versteh ich.«

Klar versteht sie.

Und mit dieser Übereinkunft schüttelten sie einander die Hand. Denn Frieden wird herrschen. Und Schweine können fliegen.

14

Joe fuhr links vom Lisson Grove ab, dann wieder links, dann hielt er vor einer Reihe schäbiger Läden an. Sie hatten Paddington für die Übergabe ausgewählt. War eigentlich ideal. Schon 'ne klasse Gegend, wenn man auf so was steht. Ganz oben auf dem Notting Hill, und Maida Vale ist direkt nebenan. Hübsch gelegen, und jede Menge Mülleimer. Wie geschaffen, um Sachen zu übergeben. Man düst einfach die Edgware Road runter, bis man zu der Autobahnüberführung kommt, dann wirft man sein Problem in einen Mülleimer, und die Sache ist vergessen.

Man braucht niemanden zu fragen, weil es niemanden groß interessiert, und wenn doch, dann werden sie trotzdem nichts sagen. Ziemlich wortkarg, die Leute in diesem Stadtteil. Haben diesen zugeknöpften Ausdruck auf dem Gesicht, den stumpfen, misstrauischen Londonausdruck. Diesen Alles-Scheiße-, Verpiss-dich-, Leck-mich-am-Arsch-Ausdruck, bei dem man am liebsten auswandern würde. Sind aber ziemlich tolerant, die Leute in Paddington. Man kann ohne weiteres mit einem Totschläger in der Hand die Straße runterlaufen, und sie machen dir Platz, wenn du lächelst. Durch und durch eine richtige Henry-Gegend, gesteckt voll mit bierseligen Dreibeinern.

Aber 'ne gute Nummer muss man schon draufhaben, sonst kriegt man eins auf die Mütze. Ohne Muckis gehst du unter. Ohne Jungs im Rücken sollte man eigentlich noch nicht mal vor die Tür treten, sollte auf der Straße niemanden angucken, sollte eigentlich noch nicht mal zu viel atmen, wenn sich's irgendwie vermeiden lässt. Da hält man lieber den Kopf gesenkt und spuckt keine großen Töne. Da lässt man besser das Fenster geschlossen und die Tür verriegelt und hofft drauf, dass man im Lotto gewinnt.

»Wollen wir es wirklich machen?«

»Ja, Baby.«

»Ich meine, es bekommt meiner Verdauung gar nicht. Verstehst du, Joe? Es ist nicht gut für mein Gedärm.«

»Sag das Wort nicht, ja?«

»Was für ein Wort?«

»Du weißt, was für ein Wort.«

»Du meinst Gedärm?«

»Sag's einfach nicht, ja?«

Sie zuckte die Achseln. »Na gut.«

Er stellte den Motor ab. Schweigen im Auto. Nachmittag, und die Sonne schien, hell und kalt wie das Herz eines Junkies. Gegenüber auf der rechten Seite stand eine endlose Reihe grauer Wohnblocks, auf dem Marsch ins Nichts. Direkt vor ihnen war eine offene Fläche, eine Art vergrößerter Vorgarten für die hiesige Jugend, wo sie ihren Klebstoff schnüffeln und ihre Messer wetzen konnte. Henry-Territorium, durch und durch. Die Sorte Gegend, die er leidenschaftlich liebte. Ein Ort, wo er in Frieden pinkeln konnte. Er fuhr gern in seiner Limousine vor und trat hinaus aufs Pflaster. Dann schritt er an die nächste Mauer, holte sein bestes Stück bedächtig raus und ließ die Säfte fließen. Er wusste, dass es den Einheimischen nichts ausmachen würde, die meisten waren verschuldet, größtenteils bei ihm. Ging sie doch nichts an, wo Henry sein Wasser abschlug. Lächelten nur, winkten, und »Hallo, Henry«. Sehr männlich. Ordentlich, wie richtige Kerls.

Sie kurbelte das Fenster herunter und begutachtete die Mülleimer. Ungefähr zehn Meter entfernt standen zwei nebeneinander, staubig rosa und ziemlich voll. Ästhetisch betrachtet waren sie nicht allzu schlecht. Nicht völlig abstoßend. Ein leichter Gestank war schon zu bemerken, wenn man so parkte, dass einem der Wind entgegenkam, aber nichts völlig Abartiges. Ein leichter Geruch nach Hundefutter, aber nichts allzu Perverses.

»Dann mach mal.«

»Du willst es also nicht machen?«

»Das ist Männersache, Süßer. Mach du das lieber.«

Weil man schon ein haariger Typ sein musste, ein stoischer Dreibeiner, um eine Handvoll Geldscheine zwischen den Abfall zu schieben, seine Hand in den Dreck zu stecken und seine milden Gaben zu hinterlassen. Aber sie hatte das Ihre getan, sie hatte auch einen Teil dazu beigetragen. Sie hatte fettiges Papier aus einer Tonne geholt und das Bündel Geldscheine darin eingewickelt. Nur, um dem Fettsack zu zeigen, dass sie sich Gedanken machte. Dass sie ihn zu schätzen wusste. Nur, um ihm den derzeitigen Stand ihrer Gefühle zu vermitteln.

Joe reichte ihr eine Plastiktüte herüber. Sie versenkte das kleine Paket darin, rollte sie zusammen und gab sie zurück. Er machte die Tür auf und sah sie mit einem viel sagenden Blick an.

»Also einfach nur reinschieben?«

Sie sah ihn an und bewegte die Lippen. »Ja, und schön tief.«

Er trottete die Straße entlang. Einzelne graue Flocken schwebten herunter. Noch kein richtiger Schnee, aber fast. Sie sah, wie er den Kopf senkte, die Schultern einzog und sich gegen den Wind vorbeugte. Zu empfindsam für diese Welt. Und sie verspürte eine Art Schmerz im Innern, ein scharfkantiges Gefühl der Schwäche, ein Bewußtsein von Hilflosigkeit, denn sie lief mit einem Mann durch die Stadt, der sie nicht retten konnte. Einem Mann ohne Kohle, wie ein Toter, der sie würde gehen lassen müssen.

Ein kalter Windstoß blies zum Fenster herein und fraß sich in ihre Haut. Sie zitterte, während sie ihm zusah. Bald würde es zu Ende gehen, sagte sie sich. Ihre kleine Eskapade würde endlich vorbei sein. Aber sie fand es nicht richtig, es zurückzugeben. Es hinterließ ein ungutes Gefühl. Es gab ihr den Wunsch, sich still und leise auszureihern, sich den Finger in den Hals zu stecken und alles auszuspeien. Den Henry-Schotter zurückzugeben, davon wurde ihr wirklich übel. Es war ja nicht so, dass er es gebraucht hätte. Denn die Henry-Brieftasche war nun wirklich rund und dick genug, und was er hatte, das hatte er gestohlen. Ein fetter Langfinger. Eines Tages würde sie es richtig machen und ihn ausrauben, wie es einer Donna gebührt: Sie würde ihm das Dach überm Kopf und das Hemd vom Leib wegnehmen. Würde ihn auf der Straße stehen lassen, wo er betteln muss. Ihn zum Betteln schicken, nackt, raus auf die Straße.

Joe war beim Mülleimer angekommen, beugte sich vorsichtig über ihn und spähte hinein, als stände er vor dem Lostopf. Sie beobachtete ihn, wie er das Ding hineinfallen ließ, das Paket schön tief reinschob, sodass es schwer zu finden war. Er sah sich um und hob eine Mülltüte hoch, die auf dem Bürgersteig lag. Er schlitzte sie auf, schnüffelte kurz daran und leerte den Inhalt in den Mülleimer. Ein kurzer Blick zurück zu ihr und ein schnelles Grinsen. Das ist er, dachte sie. Mein Joey-Boy.

Plötzlich schalteten sich die Straßenlampen mit ihrem rosa Licht ein. Er kam zurück zum Auto und stieg wieder ein.

»Erledigt«, sagte er.

»Wie war's?«

»Jede Menge Müll drin.«

»Bauschutt?«

»Fast-Food-Verpackungen.«

Er drehte den Zündschlüssel um. »Jede Menge Fliegen und so. Und ziemlich verpisst.«

Sie schnallte sich an, denn sie ist ja gern vorsichtig. »Dann war es also 'ne gute Idee«, bemerkte sie.

»'ne super Idee.«

»Tut mir nur Leid für die Jungs.«

Er ließ den Motor aufjaulen. »Oh ja«, brummte er. »Und wie.«

Er fuhr um den Block und parkte ein paar Straßen entfernt, dann liefen sie zurück zu einem Café, das praktisch gegenüber von dem Mülleimer war. Er hielt es für keine besonders tolle Idee, noch länger hier zu bleiben. Im Grunde genommen hielt er es sogar für eine ziemlich bescheuerte Idee. Nicht ganz so bescheuert, wie Henry zu beklauen, aber nah dran. Sie setzten sich an einen Tisch eine Reihe vom Fenster weg.

»Ganz sicher, dass du hier bleiben willst?«

»Hast du anderes vor?«

»Sie werden uns sehen.«

»Nein.«

»Könnte aber sein«, sagte er.

»Na und.«

Sie schlürfte ihren Tee. Er war heiß und süß. Wie sie, dachte sie. Wie die Donna-Schlampe. Die Fenster beschlugen langsam, aber man konnte noch rausgucken. Sie hatten schon einen Blick auf das Klo geworfen. Es ging auf den Hof raus. Nur für den Fall, hatte Joe gesagt, weil man nie weiß, wann man gehen muss, weil man nie weiß, wann man sich besser verpisst.

»Schmeckt das?«

»Was, Joe?«

»Das Speckbrötchen.«

»Nicht schlecht.« Sie biss noch mal kräftig ab und kaute nachdenklich. »Nicht besonders aufregend«, sagte sie, »aber auch nicht schlecht.«

Er zündete sich schon wieder eine Zigarette an. »Vielleicht bist du schwanger?«

»Nein.«

»Woher weißt du das?«

»Weiß ich halt.«

Er atmete den Rauch tief ein. »Ich dachte nur, dass du's vielleicht bist, sonst nichts.«

»Ach ja?«

»Weil du irgendwie … ich meine, irgendwie isst du … *andauernd.*«

Sie biss noch mal von dem Salatblatt und dem knusprig gebratenen Speck auf dem Sesambrötchen ab, ein himmlischer Geschmack.

»Soll das heißen, dass ich zu viel esse? Ist es das, was du mir sagen willst?«

»'türlich nicht.«

»Es hört sich aber so an.«

»Hab mich nur gefragt, wo das alles bleibt, sonst nichts.«

»Na, vielleicht hab ich ja einen Wurm.«

»Bitte, sag das nicht.«

Sie hielt mitten im Zubeißen inne. »Was soll ich nicht sagen?« fragte sie.

»Wurm«, sagte er.

»Warum nicht?«

»Darum.«

Sie starrte ihn fasziniert an. »Du meinst also, ich darf nicht Wurm sagen?«

»Richtig.«

»Und ich darf nicht Gedärm sagen?«

»Richtig.«

Die sanft gefurchte Donna-Stirn.

»Und was ist, wenn ich einen Wurm im Gedärm habe?«

Heftig drückte er seine Kippe aus. »Du bist überhaupt nicht witzig«, sagte er. »Das weißt du ja wohl.«

Sie kaute auf ihrem Brötchen. »Ja.«

Sie schluckte den Rest herunter und wischte sich die Lippen mit einer Papierserviette ab. Sie fühlte sich schon besser. Eine angenehm glühende Wärme breitete sich in ihr aus. Sie zog eine Fluppe aus seiner Packung. Er zögerte einen Augenblick lang, dann zündete er ein Streichholz an und beugte sich über den Tisch.

»Danke«, murmelte sie.

»Gern geschehn«, grunzte er.

Er schnippte das Streichholz auf die Untertasse und warf einen Blick zum Fenster hinaus. »Er ist da.«

Sie drehte sich auf dem Stuhl herum. »Wo?«

»Da kommt er die Straße entlang.«

Und da war er und bahnte sich einen Weg durch das Paddingtoner Gedränge, machte sich Platz im Feierabendgeschiebe. Rempelte freundlich, drängelte rücksichtsvoll, zwängte sich durch die verständnislose Menge. Nicht mehr lange, dachte sie. Wird bald vorbei sein, dachte sie.

Er trug seine schwarze Lederjacke und blassblaue Jeans. Die Billy-Uniform, Billys Lieblingsklamotten. Wusste wahrscheinlich, dass sie ihn beobachtete, hatte wohl vermutet, dass sie auf ihn warten würde. Er sah sauber und geschrubbt und frisch rasiert aus, ein gepflegter Hooligan. Für mich, dachte sie. Für sie hatte er Bart- und Körper- und Hautpflege betrieben.

Er blieb ein paar Meter vom Mülleimer entfernt stehen und steckte sich eine Zigarette an. Wartete einen tiefen und nachdenklichen Zug lang. So ist's recht, Billy. Lass dir Zeit. Vergewisser dich, dass wir nicht da sind, um dich anzuspringen oder irgendwelche gemeinen Sachen zu machen. Sieh nach, ob du auch wirklich allein bist, alter Kumpel. Er warf die Lulle in den Rinnstein. Er weiß, dass er beobachtet wird. Er weiß ganz genau, dass er beobachtet wird.

Er fuhr mit der Hand in seine Jacke und holte ein Paar rosa Gummihandschuhe heraus.

»Er hat Angst vor Bakterien.«

»Stimmt, scheint er gar nicht zu mögen.«

Sie beobachteten ihn, wie er sich über den Rand beugte. Er zögerte einen Augenblick lang, als er hineinspähte, als könnte es da unten etwas Ekliges geben, vielleicht ein Stück gammligen Schellfisch, in die *Daily Mail* von gestern gewickelt. Aber so ein Billy ist stahlhart, also holte er tief Luft, spuckte auf den Boden und schob seinen starken, rechten Arm hinein.

Schien eine Weile zu dauern, bis er fand, wonach er suchte. Er brachte Pappbehälter und Papiertüten zum Vorschein und Sachen, die schleimig aussahen. Sein Gesicht lief langsam dunkelrot an, und vielleicht schrie er ja sogar etwas, aber sie war sich nicht sicher.

»Meinst du, er ist am Fluchen?«

»Gut möglich.«

»Ts, schade aber auch. Ganz schön vulgär.«

Ungefähr eine Minute später erschien die Plastiktüte über der Metallkante. Natürlich ihre Idee. Die Fettsack-Scheine in eine *Mothercare*-Tüte zu packen. Eine Girlie-Tüte für Billy-Boy. Und sie fing gerade an, das Bild zu genießen, sich richtig zu freuen und den Moment auszukosten, da war er allzu abrupt auch schon vorbei. Kaum hatte es angefangen, da war es auch schon geschehen. Sie sah ihm nach, wie er die Straße herunterlief, in ein Taxi stieg und verschwand.

Sie nippte an ihrem Tee. Fast ein Gefühl der Enttäuschung.

Das war's dann also, sinnierte sie. Aus und vorbei. Ende der Geschichte.

15

Henry stand am Fenster. Er beobachtete einen Kondensstreifen, der über den Himmel kroch. Der Fast-Schnee war verschwunden, und es war ein klarer und makelloser Nachmittag, Sonnenstrahlen fielen durch die Scheibe. Er spürte, wie die Anspannung langsam verebbte, wie ihm warm wurde, wie er gut draufkam.

»Hast du's gezählt?« fragte er leise.

»Ja.«

Henry kniff die Augen gegen die grelle Sonne zusammen und bemerkte ein Pochen in seinem Bauch.

»Ist alles da?«

»Ja.«

Er drehte sich weg von der Sonne. Billy stand in der Mitte des Zimmers. Das Geld lag auf dem Tisch. Henry sah auf die Uhr. Fünfzehn Uhr dreißig. Noch ein paar Stunden. Nicht mehr lange. Er ging hinüber zum Tisch und fächerte die Geldscheine auseinander. Seine Innereien fühlten sich entzündet an, und er langte nach einem Glas Milch.

Der abschätzende, schweigend beobachtende Billy. Das plötzliche, bösartige Grinsen. »Wie geht's, Chef?«

Henry lächelte. »Mir geht's gut, mein Sohn.« Krämpfe in seinem Bauch. »Und selbst?«

»Danke, gut, Chef.«

»Bist du dir da sicher?«

»Ganz sicher.«

»Es geht uns also beiden gut ...« Henry holte seine Kippen heraus. »... das ist ja wunderbar.«

Billy zögerte fast unmerklich, dann zündete er ein Streichholz an und hielt es ihm hin.

»Danke, mein Junge.«

Im selben Moment, in dem er einatmete, fing der Fettsack an,

Schleim hochzuhusten und in ein Papiertaschentuch zu spucken. Er hielt es leicht von sich weg und betrachtete das, was er sah, stirnrunzelnd. Die Farbe hatte sich verändert, verdammte Scheiße. Er nickte in Richtung des offenen Kamins.

»Ob du wohl so freundlich wärst«, flüsterte er, »und das für mich anzünden würdest?«

Etwas Unergründliches huschte über Billys Gesicht, dann ging er vor dem Rost in die Hocke, drehte das Gas an und hielt ein Streichholz an die künstlichen Kohlen. Kleine blaue Flämmchen züngelten hervor.

»Stell es höher«, flüsterte Henry.

Der Junge drehte am Knopf. Das Gas zischte lauter, und die Flammen wurden gelb. Er brach das Streichholz mit dem Daumen durch und schnippte es ins Feuer.

»Ist dir kalt, Chef?« Billy hievte sich hoch. »Sitzt dir die Kälte in den Knochen?«

Henry starrte den Jungen an, seine toten Augen, seine blankgeschrubbte Haut. Das ungeformte Teenagergesicht, nichts als Knochen und Flaum und Pickel.

»Popelst du immer noch?«

»Chef?«

»Du kratzt doch immer noch, oder? Obwohl du das nicht sollst?«

»Sie werden schon besser.«

»Da irrst du dich.«

»Ich muss halt manchmal 'n bisschen dran reiben.«

»Ach ja?«

»Nur hin und wieder«, beharrte der Junge. »Nichts Weltbewegendes.«

»Du lässt sie besser in Ruhe, mein Sohn, wie ich dir gesagt habe. Weil die Dinger unhygienisch sind, kapierst du? Jede Menge widerliche, kleine Bakterien, die dann unter deinen Fingernägeln sitzen. Ich würde diese Beulenpest an deiner Stelle schön zukleben. Zieh dir verdammt noch mal 'ne Maske drüber oder so was. Und bleib bloß weg von meiner Küche mit deiner Pustelfresse.« Henry nahm das Geld in die Hand. »Dass du mir ja nicht mein Essen anlangst, verstanden?« Er drückte seine Kippe heftig aus. »Verstanden?«

Billy sah schmollend auf den Boden. »Verstanden.«

Henry schüttelte den Kopf. Irgendwie war es traurig, wenn man so drüber nachdachte. Weil er ihnen gute Ratschläge gab, zu helfen versuchte, und waren sie ihm dankbar? Einen Scheißdreck waren sie. Egal, was soll's? Es konnte ihm eigentlich am Arsch vorbeigehen, wie der Fußabtreter aussah. Solange er keinen Eiter auf den Teppich tropfen ließ. Solang er das bleiben ließ. Das breiter werdende Fettsack-Lächeln.

»Ein Glück, dass ich dich nicht zu küssen brauche, Junge.« Er wog das Bündel in der Hand. »Wie viel hast du gesagt?«

»Genau vierhundert.«

Henry nickte. »Findest du das viel, Billy?«

»Kleinvieh macht auch Mist.«

»Sehr wahr«, murmelte der große Mann. Er zog ein paar Zwanziger vom Stapel. »Und soll ich dir mal was sagen? Ich hatte 'ne Menge Mühe, um das hier zurückzukriegen.« Er knüllte sie zu einer Kugel zusammen. »'ne Menge Ärger.« Er warf sie ins Feuer. »Und du hast Recht«, sagte er, »Kleinvieh macht auch Mist.«

Der Skinhead glotzte schweigend, während die Flammen das Papier verzehrten. Als könne er es nicht recht glauben, dass sein Chef Geld verbrannte. »Was machst du da?«, fragte er schließlich anklagend.

Henry warf noch ein paar Scheine hinterher. »Ich backe einen Kuchen, Billy.«

Der Skinhead runzelte die Stirn. »Soll das ein Witz sein, Chef?«

»Ja, Billy.«

Kein Geräusch, außer dem von brennenden Geldscheinen und dem Skinhead, der sich plötzlich wie verrückt kratzte.

»Ich hab mich dreckig gemacht, um das zurückzuholen. Hab in einem beschissenen Mülleimer rumgestochert.«

»Das weiß ich doch.« Henrys besänftigende Stimme. »Glaub nur nicht, dass ich dir nicht dankbar dafür bin. Bin ich nämlich nicht.« Er schmiss noch ein paar Scheine in die Flammen. »Manche Dinge sind wichtiger als Geld«, erklärte er. So beiläufig, als ob er eine Runde Karten austeilen würde, beförderte er den Rest der Zehner und Zwanziger ins Feuer. »Prinzipien sind wichtiger, und ich bin ein Mann von Prinzipien.«

Die beiden sahen zu, wie die Geldscheine sich kringelten und schwarz wurden.

»Scheiße«, murrte der Skinhead, »mir reicht's mit dieser Pisse.«

Henry seufzte. »Das glaubst du nur.«

»So einen Scheiß für 'n alten Drecksack wie dich zu machen.«

»Du bist dir wohl zu gut dafür?«

»Ich denke schon.«

»Es gibt jede Menge Jungs, die so was gern machen würden.«

Wegwerfendes Skinhead-Achselzucken. »Schon, aber haben sie's auch drauf?«

Das bedachte Henry mit einem Lächeln, weil ihm ein bisschen kesse Lippe gut gefällt.

»Ich habe große Pläne mit dir, Billy. Die Dinge bewegen sich. Ich habe schon alles geplant für deine Zukunft, und es wird dir gut gehen, glaub mir – es ist eine glorreiche Zukunft.«

»Und wann fängt die an, Chef?«

»Hab Geduld, mein Junge. Tu einfach, was dir aufgetragen wird, und sie kommt von alleine. Geh einfach deinen vorbestimmten Weg, dann kommst du zu deiner glorreichen Zukunft.«

Billy spielte mit seinen Streichhölzern. »Aber ich will einen glorreichen Weg und eine glorreiche Zukunft, kapierst du? Ich hab das Gefühl, ich schlag hier nur die Zeit tot. Warte nur drauf, den Platz eines Fettsacks einzunehmen.«

»Pass auf, was du sagst, mein Sohn.«

»Wenn du dich zur Ruhe gesetzt hast, mein ich …«

»Komm mir nicht auf dumme Gedanken, ja! Wenn meine Jungs anfangen, auf dumme Gedanken zu kommen, fang ich an, mir Sorgen zu machen. Also beug brav das Knie und halt das Maul und geh schön den vorbestimmten Weg.« Er trat an einen Rosenholzsekretär an der Wand. »Komm einfach heut Abend vorbei, ja? Und bring den andern Spasti auch mit.« Er zog die mittlere Schublade auf. »Weißt du was, Billy? Soll ich dir mal was sagen?« Er fasste hinein. »Sie hält sich ja für so schlau«, sagte er halblaut. »Sie meint wirklich, ihr kann *keiner* was.«

Er holte eine dreißig Zentimeter lange Brechstange hervor und legte sie vorsichtig auf das polierte Holz. Noch ein paar Stunden, sagte er sich. Nicht mehr lange. »Ein kleines Mädchen mit großen Fürzen im Hirn.«

Der Skinhead runzelte die Stirn. Er schaute perplex drein. »Aber sie sind doch weg, Chef … oder?«

Henry schob die Lade vorsichtig zu. In seinen Eingeweiden war es ruhig, seine Eier waren warm.

»Aber nicht vergessen, Billy.«

16

Sie aßen ziemlich gut an jenem Abend. Sie speisten fast stilvoll. Stopften sich voll mit Kabeljau und Pommes, sparten nicht mit dem Essig. Fett gebackene Ananaskringel für die Donna-Schlampe und eine große, sauer eingelegte Zwiebel für den netten jungen Herrn. Ihr Auto stand vor einer Fisch-und-Chips-Bude in der Nähe von Letchmore Heath. Zwanzig nach zehn musste es gewesen sein, und es regnete wie aus Kübeln. Sogar bis in das Lokal konnte man es hören, so sehr goss es draußen. Selbst hinten in der Ecke, beim Verputzen von Fisch und Fritten, konnte man es auf der leeren Straße prasseln und in den Rinnsteinen gurgeln hören. Sie kaute gerade auf etwas Teig herum, als die Tür aufgerissen wurde.

Zwei Teenager kamen hereingestürmt, picklige Haut und wild gewordene Hormone auf Beinen. Eine kurze Erinnerung an ihre Kindertage, diese feuchte, vergessene Zeit der Einsamkeit und Pubertät, der völligen Bedeutungslosigkeit. Die endlose Reihe von Fast-Food-Läden, die großen, dampfbeschlagenen Schaufensterscheiben, die einarmigen Banditen an der Wand, das Mondgesicht des Mannes hinter der Theke, die kurz geschorenen jungen Kerle, die schoben und drängelten, der Krach, der Gestank, das ganze beschissene Elend. Meine Jugend, dachte sie. Meine erbärmliche Jugend.

Aber sie beschwert sich nicht. Nicht, dass man sie falsch versteht. Sie hätte ewig dieses Essen zu sich nehmen können. Sie hätte endlose Bissen Fisch und fettige Fritten reinschieben und mit Bier und Cola runterspülen können, weil sie keine großen Ansprüche an dieses Leben hat: anständiges Futter, hier und da eine Kippe, ein gut aussehender Macker und das Geld des Fettsacks. Sie ist ein einfaches Mädchen mit einfachen Bedürfnissen. Hin und wieder ein Augenblick Genuss. Ein bisschen Reibung, wo sie's braucht. Ein paar Streicheleinheiten, wo sie's gern hat, und sie ist glücklich.

»Und, schmeckt's?«

»Nicht schlecht«, sagte sie.

»Nicht zu fettig?«

»Ist in Ordnung, Joe, wirklich.«

Sie ließen London hinter sich, und sie fühlten sich gut. Henrys überschäumende Wut hatten sie besänftigt, kein Geld mehr, das sie belastet hätte, keine Bleiklötze, die sie festgehalten hätten. Sie waren wieder pleite, in ihrem Naturzustand, dem einzig wahren und natürlichen Zustand, in dem sie sich wirklich wohl fühlten. Das Henry-Problem war gelöst. Aus und vorbei. Ende der Geschichte.

»Fahren wir nach Norden?«

»Warum nicht?«

»Weil ich nur hoffe, dass es nicht zu ländlich ist, dort.«

»Bisschen raus aus der schlechten Luft«, sagte er. »Kann doch nicht schaden.«

»Weil ich zu viel Grünzeug nicht abkann, Joe. Ich bin ein Stadtmensch, weißt du. Ich hab meine Hamburger gern auf einem getoasteten Brötchen und nicht draußen auf 'ner Wiese mit Fliegen um die Augen.«

»Nur eine Woche oder zwei.« Er löffelte etwas Zucker in ihren Tee. »Wird dir wahrscheinlich sogar gefallen, wenn wir erst mal da sind.«

Sie warf ihm einen angemessen vernichtenden Blick zu. »Das hast du auch über das Gleitmittel gesagt, Joe.«

»Hab ich?«

»Ja.«

»Oh«, sagte er. »Stimmt.«

Sie wollten nichts weiter als das Lebensnotwendige, nicht mehr. Eine Zweizimmerwohnung an einer baumbestandenen

Straße, ein bisschen was Bares, um mal anständig einen draufzumachen. Eine feste Anstellung und ein einfaches Leben. Sie wollten gar nicht viel, gemessen an anderen. Verlangten im Grunde gar nicht viel. Aber was sie nicht wussten, was ihnen bisher noch niemand erklärt hatte, war, dass es nicht reichen würde, so wie sie zu sein. Wenn man nicht zu viel haben wollte, man nicht allzu habgierig war, man nicht alles verlangte, wenn man nur das Lebensnotwendigste wollte, hieß das oft, dass man am Ende mit nichts dastand.

Doch all das würden sie erst später begreifen. Momentan sitzen sie noch in einer Frittenbude, sind voller Wärme und Glück, und Joe trinkt seine Tasse aus und sagt zu ihr: »Darf ich dich mal was Persönliches fragen?«

Sie starrte ihn an. »Wie persönlich?«

Er zuckte die Achseln. »Ziemlich persönlich.«

Sie zog eine Fluppe heraus, die sie sich von ihm anzünden ließ. »Na gut«, brummte sie. »Aber nichts, was mit Alter zu tun hat.« Ein guter, tiefer Zug, um sich zu wappnen. »Ich mag keine Fragen über mein Alter. Verärgert mich immer.«

»Hat nichts mit deinem Alter zu tun.«

»Na gut«, sagte sie. »Dann schieß los.«

Er nahm eine ungebrauchte Gabel in die Hand. Zog sie über die Tischplatte. »Dann darf ich also fragen, ja?«

»Aber nichts, was mit dem Alter zu tun hat.«

»Hat nichts mit dem Alter zu tun.«

»Du darfst fragen«, sagte sie.

»Bist du dir sicher?« hakte er nach.

»Ganz sicher«, sagte sie.

»Na gut«, sagte er, »weil ich mich gefragt habe – und du brauchst es natürlich nicht zu beantworten, wenn du nicht willst –, aber ich würde es halt nur gerne wissen, und ich hab dich auch schon fragen wollen in den letzten paar Tagen …«

»Spuck's aus, Joe.«

»Aber es hat nichts mit deinem Alter zu tun.«

»Spuck's einfach aus, Süßer.«

»Na ja, was ich mich gefragt habe, wenn du's wissen willst, ist, mit wie vielen Männern du zusammen gewesen bist.« Er schluckte. »Vor mir.«

Der leere, unbarmherzige Donna-Blick. »Was meinst du mit *zusammen gewesen?*«

»Du weißt schon …«

»Nein.«

»Ich meine, wie viele vor mir da gewesen sind?«

»Wo?«

Er drückte seinen Daumen auf die Gabel und fing an, sie kreiseln zu lassen. »In dir drin.«

Sie rutschte auf ihrem Sitz herum. »Du meinst, richtig drin?«

Er kratzte sein Ohrläppchen. »Genau.« Er sah sie an. »Also wie viele?« fragte er. »Ungefähr«, verdeutlichte er.

Sie starrte ihm ins Gesicht. Welch ein schönes Gesicht. »Du bist der Einzige, Joe«, sagte sie. »Mehr oder weniger.«

»Wirklich?« murmelte er und nahm ihre Hand.

»So ziemlich«, sagte sie.

Er küsste ihre Finger. »Der Einzige?«

Sie lächelte ihn an. Das sanfte, schwer fassbare Donna-Lächeln. »Ganz beinahe …«

17

Henry hob den Topf hoch und kippte ihn, und ein Strahl kochender Milch floß in die Thermoskanne. Über der Öffnung kräuselten sich die Dampfwölkchen, und er beugte sich vor und schnüffelte und seufzte leise. Er starrte einen Augenblick lang nachdenklich hinein, dann fügte er einen Teelöffel Honig hinzu und rührte. Weil ich nett bin, sagte er sich. Weil ich ein gutes Herz habe.

Er schraubte den Deckel wieder drauf und stellte die Thermoskanne neben die Tür. Er wollte sie auf keinen Fall in der Eile vergessen. Wollte auf keinen Fall gedankenlos ohne seine Milch hinaus in die Nacht rennen und es am Ende mit Schmerzen im Bauch tun müssen.

Kümmer dich nur um deine Gesundheit, sagte man doch immer, alles Weitere ergibt sich von selbst. Was fast stimmte, dachte er. Nicht ganz, aber fast. Gebiete dem Bauchschmerz Einhalt, wenn du kannst, und all deine Probleme lösen sich von selbst. Besonders solche, die gern die Klappe aufreißen. Die, die meinen, sie wären davongekommen. Rotzfreche kleine Fotzenprobleme.

Er warf einen Blick auf die Uhr an der Wand. Schon eins vorbei, und der Anruf war noch nicht gekommen. Aber ihm machte das Warten nichts aus. Er war die Geduld in Person. Er hatte schon vor einer Stunde geduscht und sich rasiert. Er hatte sich für seinen grauen Seidenanzug und seine Chelsea-Boots entschieden. In denen sah er größer aus, was nie schaden konnte. Er warf sich gerne für Augenblicke wie diesen richtig in Schale. Wie die Sache auch ausgehen würde – er wollte, dass man hinterher sagen würde: Das war der Fettsack, und er sah verdammt gut aus.

Ein Klingeln war von vorn aus dem Haus zu hören. Er ging in die Diele, lauschte und fing an zu lächeln. Die Nacht hatte kaum angefangen, und sie zankten sich schon. Er machte die Tür auf und winkte sie herein, seine Jungs, seine Kerls, seine Schützlinge.

»Scheißkalt da draußen«, brummte Billy.

»Was gibt's zu mosern, Sohn?«

»Ich sag's doch nur.«

»Wir wissen schon, dass es kalt ist. Es ist nämlich Winter, klar?«

»Aber ich hab's doch nur gesagt!«

»Und jetzt hast du's gesagt, und fertig.«

Sie folgten ihm in das Wohnzimmer. Billy platzierte sich vor dem Kaminfeuer, während Mervyn auf den Scotch zusteuerte.

»Kein Alkohol«, sagte Henry.

»Nur ein Schlückchen, Chef.« Er schenkte sich drei Finger voll bernsteinfarbener Flüssigkeit ein. »Nur ein winzig kleines«, murmelte er.

Das Gesicht des Fettsacks blieb reglos. Man hätte nicht sagen können, was er fühlte, so rein vom Äußeren her hätte man nicht gewusst, dass er tief in sich dieses Brennen verspürte, als ob jemand ein Streichholz angezündet und es ihm in den Bauch gerammt hätte, um zu sehen, ob er brennbar war. So rein vom Äußeren her hätte man es nicht sagen können. Man hätte es vermuten können, wenn man Mervyn war, aber man hätte sich nicht ganz sicher sein können.

»Dann gibt's heut Nacht also eine Party?«

Der Fettsack nickte. »So was in der Art.«

»Nur wir drei, oder was?«

»Später kommen noch 'n paar mehr.« Er zündete sich eine Kippe an. »Damit die Runde komplett ist.«

»Optimal, Chef, was? Gute Partys mag ich immer.«

»Weiß ich. Deswegen veranstalten wir auch eine.«

Mervyn genehmigte sich einen Schluck Johnnie Walker. Er wischte sich den Mund ab. »Und, kommen auch ein paar Tussis? Paar scharfe Feger zum Rumreichen?«

»Da bist du ganz scharf drauf, was?«

»Ich bin Merv, der Grapscher.«

Der Fettsack nickte. Natürlich war er das. »Es wird von allem reichlich da sein, mein Junge. Für mich, meine ich. Ihr zwei guckt nur zu.«

»Bisschen öde, nur zugucken.«

Der Fettsack zuckte die Achseln. »Pech gehabt, alter Knabe.«

Und sie machten es sich gemütlich und richteten sich aufs Warten ein. Henry rauchte, Mervyn trank, Billy fingerte an seinen Billy-Pickeln. Es war fünf vor drei, als der Anruf endlich kam. Ließ sie ganz schön zusammenzucken, versetzte ihnen einen gehörigen Schreck. Henry drückte seine Kippe in dem überquellenden Aschenbecher aus und hob den Hörer beim siebten Klingeln ab. Er unterbrach nicht. Wahrte eine halbe Minute lang das Schweigen, hörte dreißig Sekunden lang aufmerksam zu, da ihm gerade nach Zuhören zu Mute war. Er warf einen Blick hinüber. Die Jungs standen am Feuer. Sie hatten diesen erwartungsvollen, übereifrigen Bluthund-Ausdruck auf dem Gesicht. Wenn man genau hinsah, hatten sie einen brutalen Ausdruck auf dem Gesicht.

Und er sprach leise ins Telefon, während er seine Jungs im Auge behielt. Die murmelnde Stimme Henrys, wenn er glücklich ist. »So weit draußen? … Ja. Klar doch. Ich weiß, hast du gut … Nein«, brummte er, »wir finden's schon.« Er lauschte mehrere Sekunden lang konzentriert. »Ganz genau. Rein geschäftlich.« Er kritzelte etwas auf einen Notizblock. »Verstanden. Das hast du hervorragend gemacht … Nein, wirklich, alter Junge … Genau, du hast was gut bei mir.«

Er legte den Hörer wieder auf. Bewegte sich eine Weile lang nicht. Mervyn beobachtete ihn eingehend.

»Ist das die Party, Chef?«

Der Fettsack schauderte. Es war ein Glücksschauder, er konnte nicht anders. »Ja, Merv.« Ihm war beinah schwindlig vor Freude, denn dies war er, der Augenblick aller Augenblicke. »Ich wusste, dass wir feiern würden«, murmelte er leise. »Ich wusste bloß nicht, wo.«

Er ging hinüber an die Wand und schloss den Rosenholzsekretär auf. Hier bewahrte er sein kostbarstes Hab und Gut auf: die Brecheisen, die Familienfotos, die Schamhaarlocken von jungen Mädchen. Er fasste hinein, holte einen Samtbeutel hervor und fühlte den harten Lauf unter dem weichen Material.

»So, jetzt versuch, nüchtern zu werden, Merv. Kann nie schaden.« Die Pistole glitt in seine wartende Hand. »Wir machen jetzt eine Spritztour. Einen fröhlichen kleinen Familienausflug.« Er zog das Magazin heraus und überprüfte die Patronen. »Also lass den Wagen schon mal an, Billy.« Er schob das Magazin wieder zurück. »Braver Junge.«

18

Zuerst regnete es nur sporadisch. Ein leises, unaufdringliches Geräusch, das in ihren Kopf tröpfelte; sie rollte sich zu einer zufriedenen Embryohaltung zusammen. Irgendwo, ein oder zwei Meilen weg, über das struppige Feld hinweg, hinter einer Reihe nackter Bäume, sprang ein Traktormotor beinah an. Er klang wie ein Außenbordmotor, als würde irgendein Bauer an der Strippe reißen, und jedes Mal sprang er fast an, und jedes Mal verreckte er plötzlich wieder.

Frühmorgens im November, der Vogelgesang fängt gerade an, und das Dämmerlicht wird heller, und der Nebel hängt tief in den Feldern von Hertfordshire, und sie liegen zusammengerollt hinten in einer Ludenkarre, aneinandergeschmiegt im Heck eines zweifarbig lackierten Autos.

Halb schlief sie noch, halb war sie wach, und der Regen trommelte nur so herunter. Er hämmerte aufs Dach und spritzte vom Boden wieder hoch. Sie spürte Joes Atem in ihrem Nacken, seine Hitze neben sich. Die Sorte Mann, die sich nicht rasiert, der das Gestrüpp wuchern lässt und seinem Mädchen immer Sorgen mit den Stoppeln macht. Lieber ist sie mit ihm zusammen, hat seinen Geruch auf der Haut und seinen Geschmack im Mund, als dass sie vor dem Fettsack kniet, das Knie beugt und den Kopf senkt und seinen Schwanz küsst.

Denn sie hat schon viel erlebt in ihrem kurzen und gesunden Leben. Viele Typen haben sich ihr schon aufgenötigt, haben sich in ihr Bewusstsein gedrängt, haben zugesehen, wie sie den Kopf über den Schmutz erhob, und ihn dann ganz schnell wieder hinuntergedrückt. Sie haben sie getreten, so gut sie konnten, weil sie sie zu gern stolpern sehen; weil sie sich danach sehnen, dass sie das Gleichgewicht verliert; weil sie sich nichts so sehr wünschen, als sie fallen zu sehen. Denn obwohl sie ein süßes, junges Ding ist, hassen viele Leute sie, sie verabscheuen sie total. Und die Donna-Schlampe weiß all das. Sie ist ein kluges Mädchen.

Der Regen trommelte auf sie herunter, ein fauler Strahl, der gegen die Windschutzscheibe plätscherte und sich einen Weg in ihren Schädel bahnte, der die schräge Scheibe heruntertröpfelte und sich in ihren Träumen breit machte. Sie rekelte sich und gähnte und machte die Augen auf. Kalt im Auto. Joe schlief weiter, die Hand zwischen ihren Schenkeln. In der Ferne sprang der Traktormotor beinah an. Eine Sekunde lang schien es, als würde der Zündfunken überspringen. Ihre Knochen fühlten sich feucht an, und der Morgenhunger nagte in ihrem Bauch.

Ein sanftes Klopfen gegen die Scheibe. Sie sah nach draußen. Vielleicht ein Vogel. Irgend so was vom Land, was über dem Gras rumflattert. Sie hörte das Klopfen und warf einen Blick nach draußen. Schatten auf der Kühlerhaube. Zwei baumstammartige Gegenstände, die auf der Motorhaube standen. Wie festgewurzelt schienen sie, einen Meter oder so auseinander, zwei muskulöse Beine, die auf der Motorhaube standen.

Und während sie all das betrachtet, während sich die Wirklichkeit langsam den Weg in ihren Kopf bahnt, bemerkt sie, dass die Beine blassblaue Jeans anhaben und hohe Lederstiefel, kirschrot und frisch gewienert. Sie bemerkt den tief hängenden Nebel, das trübe Licht, den Strom gelber Flüssigkeit, der auf die Scheibe plätschert und ordentlich heruntertröpfelt. Denn Donna ist der Typ, dem solche Sachen auffallen.

Und dann kommt die Offenbarung: der ganz wesentliche Nachteil eines zweitürigen Ford Capri – eines Autos, das kaum genug Platz für zwei Liebende bietet, um sich aneinander zu kuscheln, um sich aneinander zu schmiegen und fast eine Nacht des Glücks zu verbringen –, der ganz grundlegende Nachteil ist, dass man im Heck festsitzt und nirgendwohin rennen kann. Und man träumt noch, dass es der Regen ist, während sie draußen gegen die

Scheibe pissen, und plötzlich weiß man, dass die Jungs hier sind, und sie sind hinter dir her, die stillen, bösen Jungs.

Ungefähr eine Meile oder so entfernt, über die Äcker hinweg, sprang der Motor an, stotterte und verreckte beinah.

»Wichser!«

Das kleine schwarze Loch, Billys Mund. Es ist frühmorgens im November, wenn der Vogelgesang gerade anfängt und das Dämmerlicht heller wird und der Nebel tief in den Feldern von Hertfordshire hängt, und man liegt zusammengerollt hinten in einer Ludenkarre, aneinander geschmiegt im Heck eines zweifarbig lackierten Autos.

Er schwang die Brechstange über dem Kopf. Der Traktormotor sprang urplötzlich an. Panikkotze, die in ihrem Bauch brannte. Er holte aus. Rosa geränderte Augen in einem spitzknochigen Gesicht, und er ist quicklebendig vor Hass, er sprudelt nur so über vor Abscheu.

»Ihr abgefuckten, dreckigen Wichser!«

Ein gedämpfter Ausruf, ein kleiner Schrei der Begeisterung, und er ließ das Brecheisen heruntergehen. Die Windschutzscheibe explodierte nach innen ins Auto. Goldene Tröpfchen und Glasscherben schwebten in der Luft. Splitternde Lärmeruptionen in ihrem Kopf. Irgendetwas donnerte gegen die Seite. Sie sah zu, wie das Fenster auf der Fahrerseite in sich zusammenfiel. Zeitlupe, wie im Film. Sie fassten hinein, entriegelten die Tür und rissen sie auf.

Den Bruchteil einer Sekunde lang sah Joe Donna an, sein Gesicht eine Maske aus völliger Liebe und totaler Angst. Eine Faust krachte ihm seitlich gegen den Kopf. Sie hörte, wie er ihren Namen rief, immer und immer wieder, wie ein Mantra, als ob ihr Name ihn retten könnte. Ein Arm fasste herein und umklammerte seinen Hals. Sie klappten den Fahrersitz herunter und wuchteten ihn darüber. Sie konnte ihn nach Luft schnappen und jemanden lachen hören. Eine breite, faltenlose Hand kam herunter auf seine Eier geflattert. Sie blieb einen Moment wie gedankenverloren liegen, dann packten die haarlosen Finger zu. Und als sie ihn schreien hörte, begann ihr Leben zu zerfallen, und sie sah, wie ihre Welt zerstört wurde, und das Universum, das sie sich aufgebaut hatte, in sich zusammensank.

»Komm schon, Liebling.« Das Billy-Flüstern in ihrem Ohr. »Nicht so schüchtern.«

Er langte herein und packte sie an den Haaren. So zerrte er sie heraus und ließ ihren Kopf gegen die Tür knallen, denn er hatte die Erlaubnis vom Fettsack, die offizielle Erlaubnis, roh mit ihr umzuspringen. Eine besondere Vergütung an diesem ganz besonderen Tag. Eine kurze Explosion fahlblauen Himmels, dann Matsch in ihrem Gesicht und Erde in ihrem Mund, und die kurzen, hohen Grunzer völligen Skinhead-Glücks, während er das Fotzenwort zischte, immer und immer wieder.

19

Joe lag leise stöhnend auf dem Boden, das hohe Gras um ihn herum war heruntergedrückt. Blut rann ihm aus Nase und Mund. Sein linkes Auge war zu und lief bereits blau an. Mervyn saß auf seiner Brust. Er beugte sich vor, räusperte sich hingebungsvoll und gestattete es einem dicken, cremigen Schleimklumpen, aus seinem Mund zu tropfen. »Habt ihr das gesehn?« jubilierte er. »Wahnsinn, genau aufs Auge! Total genial!«

Henry stand gegen den Daimler gelehnt da, die schweren Schultern leicht hängend, die fetten Beine übereinander geschlagen. Er sah schweigend zu, angeschwollen vor Gehässigkeit, bis zum Platzen voller Gift.

Der Novemberhimmel hing tief über ihnen, ein scharfer Nordwind peitschte gegen die Haut, und überall der durchdringend feuchte Geruch, der dichte, erdige Duft eines brachliegenden, ungepflügten Ackers in Hertfordshire.

Billy packte sie an den Haaren und zog sie hoch. Der pockennarbige Billy, er amüsierte sich. Er starrte sie an, starrte sie einfach nur an, praktisch ohne mit den hellen Wimpern zu schlagen. Es ließ sie erzittern, die Art, wie er sie ansah. Brachte ihr Fleisch zum Zittern und ihre Eingeweide zum Schmelzen, wenn er sie so durchdringend aus seinen farblosen Augen anstarrte.

»Ich hab dich noch nie leiden können«, bemerkte er, »um mal ganz ehrlich zu sein.« Die Worte kondensierten in der frostigen Luft und bildeten eine Wolke aus bösartigem Dampf rund um seinen Kopf. »Bin eigentlich noch nie richtig einer von deinen Fans gewesen.«

So nah war er, dass sie sich fast berührten, beinah küssten. Sie konnte die trockenen Hautschuppen sehen, die sanft von seiner Stirn rieselten, den weißlichen Schlaf, der in seinen Augenwinkeln glitzerte.

»Du hältst dich doch für sehr schlau, hm? Meinst doch, du wärst genial.« Er umklammerte ihren Hals mit einer Hand. »Aber ich will dir mal was erzählen, Süße.« Die pockige Haut. »Ich bin froh, dass ich nicht die Donna-Schlampe bin. Nicht in diesem Augenblick. Wirklich nicht.« Der kahl geschorene Kopf. »Wär gar nicht schön, jetzt in deiner Haut zu stecken. Wär gar nicht lustig, jetzt in deinem Höschen zu stecken, was. Echt nicht«, sagte er. »Nee, danke.« Ein vollendetes Lächeln blitzte auf. »Weil es doch eher, wie soll man sagen, *unerfreulich* werden könnte.«

Speichel drang zwischen seinen Lippen hervor, wo die Tröpfchen lautlos barsten. »Könnt ehrlich gesagt ganz schön bestialisch werden. So würde ich das ausdrücken, wenn du mich fragst. Wenn du's unbedingt wissen willst.« Die Umklammerung der Skinhead-Finger an ihrem Hals.

»Was ich also gern rüberbringen würde«, sagte er, »ist, wie abgrundtief dankbar ich bin, dass ich nicht du bin. Das heißt«, sagte er, »um es noch prägnanter auszudrücken: In genau diesem kostbaren Augenblick in diesem Feld gefrorener Scheiße, da bin ich doch sehr dankbar, dass ich ich bin.«

Und als er seinen Gefühlen derart Ausdruck verliehen hatte, drückte er ihr Gesicht weg.

»Was ist denn mit Girlie passiert?« Mervyn kam herübergeschlendert, frisch von seinem Training mit Joe, etwas verschwitzt, weil er grob hatte werden müssen. Er wusste, dass er heute wirklich schnieke aussah. Seidengefütterter Mantel mit Samtkragen. Sauber gekratzte Fingernägel und mit Pomade zurückgekämmte Haare. Er wusste, dass er verdammt gut aussah.

Billy runzelte die Stirn. »Was soll schon mit ihr passiert sein?«

»Ich meine, sie sieht so ungepflegt aus.«

»Wirklich?«

»Und ob.«

»Na ja, manche Kerle stehen auf so was.«

»Auf Schmodder?«

Billy nickte. »Die mögen sie dreckig, echt.«

»Na, dann würden sie auf Girlie hier ja richtig abfahren.«

»Klar.«

Mervyn beugte sich zu ihr herunter. Er fasste sie am Kinn und drehte ihr Gesicht von einer Seite auf die andere. »Aber wenn ich mal ganz ehrlich sein soll ...« Man konnte die Zahnpasta in seinem Atem riechen. »... bin ich mir nicht so sicher, dass ich sie nehmen würde, alter Knabe.« Er entfernte etwas Gras von ihrer Unterlippe. »Nun nicht mehr, wo wir wissen, wo sie sich rumgetrieben hat.«

»Mit Joe hat sie sich rumgetrieben.«

»Genau.«

»Meine Herren ...« Das plötzliche Schnarren, das die Luft durchschnitt. »Falls ich kurz einen Moment unterbrechen dürfte ...«

Billy stieß sie von sich weg.

»Na, na, nicht so grob.« Die Stimme des Fettsacks, dick vor Befriedigung. »Wir wollen ihr ja nicht wehtun.«

Er sah zu, wie der Skinhead mit der Fußspitze ihre Beine berührte, und die Donna-Schlampe lag auf den Knien. Ein geblähtes Henry-Lächeln. »Amüsierst du dich auch, mein Junge?«

»Klar, Chef.«

»Wir haben ja erst angefangen.«

»Weiß ich, Chef.«

Henry ließ den Blick freundlich auf ihr ruhen. »Sieh mich an, Liebling.«

Billy packte sie an den Haaren und half ihr beim Kopfheben. Er zog sie an den Haaren, bis sie das breit grinsende, rosa glänzende Henry-Gesicht vor Augen hatte, den weichen, feuchten Mund, die schlaffen Wangen. Den Fettsack in all seiner Herrlichkeit.

»Lang ist's her«, murmelte Henry. Er rieb sich mit den Knöcheln am Sack. »Ich meine, lang ist's her, seit es mir so hervorragend gegangen ist.«

Der Nebel lag dick über dem Acker. Jetzt bringt er mich um, dachte sie. Sie wusste, dass er es unbedingt wollte. Sein persönliches Verlangen, sein Zwang, es zu tun, ziemlich bald zu tun, erfüllte die Luft.

Er lächelte auf sie herunter. »Sprich mit mir, Liebling. Sag doch was Witziges. Mach eine schlaue Bemerkung, du weißt schon, wie sonst immer.«

Er zeigte nach links. Billy verdrehte gehorsam ihren Kopf. Sie sah Joe reglos auf dem Boden liegen.

»Hat sich nicht gerade besonders gewehrt, dein Macker. Alles zusammengenommen nicht gerade ein sehr toller Kerl. Glaub nicht, dass ich hier rummosern will, aber der ist doch nun wirklich Scheiße. Kann sein Mädel nicht beschützen, und ich glaube fast, sie hätt gern jemand, der sie beschützt. Und, hab ich Recht, Süße? Komm, sag's mir, hab ich nicht Recht?« Er ging noch näher an sie heran. »Was ist das denn für 'n braunes Zeug, das du da im Mund hast, hm? Dreck und Erde hast du drin, Süße. Gras und Matsch und lauter so 'n Scheiß. Jede Menge Schleim hast du in der Fresse, mein Schatz, also spuck's besser aus, wie wär's.«

Er schob ihr zwei Finger zwischen die Zähne. »Komm, spuck's ruhig aus, den Jungs macht das nichts. Gut gemacht, Kleines. So ist's recht.« Er schob ihr die Hand in den Mund. »O wei«, sagte er. »Schande aber auch.« Er blickte nach unten und schüttelte den Kopf. »Und ich hab immer gedacht, dass du so ein anständiges junges Mädchen bist. Eins von der besseren Sorte, du weißt schon. Irgendwie hast du doch immer den Eindruck gemacht, als ob du was Besonderes wärst, und jetzt kotzt du mir einfach auf die Schuhe, ohne dich auch nur zu entschuldigen. Ohne auch nur mal zu fragen, und wenigstens fragen sollte man doch, so viel Anstand kann man erwarten.«

»Du dreckiges Stück …«

»Knebelt sie.«

Der Wind blies schneidend über den Acker. Henry zitterte ein wenig. Zog seinen Kragen hoch. »Ungemütlich wird's hier draußen.« Er langte ins Auto und holte seine Thermoskanne heraus. »Will mir ja keine Erkältung einfangen«, murmelte er. »Nicht in meinem Alter.« Er drehte den Deckel ab und goss heiße Milch in die Plastiktasse.

»Da ist Haut auf der Milch«, sagte Mervyn.

»Ich trink sie immer gekocht, mein Sohn. Ist gesünder.«

Mervyn schauderte. »Ich kann Haut auf der Milch nicht ab. Da wird mir ganz schlecht.«

Henry zuckte die Achseln. »Jedem das seine.«

Er nahm etwas von der Flüssigkeit in den Mund und spülte damit langsam seinen Gaumen.

»Und, wie ist es dir so ergangen, Liebling?« Seine Zunge kam aus dem Mund geschossen und leckte den Milchbart von den Lippen. »Hab ich dich schon länger mal fragen wollen.« Er genehmigte sich noch einen Schluck. »Aber irgendwie ist immer eins zum andern gekommen, und es gab nie Gelegenheit dazu.« Er leerte die Tasse und schraubte sie wieder auf die Thermoskanne.

»Sie sagt ja nicht gerade viel«, beschwerte sich Billy.

»Nicht grade redselig«, fügte Mervyn hinzu.

»Dabei redet sie doch sonst so gern.«

»Sehr gern.«

»Vielleicht ist es wegen dem Ding, das sie da im Mund hat?«

»Was für ein Ding?«

»Dieses Taschentuchding, das sie im Mund stecken …«

»Ach so.«

»… und hinterm Kopf zusammengebunden hat.«

»Und du meinst, das ist der Grund, dass sie so merkwürdig schweigsam ist?«

»Kann man nie genau wissen, aber es ist gut möglich.«

»Weil sie immer nur am Quatschen ist, pausenlos.«

»Immer diese Riesenklappe.«

»Du kennst sie also schon.«

»O ja.«

»Jungs …«, murmelte Henry. »Falls ich einen Moment eure Aufmerksamkeit haben dürfte. Wenn ihr hierher kommen würdet, wäre ich euch dankbar.« Henry streckte einladend die Arme aus, als wollte er sie alle umarmen, als wollte er sie alle mit seiner endlosen Liebe umfassen und an sich drücken, bis sie weinten. »Wir fangen dann besser mal an, Freunde. Weil wir hier nicht sinnlos rumzuhängen brauchen, jetzt, wo wir alle so weit sind.« Ein schneller Blick in die Runde, um ganz sicherzugehen. »Wir *sind* doch alle so weit, oder?«

Mervyn nickte. »Und wie, Chef. Sag einfach Bescheid.«

»Sag ich ja, Merv.« Er warf einen Blick auf die Uhr. »Stell die beiden nebeneinander auf.«

Sie richteten Joe auf, zerrten ihn herbei und lehnten ihn vorn gegen den Daimler. Joe stöhnte leise. Um seinen Mund herum Blut. Henry lächelte das versammelte Grüppchen an und zog sich langsam die Handschuhe von den Fingern.

»Endlich wieder vereint«, murmelte er. »Unser fröhliches kleines Trüppchen.« Er stampfte mit den Füßen und blies sich in die Hände. »Jungs …«, begann er. Eine höfliche Verbeugung. »Meine Damen …«, fügte er ernst hinzu. »Bevor wir anfangen, möchte ich ein paar Worte an euch richten und meine bescheidenen Ansichten zum Besten geben.« Er holte eine Packung Halbstarken heraus.

»Es kommt doch selten genug vor, dass wir alle zusammen sind, um uns mal richtig auszuquatschen und alles zu besprechen.« Er verteilte den Tabak auf einem kleinen, weißen Rechteck. »Eine ehrliche und anständige kleine Diskussion.« Rollte es zwischen den Fingern. »Was ich also nur sagen wollte: egal, was passiert, egal, wie die Sache ausgeht …« Er leckte das Papierchen an. »… sind wir immer noch Freunde.«

Er klopfte ein Ende auf seinen Daumennagel, drückte das andere zusammen und steckte sich die Selbstgerollte zwischen die Lippen. »Und was ich euch allen außerdem mitteilen wollte«, sagte er, »ist, dass ich Joey keine Schuld gebe. Weil er ein braver, kleiner Kerl war, bis sie des Weges kam. Ein höfliches, kleines Kerlchen, bis sie auftauchte.«

Er sah das Mädchen durchdringend an. »Hörst du auch zu, Liebling? Ich rede, Liebling.« Er entzündete ein Streichholz und hielt es an das Ende der Kippe.

»Richt sie auf, Billy. Ich glaube, sie sackt uns schon wieder zusammen. Heb ihr den Kopf hoch, damit sie auch ja alles sieht.« Die glühend rote Spitze, während er die Hitze einatmete. »Bei manchen Leuten, wisst ihr, da versucht man zu helfen, da tut man sein Möglichstes, um ihnen seine helfende Hand hinzustrecken.« Das gedämpfte Knistern von brennendem Tabak.

»Und was machen sie? Sie demolieren dir das Auto, sie klauen dir die Knete, strecken dir den Arsch ins Gesicht und spazieren fröhlich davon. Das ist doch das, was ich undankbar nennen würde. Leute, die meinen, sie brauchen keine Rechenschaft abzulegen. Und nicht wissen, dass sie beobachtet werden.«

Er aschte ab.

»Scheint einfach nicht in ihren Dickschädel reinzugehen, dass sie nur deswegen auf der Welt sind und atmen, weil ich ein gutes Herz hab. Ich habe das, was man ein gutes Herz voller Mitgefühl nennt, und ich lass sie eine Weile leben. Ich lass sie ihren Geschäften nachgehen. Ich lass sie vögeln und furzen und meinen, dass sie ein Ziel und einen Zweck haben.«

Er schüttelte den Kopf.

»Und nur, weil ich sie noch nicht zertreten habe, nur, weil ich noch nicht den Fuß erhoben und sie auf dem Pflaster breitgetreten habe, glauben sie doch tatsächlich, dass sie davonkommen, sie halten sich für unsterblich, sie glauben, dass sie dem Fettsack eins auswischen können.«

Billys Finger in ihren Haaren, der Kopf nach hinten gerissen, die Arme schlaff an ihrer Seite. Der große Mann kam auf sie zu und blieb nahe vor ihr stehen.

»Es ist sehr, sehr schade«, sagte er freundlich, »dass du uns zu dem hier zwingst. Man sollte doch meinen, dass wir zivilisierte Menschen wären, und jetzt guck dir an, wozu du uns bringst.« Seine Wangen wurden hohl, als er einen tiefen Zug nahm. »Du bist böse gewesen, Mädchen«, sagte er, »und deswegen werde ich dir jetzt eine Lektion erteilen.« Er blies einen nachdenklichen Rauchring in die Luft. »Ich werde dich lehren, brav zu sein.« Er ließ die Zigarette zu Boden fallen. »Einer wird bestraft, und einer sieht zu.«

Wir sind nichts, wurde ihr klar. Bedeutungslos auf dieser Welt.

»Einer wird fallen, und einer wird gerettet werden.«

Oh Mutter, komm und hilf mir jetzt.

Seine Schweinsäuglein wanderten zwischen ihnen hin und her, als rechne er schnell etwas aus, als wisse er bereits, was passieren würde, und vollführe nur ein Ritual, ein perverses Spiel, das nur er verstand und das nur er gewinnen konnte.

Er zeigte mit dem Finger auf Donna.

»Ene.«

Schwang ihn in Richtung Joe.

»Mene.«

Zurück zu ihr.

»Mis…«

Langsam kreiste er zurück zu Joe.

»…te.«

Ein befriedigter Fettsack-Seufzer. »So Leid es mir tut, aber du hast den Kürzeren gezogen«, sagte er. »Pech, alter Knabe.« Er knöpfte sich den Mantel auf. »Mervyn, den Bauch, bitte schön.«

Joe wurden die Arme hinter dem Rücken festgehalten, und Henry steckte sich ein geformtes Stück Stahl auf die Fingerknöchel. Er ließ sich Zeit beim Ausholen, denn er war ein sorgfältiger Mensch, warf dem Mädchen noch einen Blick zu, und dann das plötzliche Klatschen von metallischer Faust auf ungeschütztem Fleisch. Mervyn stieß ein ekstatisches Keuchen aus. Joeys Beine gaben langsam nach. Billy hielt Donna sehr fest.

»Du weißt ja, warum ich solche Dinge tue, hab ich Recht?« Er streifte den Schlagring ab und ließ ihn wieder in die Tasche gleiten. »Weil ich sie tun kann«, erklärte er. »Und weil ich sie tun kann, tu ich sie auch.«

Sie drehten Joe um und drückten ihn hinunter auf die Kühlerhaube. Rammten ihm den Kopf hart gegen das raureifbedeckte Metall. Mervyn lehnte sich mit seinem ganzen Körpergewicht auf Joes Schultern.

»Bring sie näher ran«, befahl Henry.

Bewundernd betrachtete er seine weißen, haarlosen Hände. »Hätte Klavierspieler werden sollen«, murmelte er. »Was, Merv? Das hätte mir gelegen, Konzerte zu geben und so. Leicht verdientes Geld, wenn man erst mal bekannt ist.«

Mervyn nickte. »Klar. Man lernt nur 'n paar Liedchen, und schon läuft die Sache, was?«

Henry starrte ihn an. »Das soll wohl ein Witz sein?«

»Chef?«

»Weil das kultivierte Leute sind, du dummes Arschloch. Und Kultur bedeutet uns was, oder?«

»Klar, Chef. Sicher.«

Ein leiser, entnervter Fettsack-Seufzer. Dass ein Mann wie er sich mit solchen Typen abgeben musste. Manchmal tat es ihm wirklich weh. Davon krampften sich seine Eingeweide richtig zusammen. »Damit bereiten sie Freude, Merv, und man sucht sich seine Freuden, wo man kann.«

Und mit diesem Gedankengang kam er zurück zu der momentan anstehenden Aufgabe und fixierte seinen ehemaligen Chauffeur. Ein plötzlicher Anfall von Fettsack-Mitleid. Ich bin kein schlechter Mensch, dachte er. Ich bin ein anständiger Kerl.

»Und du hast gedacht, das wär das Schlimmste, oder?« Er sprach leise, fast sanft. »Dass es das Schlimmste war, was je passieren könnte, als sie dir damals die Strippe um deinen Knubbel gebunden und dich auf dem Spielplatz rumgezogen haben.« Er schüttelte den Kopf. Er hatte Mitgefühl. »Aber es gibt schlimmere Dinge auf dieser Welt, Joe.« Langsam lockerte er seine Krawatte. »Es gibt immer noch was Schlimmeres im Leben.«

20

Zuerst hatte sie gedacht, dass sie es sein würde. Hatte gedacht, dass sie sie herumreichen und unter sich aufteilen würden. Dass sie die Nasen in ihre Schätze stecken und in ihr herumbohren würden. Aber als sie die Hände um Joes Taille sah, den geöffneten Gürtel, die Jeans, die ihm bis runter auf die Füße gezogen wurde, da schlich sich etwas ungebeten in ihr Hirn, ein beschämender, schmutziger Donna-Gedanke. Sie machen's mit ihm. Gott sei Dank, dachte sie, sie machen's nicht mit mir.

Der große Mann beobachtete sie, während er seinen Hosenlatz aufknöpfte. »Erinnerst du dich an das hier?« Sein Schwanz in der Hand.

»Und weißt du, wie ich mich jetzt fühle, Liebling? Entspannt fühle ich mich. Endlich bin ich im Einklang mit mir selbst.« Er fuhr sich mit der Zunge über die Lippen. »Braucht ja keiner zu erfahren«, vertraute er ihr an. »Soll unser kleines Geheimnis bleiben.«

Und mit dieser Bemerkung bestieg er seinen früheren Chauffeur, wobei ihm seine roten Haare ins Gesicht fielen und er gut aufpasste, dass Donna auch hinsah, als er ihn reinrammte. Er sah sie an, er lächelte sie an, vielleicht zwinkerte er ihr sogar zu.

»Was ihnen am meisten bedeutet«, keuchte er, »nehme ich mir.«

Und dann verlor er sich im vollendeten Augenblick. Der Schweiß brach auf seinem Hängebackengesicht aus, der Mund stand ihm offen, und er grunzte, während er ihn sich vornahm und mit der manischen Konzentration eines Hundes, der im Park einen anderen bespringt, ruckartig wieder und wieder zustieß.

Wenn man durch einen Knebel schreit, lässt das Geräusch, das man macht, niemanden herbeirennen. Selbst wenn man nicht mutterseelenallein mitten auf dem Acker wäre, würde es niemanden geben, der angerannt käme, wenn man durch einen Knebel schreit. Es ist ein ersticktes Geräusch, eine Art hohes, abgewürgtes Jaulen, das einem im Mund widerhallt und wieder die Kehle herunterrutscht.

Aber es bringt sie zum Lachen, wenn man das macht. Es gefällt ihnen, wenn sie einen heulen hören. Sie hören gerne, wie sich die Donna-Schlampe erniedrigt.

»Sie will uns wohl ablenken, was?«

»Sieht so aus.«

»Sie denkt aber auch immer nur an sich.«

»Muss immer alles verderben.«

»Kein sehr nettes Mädchen, was.«

»Nee, echt nicht.«

Noch ein paar Minuten, dann war Henry fertig, denn sogar Henry hatte seine Grenzen, sogar der Fettsack hatte irgendwann genug. Er wuchtete sich von ihm herunter und knöpfte sich wieder zu, und die Jungs standen immer noch da, starrten und wollten mehr.

»Das wird ihm eine Lehre sein.«

»Hat er verdient, der alte Blödsack.«

»Die elende Schwulensau.«

»Hat die alte Fotze ja richtig Glück gehabt.«

Henry wischte sich die Stirn mit dem Mantelärmel ab. »So was sagt man nicht, Jungs«, schalt er sie. »Nicht vor den Ohren einer Dame.«

Bedächtig zog er sich seine Handschuhe wieder an, denn sie waren aus hochwertigem Leder, und sie passten ihm gut. Zufrieden sah er aus, sanftmütig und satt. Er sah genauso aus, wie er aussah, wenn er gerade gefuttert hatte. Wenn er sich gerade so richtig schön vollgestopft hatte und voll guten Willens war. Er betrachtete das Mädchen, fixierte sie mit seinen Schweinsäuglein.

»Ich bin kein schlechter Mensch«, bemerkte er. Er legte sich seinen Kaschmirschal um den Hals. »Nur ein bisschen impulsiv.«

Das strähnige, schweißgetränkte Haar. »Aber ich mein's gut. Und das ist doch, was zählt.«

Der Nebel kam langsam angekrochen. Der Raureif auf dem Gras schmolz.

»Dann wollen wir uns mal auf den Weg machen«, sagte er, »müssen wieder zurück in die schlechte Stadtluft.« Er sah zu, wie die Jungs in den Daimler stiegen. »Ich muss mich um ein paar Angelegenheiten kümmern. Ein paar Dinge regeln. Du weißt schon.« Sein Atem bildete schnell verpuffende Wolken um seinen Kopf. »Na, dann müssen wir wohl tschüss sagen, meine Süße. Da hab ich dich so gern, und muss dich doch verlassen.«

Er beugte sich leicht vor. Rote Haare in ihrem Gesicht.

»Meld dich doch mal, ja?« Er küsste sie sanft auf die Wange. »Wozu hat man denn Freunde.«

21

Sie sah zu, wie das Auto in der Ferne verschwand, hörte dem Motorengeräusch zu, wie es tiefer wurde und leiser und allmählich verklang. Die plötzliche Stille lastete schwer auf dem Acker, eine schrille und totale Leere, die sich in ihren Kopf bohrte, als hätten sie ihr einen Nagel in das Hirn getrieben, den Schädel mit einem Nagel durchstoßen. Niemand mehr da außer ihr und Joe. Staub und Schmutz. Bedeutungslos auf dieser Welt.

Der Nebel wurde langsam dicker. Bald würde man sein Gesicht kaum noch erkennen. Man würde nichts mehr von ihm ablesen können. Man würde nur noch den Umriss erkennen, der neben dem Auto stand.

»Kalt wird's«, murmelte sie.

Seine Jacke lag ordentlich gefaltet neben seinen Füßen. Sie wusste nicht, ob sie sie aufheben sollte. Sie wollte, dass er ihr sagte, was sie tun sollte. Weil sie sich mit solchen Sachen nicht auskennt: Was man tun soll, wenn die Jungs da gewesen und wieder verschwunden sind, und die Jacke neben seinen Füßen liegt, und er stumm neben dem Auto steht.

Bitte, Joe, dachte sie, sag's mir doch, Joe …

»Eisig wird's«, sagte sie. Der Nagel in ihrem Kopf. »Wird bald ziemlich ungemütlich werden.«

Schneidend wehte der Wind über das Feld. Er stand in seinen Hemdsärmeln da und starrte auf den Boden. Sie beobachtete sein Gesicht und versuchte zu erraten, was er fühlte, was ihm gerade, in genau dieser scheußlichen Sekunde, durch den Kopf gehen mochte.

»Wir machen uns besser auf den Weg«, sagte sie, »auf den Weg zurück in die Stadt.«

Sie zog die Schultern ein und blies in ihre Hände. Red einfach weiter, füll das Schweigen.

»Ich kann fahren, wenn du willst. Ich bin immer schon ganz gut gefahren. Aber wir müssen wieder zurück, Joe, wir müssen jetzt los. Weil es immer nebliger wird, da verpissen wir uns besser zurück in die Stadt. Lassen es eine Weile locker angehen, suchen dir einen Arzt. Aber wir müssen hier den Abflug machen, Joe, weil ich's auf dem Land nicht abkann. Passt nicht zu mir«, sagte sie, »irgendwie nicht mein Ding.«

Der tief in ihrem Kopf sitzende Nagel.

»Das viele Grünzeug, würd ich sagen. Irgendwie zu ländlich. Kann ich echt nicht aushalten, ich weiß nicht, warum. Was meinst du, Joey? Was sagst du dazu, Joe?« Sie konnte ihre Stimme hören. Was für eine bescheuerte Stimme. »Machen wir 'ne Fliege?«

Er fing an, sein Hemd zuzuknöpfen. Er presste die Lippen kaum merklich aufeinander. »Ich brauch keinen Arzt.«

Seine Stimme war ruhig, ausdruckslos. Als er sich bückte, um die Jacke aufzuheben, hörte sie ihn keuchen, die Art unterdrücktes Geräusch, das man macht, wenn eine Wunde gedehnt wird. Man hätte es nicht bemerkt, wenn man nicht genau hingehört hätte. Ein kurzes, erstauntes Schnappen nach Luft, als er sich vorbeugte und die Jacke aufhob.

»Ich glaube, es ist besser, wenn du jetzt gehst.« Er holte seine Zigaretten heraus. »Ich glaube, du solltest jetzt gehen.«

Der Nagel in ihrem Kopf.

»Lass mich jetzt einfach allein.«

»Na gut.« Sie bewegte sich nicht. »Joe ...?«, flüsterte sie. »Was willst du jetzt machen, Joe?«

Weil sie es wissen muss. Weil sie kein Taktgefühl hat, kein Gespür dafür, den richtigen Augenblick abzuwarten. Denn Donna hat diese völlig klare Vision, sie hat diese reine und durch nichts getrübte Wahrnehmung. Sie weiß, wenn sie einen kaputtmachen, muss man sich rächen. Wenn sie dir die Beine auseinander drücken und ihn dir reinrammen und in dir rumbohren, dann musst du den gesamten Dreck loswerden, um dich wieder ganz zu fühlen.

Das weiß sie, die Donna-Schlampe. Räch dich oder stirb. Bring sie zum Heulen, oder schlitz dir die Pulsader auf. Nimm dir einfach ein Messer und leg dich in die dampfende Badewanne und schlitz dir die winzigen Handgelenke auf. Dann lieber tot, so sieht sie das. Lieber in der Erde, Würmer füttern, lieber nur eine Erinnerung als ein Hund, der an der Leine geführt wird. Da bringt man's ehrlich gesagt besser hinter sich. Wenn man die andern am Leben lassen will, macht man besser Schluss, da macht man besser einen schnellen Abgang.

»Joe …«

Denn viel hatte sich nicht geändert. Nur, was vorher abstrakt gewesen war, ist nun konkret geworden, in Fleisch und Blut bestätigt worden. Immer war es schon bekannt gewesen und nur nicht ausgesprochen worden: Joe war zur Schändung geboren, dazu bestimmt, dass ihm der Arsch aufgerissen wurde. Es war sein Schicksal, wie man so schön sagte. Es stand ihm seit dem Moment der Empfängnis auf die Stirn geschrieben: Dieser Mensch wird in die Welt gesetzt, um zu schlucken, was man ihm vorsetzt. Wir lassen ihn leben, weil er seinen Teller ablecken und lächeln wird, weil er das Knie beugen und den Kopf senken und den Dreck fressen wird, den wir ihm vorsetzen. Und so bekommt Joey jeden Tag seines Lebens ein kleines bisschen Exkrement serviert. Ein winziges Stückchen, damit sich sein Gaumen dran gewöhnt.

»Joe …«, sagte sie, »es tut mir Leid, Joe.«

Und sie haben ihn gut dressiert. Sie müssen es ihm schon gesagt haben, als er ein Junge war, ein süßes, kleines Kerlchen. Sie müssen es ihm schon damals ins Ohr geflüstert haben: Du bist eine Null, Joe. Weniger als nichts. Damit er sich dran gewöhnte. Brachten ihm bei, dass er nichts wert war, jemand, mit dem man alles machen konnte, ein Stück Scheiße, in das man versehentlich reintrat. Joey, wie er aufwuchs und nie dazugehörte. Quetsch ihm die Eier und bring ihn zum Jaulen. Bind ihm eine Strippe um den Pimmel und führ ihn damit über den Spielplatz. Aber alles im Spaß, ist ja nicht ernst gemeint, nur ein paar Kinderstreiche. Weil sie ihn schon sein Leben lang fertig gemacht haben, weil sie ihm den Arsch aufgerissen haben, seit er klein war. Haben ihn flachgelegt und in den Arsch gefickt, es ist also nichts wirklich Neues, keine allzu große Überraschung. Joey spielt den Gastgeber. Lädt die Freunde zu sich ein.

»Meine Schuld ...«, sagte sie.

Er zuckte die Achseln.

»Aber besser ich als du.« Das bittere Lächeln auf Joeys Gesicht. Der Mund zerschlagen und bitter das Lächeln. »Das ist es doch, was du denkst, oder? Besser, sie machen's mit Joey-Boy, weil dafür ist Joey ja da?«

Man konnte es kaum aushalten, ihn anzusehen. Zerknittert und zerstört sah er aus. Nach einem Stück Dreck sah er aus, das Aussehen von völliger, reiner Machtlosigkeit. Er sah aus wie jemand, der in die Knie gezwungen und flachgelegt worden war, jemand, dem ein für alle Mal gezeigt wurde, wer die Stärkeren sind.

Der Wind kam scharf und schneidend über den Acker gefegt und drängte sich in ihren Mund.

»Joe.« Sie berührte seine Schulter. Eine leise Berührung, die ihn ein winziges bisschen erzittern ließ.

»Steig besser ins Auto«, murmelte er. »Holst dir noch den Tod hier draußen.«

»Mir egal.«

»Will nicht, dass du dich erkältest«, sagte er.

Sie schüttelte den Kopf, zitterte im Wind.

»Fahren wir in die Stadt, Joe? Machen wir uns vom Acker? Verpissen wir uns, Joey?«

Er sah sie nicht an. Starrte nur weiter auf den Boden.

»Glaube nicht.« Er schüttelte den Kopf. »Glaub nicht, dass wir so was machen sollten.«

»Wegfahren?«

»Irgendwas zusammen machen. Ich glaub nicht, nein.«

Der Nagel in ihrem Kopf.

»Ich glaube, wir sollten nichts mehr zusammen machen«, sagte er. »Ist besser so, wirklich. Uns trennen, meine ich. Wir sind jetzt anders.«

»Sind immer noch die alten.«

»Nein, das glaub ich nicht. Ich fürchte, da sind wir uns nicht einig. Also sagen wir besser tschüss.«

Der rostige Nagel in ihrem Kopf.

»Man sieht sich«, sagte er. »War nett gewesen.«

»Du meinst, ich …«

»Ich meine, du gehst jetzt besser.«

Er steckte sich eine Kippe zwischen die Lippen.

»Ich glaube, du verstehst, dass ich genau das meine.«

22

Schlechte Luft da drin, als sie sich an die Nummer zu erinnern versuchte, der Hörer kalt an ihrem Ohr. Sie sah nach draußen, eine dicke, graue Wolke hing tief über den Häuserdächern. Dick und aufgebläht und drückte auf sie herunter. So nah und dick war sie, dass man sie hätte schneiden können. Dass man sie hätte aufstechen können, wenn man ein Messer gehabt hätte.

Donna, die auf Pfennigabsätzen in der Telefonzelle stand. Wenn man sie so betrachtete, hätte man es nicht wissen können, wenn man ihr ins Gesicht sah, hätte man nicht erraten können, welche Gedanken der Donna-Schlampe durch den Kopf gingen. Man hätte in sie eindringen müssen, hätte ihren zerbrechlichen Schädel knacken und die weiche Materie darin berühren müssen, man hätte die harte Schale zertrümmern müssen, um an die kleinen grauen Zellen drinnen zu gelangen. Man konnte also nicht wissen, wenn man sie so sah, dass sie dieses leere Gefühl im Bauch hatte, ein hohles und ausgekotztes Gefühl, das Gefühl, fertig, ausgeweidet, leer zu sein. Sie und Joey. Staub und Schmutz. Nichts auf dieser Welt.

Sie wählte die Nummer und wartete. In der Mitte der Scheibe war cin Y-förmiger Sprung, als ob jemand seinen Kopf gegen das Glas geschlagen hätte, als ob er einfach genug gehabt und seinen schweren Schädel gegen die British-Telecom-Scheibe gerammt hätte. Das Telefon klingelte dreimal, beim vierten Klingeln wurde abgehoben. Die glatte, altbekannte Stimme. Sie schloss die Augen. Nichts auf dieser Welt. Weniger als nichts. Minus nichts. Bedeutungslos auf dieser Welt.

»Tag, Henry.« Leise sprach sie. Schön gefügig. »Ich bin's.«

Ein sanftes Ausatmen, ein fast lustvoller Seufzer kam durch die Leitung geschwebt. Sie konnte fast hören, wie die Rädchen in seinem Kopf zu surren begannen. Sie konnte fast hören, wie er die

Beine breit machte und sich an den Sack griff und leise zu sich sagte: Die Schlampe ist wieder da.

»Schön, von dir zu hören, Schatz.« Lehnte sich in dem Polstersessel zurück. »Hab mich schon gefragt, wann du dich melden würdest.« Das höhnische Grinsen tropfte durch die Leitung. »Und wie geht's meinem kleinen Käfer?«

Die Zunge in ihrem Mund fühlte sich geschwollen an.

»Mir ... Ich will zurückkommen.«

Auf dem Boden glänzte etwas Blasses, Schleimiges. Ein kleiner, perfekter Spuckefleck. Ein hochgerotztes Andenken an gestern.

»Klar willst du das«, murmelte er. »Hast ja keine andere Wahl. Als süßes junges Ding, das nur gut im Bett ist und sonst nichts. Das immer schon, von früh auf, gewusst hat, dass es seinen Arsch zu Geld machen wird.«

Dieses hohle Gefühl in ihrem Bauch. Das Gefühl, fertig, ausgeweidet, leer zu sein.

»Also trag ihn besser zu Markte, solang du noch kannst, meine Liebe. Du musst ihn melken, solang wir ihn noch wollen. Das ist es, was Mädels tun, wenn sie keine andere Wahl haben. Sie nehmen, was ihnen geboten wird. Beugen das Knie und senken den Kopf und gehen den vorbestimmten Weg.«

Sie konnte sich selbst riechen, den Schlamm auf ihren Kleidern und die Kotze auf ihrer Bluse. Sie konnte den Gestank der Donna-Schlampe riechen.

»Bitte ...«

Nichts auf dieser Welt.

»Muss ein bisschen drüber nachdenken«, sagte er. »Muss mich hinsetzen und mir die Sache durch den Kopf gehen lassen.«

Die Feuchtigkeit kroch ihr in die Knochen. Ließ sie weich werden. Ließ sie porös werden. Er hätte seinen Daumen an ihr Rückgrat legen und es sanft eindrücken können. Er hätte einen Abdruck auf ihren Wirbeln machen können.

»Du wirst den Jungen vergessen müssen.«

»Schon vergessen.« Beug das Knie und senk den Kopf. »Ich will ihn sowieso nicht mehr.«

»Das hab ich mir doch gedacht. Hab mir gedacht, dass die Sache sich etwas abkühlen würde.«

»Jetzt ist alles anders.«

»Das weiß ich doch. Ich hab dir deinen Spaß verdorben. Ich bin bei ihm rein und hab dir deinen Spaß verdorben.«

Kalt in der Zelle. Leichter Uringeruch in der Luft.

»Also was gibt's für ein Problem, Süße?«

»Hab kein Geld«, flüsterte sie. »Mir geht's nicht gut.«

»Kein Wunder«, erwiderte er. »Du hast dich mit dem Pöbel abgegeben. Hast Scheißdreck gefressen und dich rumgetrieben. Wie ein Schwein hast du gelebt.« Das Triefen von Fettsack-Glückseligkeit.

»Ich weiß«, sagte sie. »Er hat mich an der Nase herumgeführt.«

»Ich hab ihn für dich erledigt.«

»Du hast mich zur Vernunft gebracht.«

»Das große Weichei, und ich hab ihn mir vorgeknöpft.«

»Du hast's ihm gezeigt, Henry. Du hast's ihm so richtig gezeigt.«

»Ich will dir was sagen.«

»Sag's mir, Henry.«

»Soll ich dir was erzählen, Süße?«

»Ja, Henry.«

»Dem hat's doch gefallen.«

Der Uringeruch. Der alles durchdringende Uringeruch.

»Fand's doch total geil, wenn du mich fragst.«

Die Rotze auf dem Boden und der Geruch in der Luft.

»Müsste mir eigentlich die Kalbslederstiefel küssen. Müsste sich vor mir hinknien und mir verdammt noch mal die Stiefel küssen, weil ich ihm so 'nen Gefallen getan habe.«

Sie konnte ihn durch die Leitung lächeln hören. Und wieder dieser Gedanke, dieser schmutzige Donna-Gedanke: Er, der sich nicht danach sehnt, seine Peiniger zu begraben, ist vielleicht besser unter der Erde aufgehoben, wo er langsam verfaulen kann. Denn wenn er nicht nach Rache gelüstet, nicht mal im Geheimen, nicht mal in seinen feucht-schwülen Träumen, nicht einmal in seinen Fantasien, nicht einmal ganz im Vertrauen, dann sollte er vielleicht besser tot sein. Den sollte man besser ganz fertig machen. Ihm einfach das Licht auspusten und ihn einschmelzen und aufs Gemüse verteilen. Ihn einfach in einen Unterrock stecken und unter die Erde bringen. Schieb ihn ihm einfach rein und geh deines Wegs. Fick ihn einfach in den Arsch und vergiss ihn.

»Will wieder zurückkommen ...«, sagte sie weinerlich.

»Ich werd drüber nachdenken.«

»Zurück, wo ich hingehöre ...«

»Muss ich erst mal überschlafen.«

»Bitte ...«, bettelte sie.

»Na ja, du hast mir 'ne Menge Ärger gemacht in den letzten paar Tagen. Du hast mich so weit gebracht, dass mir der Geduldsfaden gerissen ist, so weit, dass ich mein Gerät auf einem gefrorenen Acker in Hertfordshire rausholen musste.«

»Tut mir Leid, Henry.« Das hohle Gefühl in ihrem Bauch. Das Gefühl, fertig, ausgeweidet, leer zu sein.

»Du wirst dich bessern müssen«, sagte er, »weil du ihn rangelassen hast, meine Liebe. Hast mich abgewiesen und ihn rangelassen. Ich will ja nicht nachtragend sein, ich bin nicht rachsüchtig, aber das hat mich nun doch, ganz ehrlich gesagt, aufgeregt. Hat mich dazu gebracht, ein paar Türen einzutreten. Und ich bin kein großer Fan von Hooligans. Aber ich war gezwungen, die Dinge wieder geradezurücken. Ich musst euch beiden eine Lektion erteilen. Ich meine, im Grunde sind wir doch Freunde. Aber manchmal muss man sogar seinen Freunden den Hintern versohlen.

Leuchtet doch im Grunde sofort ein. Hart, aber gerecht, so bin ich. Und da wären wir«, sagte er, »und los geht's.«

»Und darf ich zurückkommen?«

»Wenn du dich benimmst«, sagte er. »Ich hab's gern, wenn meine Mädels brav sind.«

»Kann ich ... darf ich etwas sagen?«

»Klar darfst du.«

»Du musstest das nicht unbedingt tun, Henry.«

»Aber genau darum geht es doch, meine Liebe. Es war eine kostenlose Dreingabe, wie man so schön sagt.«

Sie steht schwankend da. Ein metallischer Geschmack im Mund.

»Also kann ich vorbeikommen ...?«

»Merv wird dich vorbeibringen. Du kannst ihn irgendwo treffen, wo es praktisch ist. Netter Junge, der Merv. Kann dich gut leiden. Er wird dich herbringen.«

»Kann ich nicht gleich vorbeikommen?«

»Lieber nicht.« Grinsen durch die Leitung. »Nur für den Fall«, sagte er. »Wir wollen ja keine ... Zwischenfälle. Falls du uns zu impulsiv wirst. Am Ende stellst du mir noch Dummheiten an. Am Ende verlierst du noch den Kopf und machst Blödsinn. Du kennst dich ja.«

»Ich hab mich gebessert.«

»Das weiß ich doch. Aber wenn du hier vorbeikommen willst, musst du dich benehmen.«

Sie hörte ein leicht fettiges Geräusch, als dicke und zufriedene Lippen aufeinander trafen. Der Klang eines glücklichen Henry. Vorfreude bei dem Gedanken an Schmierung.

»Wir machen's morgen. Da hast du genug Zeit, um ein ordentliches Bad zu nehmen. Morgen gehst du hoch zum Leicester Square. Zum Gaumont, klar? Kauf dir 'ne Karte für Kino Drei. Hast du genug für 'ne Eintrittskarte?«

»Ja.«

»Die Frühabendvorstellung«, sagte er.

»Mittags«, murmelte sie.

»Was?«

»Ich mag die Dunkelheit nicht.«

»Dann halt zwei Uhr. Dürfte nicht allzu voll sein. Setz dich einfach oben hin, ganz hinten, er kommt dann und holt dich ab. Und du tust genau, was er dir sagt, verstanden? Und mach keine Zicken, du weißt ja, wie er sein kann, wenn du schwierig bist.«

Das Knistern von Zellophan.

»Ihr unterhaltet euch ein bisschen, dann bringt er dich hier vorbei.«

»Und wir fangen wieder von vorne an?«

»Ja.«

Das Geräusch einer Zigarre, die in den Mund gesteckt wurde.

»Wie ging's Joey, als du ihn verlassen hast?«

»Nicht schlecht«, sagte sie. »'n bisschen deprimiert.«

Das Henry-Glucksen.

»Kann man ihm nicht übel nehmen, was? Wenn ich an seiner Stelle wäre – und Gott sei's getrommelt bin ich das nicht –, dann wäre ich *todsicher* ein bisschen deprimiert. Und soll ich dir mal was verraten, hm? Wenn er nur halbwegs ein Kerl wäre, würd er sich umbringen. Wenn er Mumm in den Knochen hätte, würd er sich eine Kugel durch den Kopf jagen. Weil das doch widerlich ist, was er da gemacht hat. Da wird mir ganz schlecht, verdammt noch mal. Verstehst du mich? Weil ich da drin war, Süße. Ich hab mich da reingebohrt.«

Das Klicken des Feuerzeugs.

»Mit dem Jungen ist's vorbei, meine Liebe.«

Das Geräusch von Rauch, der tief eingeatmet wurde.

»Der ist wirklich und endgültig gearscht.«

23

Sie schlief nicht viel in jener Nacht. Der Schlaf wollte einfach nicht kommen und sie überwältigen. Sie hatte eine Bude hinter King's Cross gefunden, wo sie mit weit offenen Augen im Dunkeln lag. Sie starrte die Decke an und kaute auf ihrer Lippe herum, denn es gab nichts zu tun, außer auf den Tagesanbruch zu warten. Entkleidet, zwischen die Laken gekuschelt, mied der Schlaf sie in dieser langen, schwarzen Nacht. Nur Motoren, die auf der Straße aufjaulten, und Musik, die durch die Wand drang, und jedes Mal, wenn sie die Augen schloss, der endlose Acker in Hertfordshire.

Vielleicht hatte sie doch ein oder zwei Stunden geschlafen, sie wusste es nicht, sie wusste nur, dass es nach elf war, das Zimmer war kalt und ihr Kopf wattig von unbeendeten Träumen. Sie schob die Bettdecke weg und starrte die Decke an. Dünne, braune Risse durchzogen den Putz. Unten auf der Straße schaltete ein Lastwagen in den Rückwärtsgang, und Dieselschwaden drangen zum Fenster herein. Sie rollte sich aus dem Bett und duschte lauwarm, dann zog sie einen Rock und ein enges, schwarzes Oberteil an. Ihre Henry-Klamotten, wenn man so wollte. Kleider, die einem Fettsack gefallen würden. Das Frühstück nahm sie auf der anderen Straßenseite ein. Nur Toast mit Butter und eine Tasse Tee. Weil ihr nicht nach Essen zu Mute war, keine Lust, sich voll zu stopfen. Trotzdem ließ sie sich Zeit, überstürzte nichts. Las die Zeitung und sah nach den Pferderennen, und während der gesamten Zeit das vage Gefühl im Hinterkopf, dass jemand sie beobachte.

Es dauerte nicht lange, um in die Stadt zu kommen. Ungefähr 'ne halbe Stunde. Sie fuhr mit dem Bus bis Euston, dann nahm sie die U-Bahn runter nach Leicester Square. Der vor Menschen wimmelnde, dreckige Leicester Square. Das Gedränge war an diesem Tag mal wieder besonders schlimm, eine schiebende Masse schorfiger Touristen beim Hamburger-Fressen. Die langsam liefen und jede Menge Platz wegnahmen. Fast kein Durchkommen vor lauter Rucksäcken, und sie bekam dieses eingezwängte Gefühl, das man in London oft hat, einen Anfall klaustrophobischer Wut, die in einem hochsteigt, bis man meint, explodieren zu müssen, bis der Wunsch, seinen Gefühlen mal richtig Ausdruck zu verleihen, fast nicht mehr auszuhalten ist. Sie hätte es ihnen mitteilen können, hätte einen zur Seite nehmen und ihm die Sache erklären können, langsam und deutlich, aber momentan gab es andere Dinge, um die man sich kümmern musste, die man berücksichtigen musste. Sie hatte eine Verabredung mit Mervyn, also musste sie sich ihre Kräfte sparen.

Als sie am Gaumont ankam, war es schon dunkel im Kino, und der Film fing gerade an. Nicht einmal zwanzig Plätze waren besetzt, wofür sie ihrem Schutzengel dankte. Sie krauste die Nase und schnüffelte. Ausnahmsweise roch es wenigstens mal nicht zu abartig. Diesmal wenigstens nicht zu stinkig. Der Mief war nicht da, der immer herrscht, wenn eine Menge fremder Menschen dicht beieinander hockt, dieser gewohnte Gestank von freitagabends, wenn sie alle angerannt kommen, um das Neuste aus den Staaten zu sehen, wenn sie sich reinzwängen und im Finstern vor sich hin schwitzen.

Sie setzte sich in die dritte Reihe von hinten, in die Nähe des Gangs auf der linken Seite. Wenn man nicht nach ihr Ausschau hielt, hätte man sie nicht gesehen, denn sie versuchte nicht, sich aufzudrängen. Unauffällig hätte man sie genannt, wenn man an ihr vorbeigegangen wäre. Ziemlich zurückhaltend. Die nächstsitzende Person war acht Reihen entfernt, was ihr nur recht war. Wozu sich auch näher kommen, wenn man nicht unbedingt musste. Wozu unnötig mit anderen Menschen Kontakt aufnehmen.

Sie stellte ihre Handtasche auf den Boden. Versuchte, sich auf die Handlung zu konzentrieren. Er würde bald hier sein mit seinen pomadig zurückgekämmten Haaren und seinem Fulham-Grinsen. Vielleicht hämisch. Vielleicht auch nicht. Sie starrte das Bild auf der Leinwand an. Ihre Eingeweide fühlten sich roh an. Ich muss mehr essen, dachte sie, muss Energie schöpfen. Das Eisenband um ihre Brust, und das Blut pochte ihr durch den Kopf.

Sie schloss die Augen, sah Joey auf dem Boden liegen, etwas Scharlachrotes tröpfelte ihm aus dem Mund. Mervyn, der wie eine fette Kröte auf seinem Bauch hockte. Er räuspert sich, dann der dicke, cremige Schleimklumpen, und *Wahnsinn, genau aufs Auge, total genial.* Der Acker, der Nebel, die grinsenden Jungs. *Ich kann Haut auf der Milch nicht ab. Da wird mir ganz schlecht.* Er beugt sich zu ihr vor und schnüffelt. *Aber wenn ich mal ganz ehrlich sein soll …* Sie konnte die Zahnpasta in seinem Atem riechen … *bin ich mir nicht so sicher, dass ich persönlich sie nehmen würde, alter Knabe.*

Sie öffnete die Augen. Der lächelnde Fettsack. *Mervyn, den Bauch, bitte schön.* Sie starrte auf die Leinwand. Der endlose Acker, die grinsenden Jungs. Eisenband um ihre Brust, und das Blut hämmerte ihr durch den Kopf, und …

»Hallo, Liebling.«

Eine Wolke aus Duschgel und Rasierwasser. Er warf einen Blick auf die Reihen vor und hinter ihr, dann ließ er sich neben ihr nieder.

»Und, wie geht's?«

»Es geht.«

»Schön«, sagte er. Er hob ihre Tasche hoch und zog den Reißverschluss auf. »Freut mich zu hören, dass es geht«, sagte er. Er steckte eine Hand hinein und wühlte darin herum. »Weil ich mir doch Sorgen machen müsste, wenn es nicht gehen würde.«

Er zog die Handtasche wieder zu und ließ sie auf den Boden plumpsen.

Sie merkte, wie er sie im Dunkel anstarrte.

»Da wären wir also«, sagte er, »nur wir zwei.« Die Beine breit. Wie war er doch so cool. Der totale Macho-Typ. Ein gut angezogener junger Halunke, der sich für obercool hielt. Er holte einen Flachmann heraus und schraubte den Deckel ab.

»Du bist schon wieder beim Brandy?«

»Hat man was zu tun.«

Er ließ sie wissen, dass er sich extra für sie in Schale geschmissen, sich extra fein gemacht hatte. Hatte seinen besten grauen Anzug und seine Chelsea-Boots angezogen und sich eine Taschenuhr in die Westentasche gesteckt. Für sie, betonte er. Das alles hatte er nur Girlie zuliebe getan.

Sie lauschte, während er sich lautstark einen hinter die Binde kippte, hörte den Alkohol seine Kehle runtergurgeln.

»Das macht dir wohl Spaß, was?«

Er wischte sich den Mund mit dem Handrücken ab. »Hab immer schon laut geschluckt.«

»Ach ja?«

»Hab gehört, ich hätt's von meiner Mum geerbt.«

»Ich wusste nicht, dass du eine Mum hast, Merv.«

»Da weißte nicht sehr viel.«

»Und ich dachte, dass du bei jemandem auf der Fußmatte gefunden worden wärst, dass du eines Tages einfach da gewesen wärst, wie ein Herpespickel.«

»Nee, Zuckerpuppe. Bin einfach aus dem Loch geploppt, und da war ich.«

»Das muss ja eine schöne Überraschung für sie gewesen sein.«

»Glaub schon.«

»Neun Monate lang abgeplagt ...«

»... und dann kommt so was wie ich dabei raus.«

Sie saßen einen Augenblick schweigend da, sinnierten über Mutterfreuden, dann sagte sie: »Und, laufen die Geschäfte gut?«

»Laufen bombig, Süße. Echt, das Geld rollt nur so rein. Manchmal hab ich sogar zu viel. Weiß gar nicht, wohin mit dem vielen Zaster. Kommt mir schon zu den Ohren raus und so. Ich meine, echt, manchmal, da geh ich zum Eintreiben und muss einen beschissenen Aktenkoffer anschleppen. Und das geht mir voll auf den Sack. Weil ich dann ausseh, als würd ich Versicherungen verkloppen, als ob ich ein Vertreter oder so ein Wichser wäre, irgendein Yuppie-Arsch aus den Docklands.« Er runzelte die Stirn. »Was ich nicht bin.«

Sie sah der Bewegung auf der Leinwand zu. »Hast du ihn dabei?«

»Den Aktenkoffer ...?«

»Den Schotter.«

»Nein.«

»Oh.«

Er steckte sich den Flachmann wieder in die Tasche. »Da lauf ich dann also zurück zum Auto, 'n paar fette Tausender in der Tasche, verstehste, und denk mir: Ob ich heute überfallen werde? Muss ich heute dran glauben?«

»Du verschwendest deinen Hirnschmalz auf so 'n Zeug?«

»Klar.«

»Aber du bist ein Schlägertyp, verdammt noch mal«, zischte sie.

Er sah sie vorwurfsvoll an. »Und? Schlägertypen haben auch Gefühle.«

»Na, mach dir da mal keine Sorgen.«

»Meinst du?«

»Keiner wird dich überfallen. Es wird nicht vorkommen.«

»Gar nicht?«

»Niemals.«

»Bist du dir da so sicher?«

»Absolut sicher. Ich hab dieses Gefühl in meiner Feige.«

Er lächelte sie an. »Dann hast du also an mich gedacht?«

»Jede Minute.«

»Da wird mir ja ganz warm ums Herz, Liebling. Ich schmelze geradezu dahin.«

»Fang bloß nicht an zu tropfen.«

Er berührte ihre Wange. »So ein süßes junges Gesicht, und so ein dreckiges Mundwerk.«

»Hab ich das?«

»Was?«

»Ein süßes junges Gesicht?«

Er antwortete nicht, sondern rückte nur näher zu ihr. »Du weißt, was ich jetzt tun muss, meine Liebe?« Er ließ seine Knöchel knacken, einen nach dem anderen, vielleicht aus Gewohnheit. »Ich muss dich filzen, Zuckerpuppe, also entspann dich einfach.« Er beugte sich vor und blockierte ihr die Sicht auf die Leinwand. »Kurz abtasten, dann zischen wir ab.«

So dünn war sie, dass er mit einer Hand ihre beiden Handgelenke umfassen konnte.

»Zuerst die Taschen, wenn du so freundlich wärst.« Man konnte sein Macho-Grinsen praktisch hören. »Dann alle deine Eckchen und Falten.«

Sie hielt die Augen auf die Leinwand gerichtet, während er sie befummelte. Hielt sie reglos auf die Leinwand gerichtet, während seine Hände sie abtasteten, oben herum und unten herum und langsam ganz herum. Er filzte sie sehr eingehend, ließ sich Zeit, ging methodisch vor. Wie Jugendliche saßen sie da, wie ein junges Paar, das sich im Dunkeln befummelte.

»Sorry, Süße, aber ich mach ja nichts. Muss nur auf Nummer sicher gehen, weißt du…« Die Brandyfahne wehte sie aus seinem Mund an. »… muss bloß gründlich sein.«

Er fuhr mit der Hand unter ihren Rock. Bedauerndes Achselzucken. »Befehl von Henry. Kann man nichts machen.« Seine Finger berührten sie zwischen den Beinen.

»Lass dir Zeit, meinte er. Sollst deinen Spaß haben, meinte er. Aber bleib bitte anständig, weil wir wollen ja keinen Aufstand, alter Knabe, wir wollen ja nicht, dass die Spießer nervös werden. Das wollen wir doch auf jeden Fall vermeiden.«

Er presste seinen Mund auf ihren Hals und murmelte ihr ins Ohr.

»Wir kennen unsern Henry ja, du und ich, was? Immer sehr auf Anstand bedacht. Hat seine ganz speziellen Vorstellungen von Fettsack-Etikette. Ich werd mir Mühe geben, hab ich gesagt. Was tut man nicht alles für einen Kumpel, hab ich gesagt. Und da wären wir dann also, und schon geht's zur Sache.«

Er spürte durch die Baumwolle hindurch, wie sie feucht wurde, und gestattete sich einen befriedigten Grunzer.

»Du erinnerst dich, was? Ich bin nicht wie Billy. Ich hab dich immer irgendwie gemocht. So im Grunde, meine ich. Das weißt du doch, stimmt's?«

»Dass du mich magst?«

»Tief drin«, sagte er.

»Tief wo drin?«

»Tief da drin.«

Seine Finger bohrten sich zwischen ihre Schenkel.

»Ich will dich«, hauchte er.

»Mein Herz gehört Henry.«

»Aber deine Fotze gehört mir.«

»Ich will den General, nicht den Unteroffizier.«

»Keine nette Bemerkung.«

Sie zog seine Hand weg und legte sie in seinen eigenen Schoß.

»Ich habe nie behauptet, ich wär nett, Merv.«

Er beugte sich zu ihr hinüber. Flüsterte ihr ins Ohr. »Den vergisst du besser, mein Schatz. Der ist doch ein alter Mann, und die Alten sollte man so was nicht machen lassen. Ist doch abartig. Da schaudert's mich doch richtig. Sollte doch verboten sein, wenn du meine Meinung hören willst.« Er schniefte leise. »Und sogar, wenn du sie nicht hören willst.«

»Du meinst also, du würdest mich glücklich machen, hm, Merv?«

»Du würdest es total geil finden.«

»Und du würdest alles tun, was ich will?«

»Ich würde dir jeden Wunsch erfüllen.« Ein vorsichtiger Blick zur Seite. »Alles in Maßen, natürlich.«

Sie nickte langsam. Klang nach einem Angebot. Sie hielt den Blick starr auf die Leinwand gerichtet und sagte: »Dann würdest du also mein Ding küssen, stimmt's?«

Ein überraschtes Anhalten des Macho-Atems, während er sich die Sache durch den Kopf gehen ließ, dann murmelte er: »Klar würd ich das.« Er strich die Krawatte glatt und betrachtete seine Fingernägel. »Brauchst mir nur genug zu zahlen, dann küss ich's dir.«

Sie schüttelte den Kopf. »Ich bezahle nie dafür, Liebling.«

Er zuckte die Achseln. »Und ich küss es nie, Schatz.«

Sie grinsten sich im einhüllenden Dunkel an, fast verstand man sich, fast schloss man Freundschaft.

»Schön, dass du zurückkommst«, sagte er. »Ich dachte, dass man vielleicht nichts mehr von dir hören würde, nach dem, was vorgefallen ist.«

Sie sah verwirrt aus. »Was sagst du, Merv? Hab ich da was verpasst?«

»Neulich«, erinnerte er sie. »Der kleine, unerfreuliche Vorfall …«

»Ach, das.« Sie verzog das Gesicht. »Kann ja mal vorkommen.«

»Genau«, sagte er. »Genau das hab ich mir auch gedacht.«

Er warf einen Blick in Richtung Leinwand. Es war ein Film für Kinder, und er kannte ihn schon.

»Hab bloß gehofft, dass Joey nicht zu sauer ist. Weil es ja nur 'n

Gag war, weißt du, nur ’n bisschen Spaß. Also hoffe ich nur, dass er nicht schmollt und sich jetzt nicht wie ein Arschloch aufführen will, …« Pause für einen unverhohlenen Rülpser. »… und das sollte jetzt keine Anspielung sein.«

Heiß da drin. Er lockerte seine Krawatte.

»Wie geht’s ihm überhaupt? Bisschen blass um die Kiemen? Bisschen rosa an den Rändern? Bisschen empfindlich, was? Bisschen entzündet? Warum hat der Mann auch keine Nivea benutzt? Richt ihm das von mir aus, damit er fürs nächste Mal Bescheid weiß. Hätt sich vorher gut einschmieren sollen, dann ist’s gar nicht so schlimm. Soll einfach kurz bei Boots vorbeischauen und sich eine schön große Dose zulegen. Sag ihm, Mervyn lässt das ausrichten, und grüß ihn auch schön. Weil wir Kumpels waren, weißt du, Liebling. Deswegen mach ich mir meine Gedanken.«

Er rutschte tiefer in den Sitz und machte es sich so richtig gemütlich.

»Also erzähl mir, Liebling, wie geht’s denn deinem Macker?«

Eine leise Stimme kam von hinten angeschwebt.

»Es geht.«

Eine Nylonschnur flog durch die Luft. Mervyn hob es leicht aus dem Sitz. Sein Körper bog sich ein wenig durch, die Beine fingen an zu zittern. Joe lehnte sich vor, mit gesenktem Kopf, sodass er ihm ganz nah ist, ihn fast küsst. Hartnäckig grinst er durch fest zusammengebissene Zähne und weint lautlos, während er an den Schnüren zog, während er die Hände überkreuzte und sie zuzog.

Die Erschütterung breitete sich über die gesamte Sitzreihe aus und ließ sie schaukeln. Es fühlte sich an, als würde man in einem Zug sitzen, wenn er über die Weichen fährt, wenn zwei Gleise zusammenkommen und die Räder beinahe herausspringen. Es ruckt und zuckt in dem Zug, wenn er über die Gleiskreuzung fährt, und man spürt die Bewegung auf seinem Platz, sie breitet sich aus, geht einem den Rücken hoch und zwischen den Beinen hindurch, und alle starren auf den Boden, weil sie es im Schritt vibrieren fühlen und einen Augenblick lang glücklich sind. Oder wenigstens zufrieden, wenn sie schwer glücklich zu machen sind.

Nachdem Joey einmal angefangen hatte, dauerte es nicht lange. Neunzig Sekunden, so ungefähr. Sogar jemandem wie Mervyn, jemandem in einem hellgrauen, dreiteiligen Anzug mit einer Taschenuhr in der Westentasche, handgenähten Schuhen und Rasierwasser, mit einem gut laufenden, äußerst lukrativen Geschäft, einem gut gekleideten Schlägertyp mit pomadig zurückgekämmten Haaren, sogar so einem Mann kann man ziemlich schnell das Licht auspusten.

Aber man muss sich von hinten über ihn hermachen. Man muss von hinten ganz nah herankommen, und dann legt man ihm die Schnur um den Hals und zieht sie schnell zusammen. Aber schön gleichmäßig, nichts Schmutziges. Dann hört man den Geräuschen zu, die er macht. Man neigt den Kopf und spitzt die Ohren und hört ganz genau hin. Das abschließende tödliche Gurgeln dessen, der einen festgehalten hat. Und man kapiert etwas, wenn man Joey ist. Das Joey-Hirn kommt wieder in Fahrt, und man kapiert etwas Wunderschönes. Man sagt immer: Rache ist süß. Aber sie ist mehr als süß. Sie ist Sahnepudding.

Als sie fertig waren, sah er nicht aus wie ein Toter. Die Menschen sehen das, was sie zu sehen erwarten, und im Gaumont am Leicester Square erwartet man keinen Toten. Vielleicht einen im Koma, aber keinen richtig Toten. Sie hatte die Abendzeitung mitgebracht und bedeckte ihm damit anstandshalber das Gesicht. Dann fasste sie ihm in die Jacke, tastete nach seinem Schulterhalfter. Den Schotter hatte er nicht mitgebracht, aber seine Automatik hatte er nicht vergessen. Geld hatte der Scheißkerl nicht dabei, aber wenigstens eine Knarre, Gott sei's gedankt.

Sie erlaubte sich drei selige Sekunden lang, sie in der Hand zu halten – eine geladene, mattschwarze Pistole in ihrer kleinen, zarten Hand –, dann ließ sie sie in die Handtasche fallen und zog den Reißverschluss ordentlich zu.

»Gehen wir, Joe?«

Er antwortete nicht. Er nahm sie am Arm, und sie gingen den Gang hoch und hinaus in den Vorraum. Nicht stehen bleiben, hatten sie beschlossen. So tun, als ob sie ganz mit sich selbst beschäftigt wären, und nicht zurückschauen. Und so unterhalten sie sich leise, lächeln fast dabei, nichts als zwei junge Verliebte bei einer Verabredung.

Raus auf die Straße, hinaus in den beruhigenden Lärm einer selbstbewussten Stadt, den beruhigenden Gestank des Leicester Square. Sie sah den vorbeigehenden Mädchen nach. Sind nicht wie ich, dachte sie, keine von denen ist wie ich, dachte sie. Keine hat da im Dunkeln gesessen, wo sich Mervyns Schenkel gegen ihren presste, mit Mervyns Geruch und Mervyns Duft und Mervyn direkt neben ihnen, und haben gefühlt, wie ihr Liebster ihn erwürgt, haben gefühlt, wie er ihn erdrosselte, haben den Mann, mit dem sie's treiben, an beiden Enden der Schnur ziehen gefühlt. Um Mervyn die Luft abzuschnüren. Um ihm ein für alle Mal das Licht auszupusten.

Joe führte sie in eine Nebenstraße, ging links um die Ecke, dann wieder links, und sie standen in einem Hof, einem nicht abgesperrten Gelände voller Kartons und Styropor.

»Wo sind wir hier?«, fragte sie.

»Wo's ruhig ist.«

Er hatte ein blutleeres Gesicht. Fast leichenhaft. Schlimmer als Mervyn, wenn man ehrlich sein wollte. Sie berührte seine Hand.

»Alles klar?«

»Ja, alles gebongt.«

Hellblauer Himmel und Wintersonne. Nur er und sie und ein leerer Hof.

»Und was machen wir jetzt, Joey?«

»Wir könnten ein Spiel spielen.«

»Du meinst, noch eins?«

»Genau, noch eins.«

»Was für ein Spiel?«

»Es heißt das Kann-Spiel. Kennst du das?«

Sie schüttelte den Kopf.

»Ist im Grunde ganz einfach. Es gibt nur ein paar Regeln. Es geht nämlich nur darum, wer ich alles sein kann. Ich kann Joe sein, oder ich kann Henry sein.«

Sie sah ihn an, den zerschlagenen Mund, die erschöpften Augen.

»Sei Joey, Joey.«

Sein Körper schien langsam zu schrumpfen. Er wurde kleiner, runder, femininer. Ein liebenswertes, junges Kerlchen, der niemandem wehtun würde.

»Darf ich dich küssen?«

Er hielt ihre Hand so zart, dass sie es kaum fühlen konnte, dass sie den Druck seiner Finger auf ihrer Haut kaum spürte. Er drückte oder drängte sich nicht an sie, wollte sich nichts nehmen, was sie nicht freiwillig geben würde.

»Darf ich dich umarmen?«

Der, den sie liebte, der zurückhaltende Mann, den sie liebte.

»Sei Henry, Joey.«

Er grub seine Finger in ihre Haare, riss ihren Kopf zurück und presste seinen zerschlagenen Mund auf ihren. Er schob ihr die Zunge zwischen die Zähne und rieb seinen Schwanz, seinen harten, heißen Schwanz, an ihrem Unterleib. Dann drückte er sie mit dem Rücken gegen die Wand, zog ihr die Strumpfhose herunter und rammte ihn ihr hinein, er schob ihn ihr rein, er drückte seinen Mund auf ihren Hals und bohrte sich tiefer in sie.

24

Billy beäugte die Tochter nervös. Jedes Mal, wenn sie vorbeiging, schien sie ihn zu streifen. Nichts Übertriebenes, nicht so nah, dass er sie wegschubsen konnte. Die nicht, dachte er, die ist zu verdammt schlau. Die kam ständig an ihm vorbeigelatscht und streifte ihn mit ihren Fingern, manchmal mit ihren Hüften, ihren breiten, üppigen Hüften, was die Sache noch schlimmer machte. Derart drall war sie, dass ihm ganz übel wurde. Dass er sich am liebsten den Finger in den Hals gesteckt und abgereihert hätte. Denn er stand nicht auf so was Rundes. Die Kurven machten ihn völlig fertig.

Sein Auto stand an der Lambeth Road, und er war hier, um bei Albert vorbeizuschauen, bisschen in Alberts Eckladen abzuhängen. Beziehungen pflegen, wenn man so wollte. Jeden Freitag kam er her. Schön regelmäßig, nie blieb er weg. Woche um Woche, Regen oder Sonnenschein, wie eine geregelte Verdauung. Ein bisschen Gewissheit in einer ungewissen Welt. Wenn man Billy freitags treffen wollte, musste man auf die andere Seite des Flusses düsen, musste runter nach Lambeth eiern, denn genau da würde man den Jungen finden.

Er sitzt also im Büro hinter dem Laden, einen Becher milchigen Tee in der Hand, und beäugt den Teller mit gemischtem Gebäck. Ein kleiner Stoß Geldscheine lag auf dem Schreibtisch, ein kleines Häufchen Zehner und Zwanziger, die auf Aushändigung warteten. Der Alte, Albert, saß ihm gegenüber und hielt die Tasse hoch, während seine Tochter einschenkte.

»Genug!« zischte er. »Ich sagte *genug!*«

Sie knallte die Teekanne auf den Tisch. Lulu hieß sie, ging dem Skinhead durch den Kopf. Vielleicht einen Tick zu selbstbewusst, ganz anders als ihr Dad. Lulu hieß sie, und Lulu war sie auch. Kastanienbraune Haare, die sie ständig kämmte. Vierzehn Jahre alt und mitten in der Pubertät. Hormone, schauderte er. Jede Menge Aussonderungen. Als er ihr einen schnellen Blick von der Seite zuwarf, um zu sehen, ob sie gewachsen war, merkte er, dass sie zurückstarrte. Ganz schön dreist, dachte er. *Nerven* hat die Zicke.

»Wie geht's, Lulu?«

»Danke, gut, Billy.«

Der Tee verbrannte ihm durch den Becher hindurch die Finger.

»Ist's nett in der Schule?«

»Nicht schlecht«, sagte sie. »Heute haben wir gesellschaftliche Trends durchgenommen. Jugendgangs und so, und warum Leute da mitmachen.«

»Und was hat der Lehrer dazu losgelassen?«

Durch die Wand hindurch war das Läuten der Glocke zu hören, als die Ladentür geöffnet wurde.

»Er hat gesagt, es wäre wegen der Entfremdung.«

»Tolles Wort, echt.«

»Druck der Gleichaltrigen und das Bedürfnis nach Gemeinsamkeiten.«

»Hast wohl das Lehrbuch verschluckt.«

»Aber es stimmt doch, Billy.«

Er setzte sich breitbeinig hin und lehnte sich im Stuhl zurück. »Was meinst du, Süße?«

Sie dachte einen Augenblick lang nach. »Ich glaube, dir macht's einfach Spaß, Leute zu verprügeln.«

Das Billy-Grinsen. »Du bist doch an der Kasse, was?«

»Schon möglich«, sagte sie.

»Dann geh besser mal rein.«

»Meinst du, was?«

»Die Kundschaft lässt man lieber nicht warten.«

Sie warf die Haare in den Nacken. »Ich lass sie nie warten, Billy. So was würd ich doch nicht tun. Nicht mit einem Kunden.«

Und sie bedachte ihn mit ihrem Schulmädchenlächeln, bewegte sich langsam nach draußen und zog die Tür hinter sich zu. Billy starrte über den Schreibtisch hinweg.

»Die würde ich im Auge behalten, Albert.«

»Wem sagst du das.«

Billy fragte sich manchmal, was wohl passieren würde, wenn der Alte starb und das Mädchen den Laden übernahm. Er hatte noch nie von einer Tussi Geld eingetrieben, und er fragte sich, was er tun musste, falls sie Ärger machen sollte. Er hatte seine Grundsätze, und Frauen zu schlagen, behagte ihm nicht. Solang sie nicht wirklich um Schläge bettelten. Egal, was sie blubberten, er ließ sie am liebsten in Ruhe. Aber wenn sie drum bettelten, wenn sie Donna-Schlampe hießen und auf den Knien lagen und um Schläge bettelten, dann war er natürlich bereit, seine Pflicht zu erfüllen, dann würde er sein Bestes tun, um der Bitte nachzukommen.

Eine plötzliche Erinnerung an einen ungepflügten Acker in Hertfordshire. Der Acker, der Nebel, die grinsenden Jungs. Das Klatschen von Skinhead-Hand auf zarter Girlie-Wange. Das rot anlaufende Gesicht, der dick werdende Mund. Er fand die Erinnerung ungeheuer erfreulich und langte nach einem Stück Erdbeer-Biskuitrolle. Zerbrechlichkeit, dachte er. Nicht zu schlagen.

»Ist noch schön geworden«, murmelte Albert. »Bisschen Wintersonne, was? Kann nie schaden, Bill.«

»Billy.«

»Kann nie schaden, Billy, was?«

»Nein.«

Die Augen des Ladeninhabers tränten schon wieder. Jeden Winter fingen sie an zu triefen, und jeden Sommer trockneten die Tränenkanäle aus. Flut und Dürre, wurde dem Skinhead klar. Wie in der Bibel. Er schlürfte seinen Tee. Der Dampf schlug ihm ins Gesicht, und seine Füße schwitzten in den schweren Stiefeln.

Beunruhigte ihn, wenn das passierte. Er hatte in so einem Artikel über Kriegsführung im Urwald gelesen, dass die Jungs von der Truppe alle Fußentzündungen hatten. Schweißfuß, wie die Zeitung das nannte. Die kriegten Fußpilz zwischen den Zehen, und solche Sachen konnte er absolut nicht verknusen. Am Ende haute einen so was um, und man lag völlig hilflos da, vollgepumpt mit Medikamenten, und dann diese ganzen Krankenschwestern, die mit ihren Schwesternhänden an einem rummachten. Er stellte den Becher ab und beäugte das Geld.

»Sieht nicht gerade nach viel aus, Albert. Die Rezession ist vorbei, falls du's noch nicht gemerkt hast.«

»Ich habe Unkosten.«

Billy seufzte. »Wer hat die nicht?«

Albert löffelte sich Zucker in die Tasse. »Da kommen so Jungs«, brummte er, »kleine Drecksäcke.«

»Was für Jungs, Albert?«

Der Mann rührte in seinem Tee und senkte die Stimme.

»Na ja, so Hooligan-Typen, falls du weißt, was ich meine.«

Der Skinhead nickte. Er wusste, was er meinte.

»Und was tun sie? Kommen reinmarschiert und bedienen sich.«

»Ist ja ein Selbstbedienungsladen. Du hast ein Schild draußen.«

»Aber sie bedienen sich nur. Zahlen tun sie nicht.«

»Wie viel lassen sie mitgehen?«

»Verschieden.«

»Ungefähr.«

Er kniff die Augen zusammen. »Ungefähr neunzig, würd ich sagen.«

»Im Monat?«

»In der Woche.« Albert schüttelte den Kopf. »Ich meine neunzig beschissene Kröten in der *Woche.* So geht das nicht weiter. Verstehst du?«

»Ich versteh schon, Albert, aber was kann ich dran ändern? Es ist diese Gegend. Ganz schön abgeranzt hier. Solltest dich besser irgendwo niederlassen, wo's hübsch ist. Wo du keinen Ärger hast.«

Albert zuckte die Achseln. »Und wo zum Beispiel?«

»Zum Beispiel ...« Billy durchforstete sein Gehirn nach einem Inbild von Freundlichkeit und Gepflegtheit. Namen von Vororten tauchten in seinem Kopf auf, und Marktstädtchen mit ihrer Lebensqualität lockten ihn. Schließlich brummte er:

»Cheltenham.«

»Aber ich bin nun mal hier. Mein Geschäft ist hier, und mein Problem ist auch hier, und ich sollte ja wohl Schutz kriegen, oder nicht?«

Der Skinhead hob warnend einen Zeigefinger. »Willst du dich beschweren?«

»Ich beschwere mich nicht. Mir geht nur jede Menge Geld durch die Lappen.«

Billy zuckte die Achseln. »Geld ist nicht alles.«

Albert unterbrach sich mitten im Schluck und starrte ihn an. »Da hast du aber einen Scherz gemacht, Billy.«

»Ach ja?«

»Du bist ein Skinhead, und hast einen Scherz gemacht.«

Billy nickte. »Wird wohl so sein.«

Albert langte sich einen Keks von dem Teller und stopfte ihn in den Mund. Vollkornkrümel purzelten sein Hemd hinunter. »Versteh doch, ich brauch hier jemanden, der *präsent* ist. Irgendjemand, um die Kerls abzuschrecken.«

Billy brütete darüber nach. »Leg dir einen Hund zu.«

Der alte Knabe seufzte. Dann versuchte er es eben noch mal. »Dann erklär mir bitte mal eins, ja? Ich hab eine einfache Frage, und ich möchte, dass du sie mir beantwortest.«

»Wär mir eine Freude, Albert.« Er lehnte sich erwartungsvoll zurück.

»Wofür bezahl ich dich?«

»Wie meinen?«

»Ich meine, ich bezahle Schutzgeld, stimmt's?«

»Stimmt.«

»Und ich habe ein Problem, stimmt's?«

»Stimmt.«

»Und du willst dich nicht drum kümmern, stimmt's?«

»Stimmt.«

»Und wofür bezahl ich dich dann?«

Billy legte seine Stirn in Falten, denn es war eine interessante Frage. Er ließ sie sich durch sein Billy-Hirn gehen. Albert lehnte sich vor.

»Ich möchte bloß gern wissen, vor *wem* du mich eigentlich genau beschützt.«

Das beschämte Billy-Gesicht, als es ihm wieder einfiel. »Vor mir und Merv und Henry, Albert.« Natürlich, dachte er. Es leuchtete ein. »Vor uns, alter Knabe.«

Und er hob seine Tasse hoch und lächelte langsam, nichts als weiche rosa Bäckchen und engelsgleich gespitzte Lippen.

25

»Weißt du, was?« Sie starrte aus dem Fenster. »Wir haben das Ende verpasst.«

»Welches Ende?«

»Von dem Film«, sagte sie. »Wir wissen nicht, wie's ausgegangen ist.«

»Stimmt«, grunzte er. Er holte ein frisches Päckchen Zigaretten heraus und entfernte langsam das Zellophan. »Schande aber auch.«

Zwei Stunden nach Mervyn, und sie sitzen im geparkten Auto und warten, unten an der Lambeth Road. Die Kälte kroch durch die Scheibe herein, und ihr Atem kondensierte in der Luft. Spätnachmittag, und ein sonnig-dunstiger Tag in London, voll grellem Lärm und bleiernen Abgasen, vollgestopfte Doppeldecker, die Dieselwolken ausstießen, neonleuchtende Bauarbeiter, die die Straße aufrissen. Ein Trupp unförmiger Schulmädchen lungerte an der Ecke herum, verspeiste Käse-Zwiebel-Chips und wartete auf irgendeine Art von Ärger.

Die Sorte Tag, die einem rau ins Gesicht schreit, und man fühlt sich lebendig. Sein Gestank, sein reiner und durchdringender Gestank, die Sorte Tag, von dem einem die Finger zu zittern anfangen, und der Kopf fast platzt, der einem das Bedürfnis gibt, sich an jemanden in seiner Nähe zu wenden und ihm einen Blick in seine Seele zu gestatten.

»Wie willst du mal sterben, Joey?«

Er dachte einen Augenblick lang drüber nach. »Ich will nicht sterben.«

»Da sind wir verschieden.«

»Ich weiß.«

»Weil ich meinen Abgang so gut geplant habe wie andere Mädchen ihre Hochzeit. Bis in die kleinste Einzelheit, weil an meinem großen Tag nichts schief gehen soll. Nur schon dran zu denken, macht mir Spaß, und hin und wieder hab ich gern mal ein bisschen Spaß, Joe. Ich hab nichts dagegen, mir ab und an mal was zu gönnen.«

Er steckte sich eine Zigarette an und zog nachdenklich daran.

»Hältst du das für normal?«

»Ich hab nie gesagt, dass ich normal bin, Joey. Solche übertriebenen Behauptungen hab ich noch nie aufgestellt.«

Wenn sie starb, dachte sie, dann wollte sie in London sterben. Sollten sie sie doch aburteilen und aufknüpfen. Sollten sie sie doch an ihrem dünnen, zerbrechlichen Hals aufhängen, ihr würde es nichts ausmachen. Sie weiß, dass man den Pöbel bei Laune halten muss, ihm geben muss, was er will. Soll doch das Pack kommen und glotzen. Soll es zugucken, wie sie sich langsam in der Luft dreht, wie sie langsam hin und her baumelt. Sollen sie doch ihre verrotzten Gören hochheben, damit sie besser sehen können. Guck mal, würden sie sagen und in Richtung der Unbeweinten nicken, in Richtung der lieben Dahingeschiedenen zeigen. Guck, so ergeht's einem, wenn man nicht brav ist.

Sie stellte sich die glorreiche Szene vor, die öffentliche Auslöschung ihres parfümierten Ichs. Der Trafalgar Square am Samstagabend. Der samtige Himmel, die Löwen halten Wache, die Doppelreihe von Bullen, die die heranstürmende Menschenmenge zurück- und das hektische Geschiebe in Schach hält. Der Dunst brutzelnder Hamburger, falls Hungergefühle aufkommen sollten. Die grellen Scheinwerfer der Fernsehsender. Der menschliche Auswurf in Form der Sensationsreporter. Der schweigende Scharfrichter. Ihre letzten und endgültigen Worte, die Abschiedsgedanken, die sie der Menschheit anbieten würde. Die Kapuze, das Seil, das plötzliche Fehlen von Holz unter ihren Füßen.

Eine Millisekunde baumelnd, Schmerz und Entsetzen.

Und dann das gesegnete Nichts. Dann ruhe in Frieden. Dann

scheiß drauf und Schwamm drüber. Dann Donna-Schlampe im Paradies.

»Es geht los«, sagte Joe.

Er steckte sich die Kippe zwischen die Lippen und drehte den Schlüssel um. Der Motor sprang stotternd an.

Sie spähte durch die getönte Windschutzscheibe, und es wurde ihr plötzlich eng um die Brust, ein kurzer Krampf, eine schnell vorbeiziehende Erinnerung an einen leeren Acker in Hertfordshire, an Schlamm in ihrem Gesicht und Erde in ihrem Mund, und wie sie das Fotzenwort immer und immer wieder hörte.

Sie beobachtete ihn, wie er herausgestiefelt kam. Einen forschen Ausdruck hatte er auf dem Gesicht, einen Ausdruck tiefer Skinhead-Befriedigung, in seinen Jeans und gewienerten Springerstiefeln. Die Sonne spiegelte sich in seiner Platte, und dieses Lächeln auf seinem Gesicht, dieses Billy-Grinsen.

»Wer ist der andere Typ?«

»Welcher Typ?«

»Der da in der Strickjacke.«

»Das ist Albert.«

»Wer ist Albert?«

Joe schob den Schaltknüppel in den Ersten und löste die Handbremse. Er hielt die Kupplung nur leicht getreten. »Er ist ein bisschen wie ich.«

Sie sahen zu, wie Billy sich verabschiedete. Er tätschelte Alberts grau werdenden Kopf und gab ihm einen kleinen Stüber gegens Kinn. Nicht zu kräftig, nett, freundschaftlich. Dann drehte er sich um und stieg in sein Auto. (Ein aufgemotzter BMW. Die totale Billy-Karre.) Die Scheibe auf der Fahrerseite glitt nach unten, und ein Ellbogen legte sich in das Fenster. Pause, um den kahl rasierten Schädel zu kratzen, dann scherte er unvermittelt aus und drängelte sich in den dichten Strom der Autos.

Sie schnallte sich an. Er ließ sich ein bisschen Zeit, fand sie, aber sie will sich ja nicht beschweren. Geduld ist eine Tugend, dachte sie, und der Junge war ja schon unterwegs.

Joe ging langsam mit dem Fuß von der Kupplung und ordnete sich in den Verkehr ein.

»Alles klar?«

»Ja. Und du?«

»Alles gebongt.«

Nicht mehr lange, dachte sie. Sie lehnte sich zurück gegen die Kopfstütze. Wird bald vorbei sein, sagte sie sich. Sie bewegten sich Richtung Waterloo. Sie kamen nur langsam voran, krochen mehr, als dass sie fuhren. Sie betrachtete die endlose Reihe von Läden, die sich hinter dem Fenster entfaltete. Sie fühlte Anspannung in der Magengrube, die Art Gefühl, die sie immer überkam, wenn sie den Fluss überquerte. Ein vages Gefühl von Angst, denn sie ist das, was man ein Nordlondoner Mädchen nennt. Südlondon, dachte sie, vergiss es.

Sie hatten das Auto am Tag zuvor gewechselt. Hatten den Capri in der Nähe von Maida Vale stehen lassen und sich einen Opel Manta besorgt. Zweieinhalb Liter und Nussbaumverkleidung und Schalensitze, die einen da stützten, wo man's gern hatte. Schwarzmetallic, und ein so heißes Eisen, dass man sich die Finger dran verbrannte, so frisch geklaut, dass man grün wurde vor Neid.

War aber ein gutes Gefühl, sich in Lambeth in der gepflegten Karre von jemand anders blicken zu lassen. Sollte bloß keiner sagen, dass das nicht gut kam. Man verspürte so eine Art Prickeln das Rückgrat hinunter, weil man was Anständiges fährt, weil man sich fühlt, als wär man wer. Und Joe hatte den Wagen besorgt, weil er sie gern hat. Sie hatte einfach auf den gezeigt, den sie wollte, und er hatte ihn geknackt.

Sie mag diese Art Männer. Sie mag es, wie er in Maida Vale neben ihr steht, und sie braucht nur auf das zu zeigen, was sie will, und zu sagen: »Der wär gut«, und er überquert die Straße und ist in dreizehn Sekunden drinnen, er schlüpft rein und schließt ihn kurz, während sie wartet. Und dann – zack, bumm! –, schon läuft die Schüssel, der Motor wummert. Reingesprungen, abgelacht und losgebraust.

Sie hielten ungefähr fünf Autos Abstand. Sie wollten ihm nicht zu nahe kommen, wenn es sich irgendwie vermeiden ließ. Sie wollten sich ihm nicht partout aufdrängen. Sie hielten Abstand und den Blick immer auf der kleinen blauen Abgaswolke, die aus seinem Zwillingsauspuff qualmte. Muss man ihm mal sagen, beschloss sie. Einer muss es Billy flüstern. Muss ihm klarmachen, dass er ein elender Luftverpester ist.

Waterloo Bridge, dann Covent Garden, und man rauscht am British Museum vorbei. Weiter geht's die Euston Road hoch, und sie sind fast auf derselben Strecke wie am Morgen, und dieser Gedankengang erinnerte sie an etwas, das ihr das Glühen stiller Zufriedenheit bescherte. (Der hellgraue Anzug, die Chelsea-Boots ...) Es schien auf einmal Ewigkeiten her, die Sache mit Mervyn. Er war da gewesen und verschwunden, und jetzt war er nicht mehr, und nicht der kleinste Hauch war noch von ihm übrig. Das sanfte Donna-Lächeln, als sie sich erinnert. Was für ein Kerl, dachte sie. Ein ganz Schlimmer.

Als sie bemerkte, dass sie an der Malet Street vorbeifuhren, setzte sie sich ein wenig aufrechter in ihrem Sitz hin, weil sie immer schon großen Respekt vor dem Lernen gehabt hat und selbst ein wenig belesen ist. Sie hat immer ein oder zwei Bücher neben dem Bett liegen. Sie fängt immer Bücher an. Liest sie oft nicht fertig, aber sie fängt sie immer gern an.

Es pisste, aber nichts allzu Dramatisches. Ein paar halbherzige Tröpfchen, die von der Kühlerhaube abprallten und auf der Straße zerplatzten. Aber dennoch blickten die Fußgänger grimmig drein. Nach Hause trottende Akademiker, ausländische Studenten, die Staatsstreiche ausheckten, der gesamte Müll und Schutt eines vom Wind gepeitschten Russell Square.

Joe sah, wie der BMW vor ihnen davonraste.

»Der Schweinehund drückt total auf die Tube. Volles Rohr, der Alte.«

Er schaltete runter in den Dritten und drängelte sich vor einen Telecom-Wagen. Fast hätte er ihn gestreift, was sie beinahe gestresst hätte. Sie warf Joe einen Blick zu, aber sein Gesicht war reglos. Mund zu einer dünnen, starren Linie zusammengekniffen, die Knöchel weiß auf dem Lenkrad. Still und leise am Ausflippen.

Sie folgten ihrem Knaben durch die Unterführung und auf der anderen Seite wieder heraus. Ein Stückchen Londoner Tunnel, um die Fahrt zu vereinfachen. Kurz und gut, hinterm Euston Square ist der. Kaum ist man drin, ist man auf der andern Seite schon wieder draußen, und dann rauscht man hinaus auf die Marylebone Road, und man fühlt sich gut, weil es fast geschafft ist. Aber dennoch ist da tief innen der Zweifel, das mädchenhafte Zögern. »Und was, wenn's einer sieht?«

»Spielt keine Rolle.«

»Aber wenn doch ...«

»Sie werden's nicht glauben.«

»Woher willst du das wissen?«, bohrte sie weiter.

»Weiß ich halt.«

Zweihundert Meter hinter Madame Tussaud, und der Skinhead wechselte rüber auf die linke Spur. Joe sah in den Seitenspiegel und drehte am Lenkrad.

»Er fährt auf die Abbiegespur.«

Er scherte in Billys Spur aus. Sie waren vier Wagen hinter ihm. Die Tasche in ihrem Schoß fühlte sich schwer an.

»An der Abzweigung«, murmelte er. »Stimmt's?«

Drei Autos hinter ihm.

»Stimmt.«

Ihre Antwort so leise, dass sie selbst sie kaum hören konnte, und sie merkte, wie ihr Herz, ihr winziges Donna-Herz, in der Brust zu pochen begann. Die Windschutzscheibe beschlug, weil sie vor Aufregung fast schwitzte. Sie sah, wie sich seine Hand nach vorn bewegte und die Entlüftung anstellte. Sie fühlte sich hyperwach, voll da, als würden alle Fäden plötzlich zusammenkommen. Der perfekte Londoner Tag, die Sonne brät vom Himmel, sogar die Luft ist geladen, und sie ist gut drauf, ist voll dabei, für alles gerüstet. Licht und Geschwindigkeit und Vergeltung.

Sie klappte die Sonnenblende herunter und betrachtete sich im Spiegel. Eitelkeit ist alles, erinnerte sie sich, oder auch nicht, als sie sich mit der Zunge über die rosenroten Lippen fuhr. Sie setzte eine Sonnenbrille auf und betrachtete ihr Spiegelbild. Die Schlampe, dachte sie. Die verführerische kleine Schlampe. Joe, der sich auf seinem Sitz verkrampfte.

»Bist du bereit, Baby …?«

Zwei Wagen hinter ihm. Näherten sich Lisson Grove. Sie steckte die Hand in die Tasche und umschloss den Griff mit ihren Fingern.

»Ja«, hauchte sie. »Mein ganzes Leben lang war ich bereit.«

Noch vierhundert Meter bis zur Überführung. Ein Wagen hinter ihm. Sie holte die Automatik heraus. Hielt sie nach unten gerichtet, unterhalb des Fensterrahmens. Ein schickes, kleines, mattschwarzes Schießeisen. Richtig was für Mädchen, diese Knarre. Die Sonne brät vom Himmel, sogar die Luft ist geladen, und sie ist gut drauf, ist voll dabei, für alles gerüstet. Licht und Geschwindigkeit und Vergeltung.

Billy völlig ahnungslos, sein kahl geschorener Schädel beschäftigt mit planlosen Billy-Gedanken.

Sie hielt den Blick hinten auf sein Auto gerichtet, konzentrierte sich auf die blaugraue Wolke, die hinter dem Wagen hochqualmte. Fünfzehn Meter hinter ihm. Ihr Mund war trocken. Sie drückte auf einen Knopf. Die Scheibe glitt nach unten. Luft schlug ihr ins Gesicht. Joe schluckte.

»Sag einfach, wann …«

Die Sonne brät vom Himmel. Licht und Geschwindigkeit und Vergeltung.

»Jetzt, Joe. Jetzt …«

Er knallte den Schaltknüppel in den Zweiten und trat das Gaspedal durch. Das Auto scherte nach vorn aus. Eine einzige flüssige, chromglänzende Bewegung. Er fuhr neben den BMW. Vor ihnen drohend die Autobahnüberführung, und Joe hielt den Wagen ruhig und immer schön parallel zum BMW. Sie drehte sich auf ihrem Sitz herum und umfasste die Pistole mit beiden Händen.

So nah waren sie sich, dass sie hätte hinüberlangen und ihn berühren können, dass sie seine flaumige Wange hätte streicheln und ihm hätte klarmachen können, dass das Leben unvorhersehbar und böse Buben ersetzlich sind. Er starrte stur geradeaus, merkte überhaupt nichts. Und sie will ihn zwingen herzugucken, denn sie besteht auf ihrem bisschen zwischenmenschlichen Kontakt, sie hat gern ein bisschen Austausch. Komm schon, Liebling, komm schon, Süßer …

»Mach's, Baby.«

»Er muss es sehen.«

»Mach's einfach, ja?«

Aber sie ist gelähmt vor Glück. Noch achtzig Meter bis zur Abzweigung, und sie genießt den Moment. Joe verfluchte seine unbarmherzigen Götter und drückte auf die Hupe. Billy warf einen Blick herüber. Den schnellen, unbeteiligten Blick eines Autofahrers. Er sah nichts weiter als eine Nutte in einem Auto mit einem knallroten Mund und verspiegelter Sonnenbrille. Sein ausdrucksloses, unbesorgtes Skinhead-Gesicht. Kein Anflug von Wiedererkennen.

Also verzog sie die Lippen und lächelte ihn an. Mit ihrem speziellen Lächeln. Ihrem »Hallo, Arschloch«-Lächeln. Die Sonne brät vom Himmel, sogar die Luft ist geladen. Und dann wird's ihr plötzlich eng um die Brust. Ein Augenblick der Verkrampfung. Die widerliche Erinnerung an einen leeren Acker in Hertfordshire …

Doch sie ist gut drauf, ist voll dabei, für alles gerüstet. Licht und Geschwindigkeit und Vergeltung. Sie bläst dem Jungen einen lautlosen Kuss zu, und ihr Finger zieht am Abzug. Drei makellose Patronen kommen herausgeschossen, und sie sagt das Fotzenwort, immer und immer wieder.

26

Joe hatte den Finger auf dem Klingelknopf und hielt ihn gedrückt. Es wurde dunkel, der Wind biss ihm ins Gesicht.

»Willst du's wirklich tun?« Er zog unter seiner Jacke die Schultern ein. »Weil, wenn du dir nicht absolut sicher bist, dass du wirklich …«

Sie zog einen Splitter grüne Farbe vom Türpfosten ab. »Warum nicht.« Sie zuckte die Achseln. »Haben wir wenigstens was zu tun, oder nicht?«

Er grunzte leise und nahm den Finger vom Klingelknopf. Sie fing langsam an, ihm auf die Nerven zu gehen. Nicht massiv, aber ausreichend. »Aber warum gerade jetzt, Süße? Warum?«

»Weil ich ein bisschen Abwechslung gut finde, Joe. Deswegen.«

Sie drängelte sich vor ihn und klopfte an die Tür. Sie hatte sich im Auto umgezogen und trug jetzt das, was sie ihre Billy-Garderobe nannte: einen lila Blouson, eng anliegende Jeans und hochhackige Stiefeletten aus schwarzem Wildleder. Ziemlich gut sah sie aus, dachte sie, auf eine nuttige Art und Weise. Sie klopfte wieder, denn sie machte gern einen guten Auftritt. Sie hat es gern, wenn man ihre Anwesenheit spürt.

»Keiner da«, knurrte er.

»Das hättste wohl gern.«

Er starrte auf den Boden und trat mit einem Zeh gegen die Türschwelle. Eine schleichende Angst hatte sich seiner bemächtigt, seit sie es vorgeschlagen hatte, und je mehr er darüber nachdachte, desto mehr erschien es ihm wie bodenlose Unvernunft.

»Hör zu«, sagte er leise, »wenn sie da sind – was nicht wahrscheinlich ist –, gehen wir einfach nur rein, ziehen unser Ding durch und kommen wieder raus.«

»Klar.«

»Wir bleiben nicht lange, ja?«

»Natürlich nicht.«

Sie berührte ihn leicht am Arm, beruhigte ihn mit ihrem zärtlichen Lächeln. So nett und gut war sie. So beruhigend. Durch und durch Balsam menschlicher Freundlichkeit.

»Wir tun nur das Notwendigste«, versprach sie, »dann gehen wir wieder.«

»Es ist nicht Teil des Plans.«

»Ich weiß. Aber wir müssen locker bleiben, verstehst du? Wir müssen flexibel sein.«

Sie fühlte sich immer noch high, als sie mit den Knöcheln gegen die Tür hämmerte. Eine Stunde oder so nach der Sache auf der Autobahn, und der Film spulte wieder in ihrem Kopf ab. Die Automatic in ihrer Hand, und London, das zum Fenster hereingeweht kam. Direkt vor ihnen drohend die Überführung, und sie kommen neben ihn geglitten. Flüssig, glatt, wie ein Torpedo im Wasser. Pause für stilles Insichgehen, Erwartung des kommenden Genusses ... dann Sonnenlicht auf ihrer Haut, und die Straße wie geschmolzenes Silber, und das explodierende Gesicht des ungläubigen Billy.

»Wir könnten sogar zum Tee dableiben«, schlug sie vor, »wenn sie da sind.«

»Hast du denn Hunger?«

»Bisschen was zwischen die Zähne wär nicht schlecht.«

Er sah ihr zu, wie sie gegen die Tür hämmerte, dass es die ganze Straße herunterhallte.

»Du machst ein Riesengetöse«, knurrte er.

»Ich dachte, du magst, wenn ich das tue.«

»Ich nicht, Süße.« Er drückte ihr die Lippen auf den Hals. »Da musst du an jemand anders denken.«

Sie überdachte diese Möglichkeit. »Schon möglich«, murmelte sie. »Muss ich wohl.«

Ein Fetzen Nebel kroch über die Eingangsveranda. Joe schauderte ein wenig. Würde noch neblig werden heute. Er konnte es in der Luft riechen, den trostlosen Geruch des Spätnovembers. Er schob seinen Ärmel zurück und sah mit zusammengekniffenen Augen auf die Uhr.

»Wir verdrücken uns lieber«, sagte er. »Sie sind sowieso nicht da.«

Sie hielt den Atem an und lauschte.

»Ich glaub, sie sind doch da.«

Und wie auf Befehl drangen genau in diesem Augenblick Geräusche zu ihnen nach draußen, eine Art Pantoffelgeschlurfe, das allmählich lauter wurde, während es sich den Flur entlang auf sie zubewegte. Joe zog an seinen Manschetten und räusperte sich. Das Schlurfen war direkt hinter der Tür zum Stehen gekommen, und ihm dämmerte es plötzlich mit einem überwältigenden Entsetzen, dass es gewisse Dinge im Leben gab, die sich einfach nicht vermeiden ließen. Eine Welle von Panik überrollte ihn und ließ ihm das Blut in den Adern erstarren. Eine schreckliche Sekunde lang dachte er, er müsste zusammenbrechen.

»Rein und wieder raus«, zischte er. »Verstanden?«

Sie hörten das ewig gleiche Stadtgeräusch von Riegeln, die zurückgezogen, Schlössern, die aufgeschlossen, und einer Türkette, die vorgehängt wurde. Die Tür ging ein paar Zentimeter weit auf, und ein wässrigblaues Auge spähte leicht kurzsichtig durch die Öffnung. Dünn werdende graue Haare, Augenbraue völlig weggezupft, aber eine sanfte, freundliche Stimme, eine Stimme, wie Joey sie hatte.

»Hallo, mein Kleiner.«

O kostbarer, kostbarer Moment …

»Hallo, Mum.«

27

Henry drehte sich langsam auf dem Bürostuhl hin und her und beschrieb Halbkreise im Dämmerlicht. Er fand die Bewegung irgendwie beruhigend, und er wollte ruhig sein. Er hatte ein Pochen im Kopf und ein Brennen in den Eingeweiden, und er musste unbedingt ruhig werden.

Die Vorhänge hingen ein wenig offen, und ein schmutzig gelbes Licht drang von der Straße herein. Er starrte die Schatten auf dem Schreibtisch an. Fast sah es aus, als würden sie sich bewegen. Fast schien es, als würde da etwas im Halbdunkel krabbeln. Er drückte mit Daumen und Mittelfinger auf seine Nasenwurzel. Sein Gehirn fühlte sich vor Erschöpfung an wie Gummi. Er musste sich ausruhen. Er war zu alt für so was, sagte er sich. Er sollte den Jungen die Arena überlassen. Den wagelustigen, jungen Kerls. Hätte seine Taschen packen und sich nach Spanien absetzen sollen, hätte den Hut nehmen und sich an die Costa verdrücken sollen. Sich ein bisschen die Sonne auf die alten Knochen scheinen lassen. Gemein, dachte er, einfach total gemein.

Er schloss die Augen, neigte den Kopf und versuchte angestrengt, sich zu konzentrieren. Der Telefonhörer war gegen sein Ohr geklemmt. Er hörte sehr aufmerksam zu.

»Wiederholen Sie das noch einmal.« Er massierte leicht seine Schläfen. »Das weiß ich, mein Sohn. Und jetzt will ich's noch mal hören.«

Er hörte die Stimme, die durch die Leitung gezischt kam und widerwillig die Geschichte noch einmal wiederholte. Die trotz allem die saftigen Einzelheiten genoss. Das Telefon klebte ihm am Ohr, und er konnte kaum glauben, was er da hörte. Es war, als würde er eine Rundfunkübertragung hören. Wie ein Hörspiel auf Radio Four, irgendein weit hergeholter Blödsinn, der zusammen mit der heißen Schokolade gut runterging.

Ein modernes Märchen für Leute von heute: Erst hatten sie das getan und dann das andere. Erst das Kino, dann die Autobahn. Erst dem einen den Hals umgedreht, dann den anderen umgepustet. Er verspürte einen Anfall von Neid und Sentimentalität, denn er war auch einmal jung gewesen, hatte auch einmal solche Dinge getan. Er war wutentbrannt losgezogen und hatte all seine Schulden beglichen. Und wenn man erst einmal angefangen hatte, wollte man nicht mehr aufhören. Es war, als ob man Tofifees naschte, sinnierte er. Man konnte nie nach einem aufhören.

»Haben Sie schon eine eindeutige Täterbeschreibung?«

Er kratzte sich am Hinterkopf.

»Natürlich können Sie das. Sie haben mir ja sonst auch alles erzählt ... Ja, ja, natürlich haben Sie mein Wort drauf... Kerl und eine Tussi? Vermuten sie? ... Nee. Keine Ahnung, Kumpel ... Beim Leben meiner Mutter, möge sie in Frieden ruhen ... Würd ich, wenn ich könnte, glauben Sie mir.«

Er machte die Augen auf.

»Beruhigen Sie sich. Keiner nimmt hier irgendwas auf, klar?«

Er hörte geduldig zu.

»Ich weiß, dass es ein Risiko ist ... Natürlich, das weiß ich doch. Und glauben Sie bloß nicht, dass ich Ihnen nicht dankbar dafür bin, bin ich nämlich nicht.«

Er lachte leise. Was für ein Witzbold, dachte er. Den sollten sie im Fernsehen bringen.

»Sie kennen mich doch, Kumpel, war doch nur 'n Scherz. Sie haben sich einen Bonus verdient ... Genau ... Haben Sie sehr gut gemacht.«

Ein bisschen Schulterklopfen, dachte er sich. Erfüllte immer seinen Zweck.

»Aber soll ich Ihnen mal was sagen? Sie und Ihr Verein machen sich mal besser flink an die Arbeit, weil so ein Zeug können wir hier wirklich nicht gebrauchen. Wir sind hier in London, verstehen Sie, nicht im abgeranzten Manchester. Wir wollen hier keine Mädels, die mit der Knarre rumfuchteln. Fangen Sie sie ja schön schnell ein, ja? Mauern Sie sie in irgendeinem Loch ein, und geben Sie ihr ein schönes Springmesser, dass sie was zu spielen hat.«

Das Zischen in der Leitung. Verursachte ihm Kopfschmerzen.

»Schon gut, schon gut … Genau … Haben Sie hervorragend gemacht. Wie ich schon sagte, ich weiß es zu schätzen … Nein, das mein ich ernst.«

Es reicht, dachte er. Die Stimme des anderen Mannes begann ihn zu nerven. Er hatte jetzt einiges zu erledigen. Es gab Pläne auszuhecken und ein Komplott zu schmieden. Vorkehrungen, die getroffen werden mussten. Alles wirbelte in seinem Kopf durcheinander und gerann in seinem Hirn. Zuerst einen Schluck Milch, sagte er sich. Zuerst den Magen mit etwas Wohltuendem auskleiden, bevor er anfing.

»Nun hören Sie schon auf. Beruhigen Sie sich, ja? Sie stehen in einer Telefonzelle, da passiert gar nichts. Bleiben Sie ruhig, klar? Nein, hören Sie, ich sag's Ihnen doch. Es kann nicht zurückverfolgt werden.«

Ein plötzlicher Krampf in seinem Bauch.

»Ich scheiß auf Ihren Job. Kapieren Sie, was ich sage? Ich scheiß drauf, klar?«

Er legte auf. Stille im Zimmer. Es wurde dunkel, die Straßenlampe leuchtete heller. Er knipste die Schreibtischlampe an, und die Erkenntnis überwältigte ihn. Es traf ihn wie ein Faustschlag in seine leidende Magengrube.

Meine Jungs, wurde ihm klar. Sie haben meine Jungs fertiggemacht …

28

»Er war so ein braves Baby«, bemerkte Beryl. »Hat immer die ganze Nacht durchgeschlafen und fast nie geweint.«

Sie fing an, den Schokoladenkuchen aufzuschneiden. Sie saßen im Wohnzimmer eines Reihenhauses in Acton Town. Zueinander passende dreiteilige Garnitur und geleaste Glotze. Der schwache, doch angenehme Duft der Vorstadt.

»Aber Aufregung mochte er gar nicht«, fühlte sie sich bemüßigt hinzuzufügen. »Ärger hatte der Kleine gar nicht gern.« Arrangierte die Kuchenstücke auf einem Blümchenteller. »Der will später mal ein schön ruhiges Leben haben, dacht ich immer.« Das rührselig zärtliche Lächeln. »Er hat ein einfaches Gemüt.« Sie schenkte Tee ein. »Aber gut gebaut und kräftig, haben Sie das schon bemerkt, Kind? Ein strammer junger Kerl ist er.« Sie ließ zwei Stück Zucker in ihre Tasse fallen. »Ich habe ihn noch gestillt, da war er dreißig Monate alt.«

Ein mitfühlendes Murmeln von Donna. »Das muss ja schwer für Sie gewesen sein.«

»War es, mein Kind, das können Sie mir glauben.« Ein Schluck Milchtee. »Besonders für die Brustwarzen, wenn ich mich recht erinnere.«

Joe schloss die Augen und erschauderte unmerklich. Kann nicht mehr lange dauern, beruhigte er sich. Jeden Moment ist es vorbei, malte er sich aus. Ein Finger piekte ihn in die Rippen.

»Aufwachen, Jo-Jo. Nicht einschlafen hier …«

Sie reichte das Gebäck herum. Zu einer Makrone sagte er nicht nein.

»Wo ist Dad?« fragte er.

»Der Dada ist oben.« Sie verdrehte die Augen in Richtung Decke. »Er musste sich hinlegen.« Sie senkte die Stimme zu einem vertraulichen Flüstern. »Er hat seinen Zustand …«

»Oh.«

Sie nickte trübsinnig und fasste nach einem Puddingeclair. Eine Stille senkte sich über den Raum, einige flüchtige und doch viel sagende Sekunden, in denen alle Gedanken auf den Dada gerichtet waren, dann sagte Joey, weil er ja sein Interesse bekunden wollte: »Und wie geht's der Narbe, Ma? Schon besser, oder?«

»Du meinst meine Gallensteinnarbe?«

»Ja.«

Sie schenkte ihm ein dankbares Lächeln. Sie war stolzgeschwellt vor Anerkennung. »Danke der Nachfrage, heilt gut.« Sie sah ihren Sohn erwartungsvoll an. »Willst du sie mal sehen?«
»Vielleicht ein andermal.«

»Für Mummy, Joey ...«

»Wir müssen leider gleich los.«

Sie knöpfte ihre Bluse auf und rollte das Unterhemd hoch.

»Dann nur ganz kurz, wenn ihr wieder los müsst ...«

Eine dreizehn Zentimeter lange Verwerfung aus glänzendem Fleisch war zu sehen, lachsrosa, von oben nach unten.

»Letzten Monat hab ich's machen lassen. Im Royal Free. Auf der Frauenabteilung. Nur Mädels da, und das war auch gut so. Auf einer gemischten Abteilung hätt ich's nicht ausgehalten. Da ist man dann völlig schutzlos, in seinem Nachthemd und so, und dann kommt am Ende noch irgendein Perverser zum Spannen, während man am Schlafen ist.«

Fast zärtlich betrachtete sie die Narbe. »Sehen Sie das Loch da?«

»Was für ein Loch?«

»Das da.« Sie zeigte auf ihre Seite. »Da war der Schlauch drin«, sagte sie. »Da ist der ganze Saft rausgeflossen. Hätt ich ein Strohhalm reinstecken können, wenn ich gewollt hätte.« Ein bedauernder Seufzer. »Aber jetzt ist es alles weg«, und sie zog das Unterhemd wieder herunter und knöpfte die Bluse zu.

Donna stellte ihren Teller auf den Tisch.

»Gut sehen Sie aber aus«, sagte sie, »den Umständen entsprechend.« Sie hob ihre Tasche hoch. »Hab ich recht, Joe?«

Der verständnislose Joey-Blick.

»Deine Mutter, Joe. Ich sagte, sie sieht gut aus.«

Er nickte dümmlich.

»Sie hat eine schöne Haut.«

Die Mutter lächelte das Mädchen verschämt an. »Das ist wegen meinem guten Charakter«, sagte sie.

Joe stürzte seinen Tee in einem Schluck herunter. »Ich dachte, es wäre, weil du Vegetarierin bist.«

Die Mutter verlagerte den Blick in seine Richtung. »Das auch.«

Joe stand auf und streckte sich. »Wir müssen jetzt los, Mum.«

»Könnt ihr nicht noch ein bisschen bleiben?«

»Wir haben's ein bisschen eilig, weißt du. Wir müssen los.« Er half seinem Girlie auf die Füße. »Falls du ein bisschen was Bares brauchst, ich hab was über.«

»Behalt es ruhig, Jo-Jo. Kauf deinem Mädchen was Hübsches.«

Sie lächelte die Freundin ihres kleinen Jungen an und teilte das Geheimnis ihrer Existenz mit ihr. »Mein Leben lang war ich am Rande des Abgrunds«, sagte sie. »Immer auf der Kippe, wissen Sie.«

»Aber Sie sind nicht gefallen …«

»Nein«, gab sie zu. »Aber ich hab immer am Rand des Abgrunds gestanden.«

Sie gingen zurück zur Eingangstür. Ein schnelles Handgeben, und die Förmlichkeiten waren gewahrt. Alle merkten, wie die Anspannung von ihnen abfiel. Beryl zögerte einen Moment, dann berührte sie den Arm des jungen Mädchens. Vorsichtig, ohne sich recht zu trauen. »Kümmern Sie sich um ihn«, flüsterte sie. Dünn werdende graue Haare, Augenbraue völlig weggezupft, aber eine sanfte, freundliche Stimme, eine Stimme, wie Joey sie hatte. »Passen Sie mir gut auf meinen Joey-Boy auf …«

29

In dem Topf köchelte es jetzt gemächlich, ein Milchgeruch verbreitete sich. Er verlagerte sein Gewicht auf dem Hocker. Es war eine angenehme Bewegung, denn er mochte das Gefühl von hartem Holz unter seinem weichen Fleisch. Es gab ihm irgendwie ein tugendhaftes Gefühl, sein pfirsichzartes Gesäß auf etwas Hartem, Glattem abzusetzen.

Das ledergebundene Album lag offen auf dem Küchentisch. Sein Einklebalbum voller Zeitungsausschnitte, Beweis seiner Existenz. Jedes Mal, wenn etwas über ihn geschrieben wurde, schnitt er es aus, selbst die kleinsten Schnipsel, und klebte sie ein. Seit Jahren sammelte er sie schon, die beiläufigen Erwähnungen, seine kleinen Stückchen Unsterblichkeit. Sämtliche überregionalen Zeitungen hatte er abonniert, und seine Jungs schickte er los, alle Lokalblättchen der Stadt zu holen, nur für den Fall, dass Man-weiß-schon-wer drin vorkam. Nur für den Fall, dass etwas erwähnt wurde, was er verbrochen hatte, irgendeine Geschichte grundloser Bosheit und willkürlichen Hasses. Wenn ein Knochen beschrieben wurde, der zu weich war, um wahr zu sein, die Sorte, die verboten sein sollte, die Sorte, die auf Mängel in der Ernährung hinwies. Knochen, die zersplitterten, wenn man nur drauf blies, die zerbröselten, wenn er sie nur berührte.

Aber das Sammeln kostete ihn viel Zeit. Zu viel Zeit, dachte er manchmal. Die langsame Anhäufung der kleinen Fetzchen gedruckten Henrys, der kurzen, verstümmelten Absätze, die schilderten, was er getan hatte. Der feuchtschwellende Schmerz in seiner Brust, weil sie nie erwähnten, wer er war, weil sie nie denjenigen beim Namen nannten, der dafür verantwortlich war. Die Henry-Herrlichkeit von dem, was verbrochen wurde, wurde schlicht und einfach von niemandem verzeichnet. Nie gab es mehr als den Verweis auf einen »unbekannten Täter«, wie es genannt wurde. Das bin ich, sagte er sich dann voller Stolz. Tief in meinem Herzen weiß ich, dass sie mich damit meinen.

Es gab Firmen, die solche Dinge für einen erledigten, spezielle Agenturen, die die Presse nach Erwähnungen ihrer Kunden durchsuchten. Kostete nur einen Riesen oder so im Jahr, hatte er gehört. Berühmte Sportler heuerten sie an. Filmstars. VIPs und ähnliche Arschlöcher. Zahlten dafür, dass ihnen einer ihre ruhmreichen Erwähnungen raussuchte. Doch Henry musste alles selbst tun, musste sich selbst durch den endlosen Wortschwall arbeiten. Er musste selbst in dem ganzen Scheiß und Schleim rumstochern, in den ranzigen, hassenswerten Seiten voller menschlichem Abschaum, in dem Mief all dieser stinkigen kleinen Leben, musste den Sumpf durchwaten, den Dung der Träume anderer Menschen durchforsten, bis er das Kleinod fand, die Perle, den perfekt geschliffenen, glänzenden Diamanten: einen Absatz voll grundloser Brutalität, hundert glitzernde Worte über ihn und was er jemandem angetan hatte, der es verdiente.

Das Buch Henry, wie er es gerne nannte, war dick und abgegriffen. Er sammelte Zeitungsausschnitte, seit er siebzehn war, ein lebhafter junger Kerl, frisch aus Borstal eingetroffen, ein Lächeln auf dem Gesicht und einen Totschläger in der Hand. Er fing an zu blättern, las schnell, überflog die Seiten mit den eingeklebten Geschichten und ging über zur nächsten. Sein Blick blieb an einem vergilbten Zeitungsfetzchen hängen. »Unmotivierter Überfall« verkündete die Schlagzeile, und darunter in verblichenem Kuli: »East Ham Recorder, März '62«.

Big John, erinnerte er sich. Big John aus Bermondsey mit den zusammengekniffenen Augen, der laufenden Nase und dem vorwitzigen Mundwerk. Benahm sich daneben und musste wieder auf Vordermann gebracht werden. Da ist man nett zu ihnen, da ist man verdammt noch mal nett und freundlich zu ihnen, und sie nutzen's aus. Immer lassen sie einen hängen.

Verschwommen trat ihm ein Bild vor Augen, eine Unterführung in Shoreditch in einer verregneten Dienstagnacht, und er hatte John eine Kippe angeboten, ihm eine Player's Number One hingestreckt. Der große Kerl hatte sich heruntergebeugt, das Kratzen des Zündholzes, die orange Flamme, und dann ein Aufwärts-Kinnhaken, der auf seinem Kiefer landete, Knie in die Eier, zusammengeschlagen, bis er am Boden lag. Big John aus Bermondsey. Der war wirklich und endgültig gearscht gewesen. Er hatte ihn reingerammt und ordentlich gestoßen. Er hatte sich gründlich umgesehen, sich die Sache sozusagen mal ausgiebig beschnarcht. Ihm einen Besuch abgestattet und Tag gesagt. Das war noch mal ein Zeitvertreib gewesen, damals. Henry seufzte wehmütig. Die Jugend, dachte er. Welch herrliche Zeiten.

Er schenkte sich die kochende Milch ein. East Ham, 1962. Er hob den Becher an die wartenden Lippen. Dampfwölkchen kräuselten sich feucht rund um sein Gesicht. Das bin ich, dachte er. So bin ich. Der Mann, der im Dunkeln lauert. Der verdammte unbekannte Täter. Eine plötzliche Welle des Stolzes, und die Milch schwappte gegen seinen Mund, während er die Haut zu schlucken begann.

30

Sie nahmen den Westway zurück in die Stadt, flitzten die Autobahn hoch und volle Pulle am Ladbroke Grove vorbei. Bleifuß, das Fernlicht, das die Dunkelheit zerschneidet. Nur er und sie und ein geklautes Auto, und eine trübe, trügerische Londoner Nacht voll treibender Nebelschwaden, völlig verlassen.

Wenn man nicht gut genug aufpasste in einer Nacht wie dieser, baute man einen Unfall, schlitterte man quer über die Straße und raste in einen Lastwagen. Eben sinnierte man noch über den Fettsack nach, malte sich aus, wie man ihn begrüßen würde, und plötzlich hat man das Lenkrad verrissen, hat zu plötzlich an dem lederbezogenen Lenkrad geruckt, und rast ihm in die Breitseite. Man fetzte zurück in die Stadt, hing seinen herrlichen Gedanken nach, und die Zellen im Kopf, die kleinen grauen Zellen, der Sub- und Hypothalamus, alles fängt allmählich an, sich zu erweitern. Sie pulsierten und pochten, bis sie, vollgesaugt mit Blut, über eine ahnungslose Welt hereinbrachen. Also machte man es lieber wie Donna-Schlampe, man riss sich zusammen und blieb wachsam. Man lässt besser die Scheibe runter, damit die kalte Luft reinbläst und die Kälte einem an den Knochen nagt.

Joe stellte die Heizung an. »Hoffentlich ist er da.« Er drehte sie voll auf. »Er könnte ja auch unterwegs sein.«

»Er wird zu Hause sein.«

»Kann doch sein, dass er zum Abendessen eingeladen worden ist.«

Sie verzog das Gesicht. »Hast du ihn jemals etwas essen sehen?«

Der Gedanke an ein glänzendes, triefendes Kinn. Joe schloss die Augen und schauderte ein wenig.

»Ist was dran«, grunzte er.

Sie machte eine rasante Abfahrt von der Autobahn und bog links in die Edgware Road ein. Zwei Uhr morgens, und es wimmelte nur so vor Menschen, alles voll mit schicken, jungen Leuten mit zu viel Zeit. Waren cool und sahen cool aus. Sie fuhr an den Randstein.

»Halten wir an?«

»Ich wollte Fluppen holen gehen, Joe. Bisschen Schokolade und so.«

Er zog den Aschenbecher auf und fing an, die Kippen darin zu zählen. »Wie viele rauchst du denn eigentlich jetzt so am Tag?«

»Musst du alles zählen?«

»Ich hätt's ja nur gern gewusst.«

»Nicht sehr viele«, knurrte sie.

»Und wie viele sind nicht sehr viele?«

Sie stellte den Motor ab. »Zwanzig oder so.«

»Ungefähr ein Päckchen ...«

»Kann sein.« Sie zuckte die Achseln. »Ungefähr.«

»Willst du damit sagen, es könnten auch mehr sein?«

Sie holte ihren Lipgloss heraus. »Ich will damit sagen, dass ich gestresst bin, Joe. Das will ich sagen.« Sie betupfte ihren Mund mit Farbe.

»Na und ...« Er ließ die Knarre in seine Hosentasche gleiten und spürte das beruhigende Gewicht auf seiner Hüfte. »... Ich glaube nicht an Stress und so 'n Zeug.«

Sie öffnete den Sitzgurt. »Ist das so?«

»Ja.«

»Und dabei hab ich gedacht, du wärst vielleicht auch ein bisschen gestresst nach dem, was vorgefallen ist.«

»Wie meinen?«

»Neulich«, sagte sie.

»Und was war da?«

»Was sie mit dir gemacht haben«, sagte sie. »Das, was sie dir angetan haben.«

»Oh.«

Die Donna-Schlampe. Er starrte aufs Armaturenbrett. Schweigen legte sich über den Wagen.

»Gehen wir rein?«, murmelte er schließlich.

Es war ein Laden, der die ganze Nacht über geöffnet ist, die Sorte Etablissement, wo es jede Menge Alk gibt und die voll gestopft ist mit aufgedrehten, schlaflosen Gestalten und die immer einen Wachhund an der Kasse hat. Grelles, blauweißes Licht spiegelte sich in den Scheiben und wurde von den Wänden reflektiert, der Boden war dreckverschmiert, und kleine Rinnsale schlängelten sich von der Straße herein. Langsam wanderte sie durch die Regalreihen. Sie ließ sich gern Zeit.

»Was willst du haben?«

»Dies und das«, sagte sie. »Hier ein bisschen was, da ein bisschen.«

»Kippen und Schokolade, oder nicht?«

»Keine Hektik, Joe.«

»Warten geht mir auf den Sack, klar? Wenn ich eins absolut nicht abkann, dann ist es, auf jemand beim Einkaufen zu warten.«

»Willst du mich nerven, Joe?«

»Ich sag's ja bloß.«

»Dann geh raus zum Auto und sag's da, wenn du dich langweilst.«

»Ich warte einfach nicht gerne.«

»Dann geh halt, verdammt noch mal.«

»Soll ich?«

»Los.«

Joe zuckte die Achseln. Wenn sie sich so benahm und anfing, ihn dumm anzumachen, dann verzog er sich lieber. Er ging raus auf die Straße und spürte die Feuchtigkeit, die ihm in die Knochen kroch.

Der Nebel wurde dicker, klebte an den Wänden und ballte sich um die Laternenmasten herum zusammen. Er stieg wieder ein und setzte sich hinters Lenkrad. Die Fenster froren allmählich zu. Er stellte die Belüftung an.

Bald ist es vorbei, dachte er. Er holte eine Zigarette heraus und steckte sie sich zwischen die Lippen. Hochdüsen nach Hampstead, dachte er, und sie würden es zu Ende bringen, ziemlich bald. Er zündete ein Streichholz an und hielt die gelbe Flamme an das Zigarettenende. Atmete den Genuss tief ein und stieß eine lange, graue Rauchfahne wieder aus.

»Warten geht mir voll auf den Sack«, brummte er leise. »Hass ich echt wie die Pest.«

Hinter ihm ein Rascheln, ein Lufthauch von Milch und Greisenalter.

»Was für ein Zufall, dass du das sagst, mein Sohn …«

Die Zehn-Zentimeter-Klinge an seinem Hals.

»Denn mir geht's genauso.«

31

Sie brauchten vierzig Minuten oder so von der Edgware Road nach Tufnell Park. Joe fuhr langsam im Zweiten, wegen des Nebels, und wegen des Messers. Steif saß er auf seinem Sitz und versuchte, sich nicht zu stark zu bewegen. Jedes Mal, wenn er beim Abbiegen das Gewicht verlagerte, schnitt ihm die Klinge leicht in die Haut. Das verursachte ein Bewusstsein von Schmerz, eine plötzliche Andeutung von Sterblichkeit. Er hielt den Blick starr auf die Straße gerichtet, sah Hecklichter aufglühen und wieder verschwinden. In seinem Kopf war eine Leere, ein hohles, ausgepumptes Gefühl. Ein Gefühl, dass alles sich auflöste.

»Meinst du, sie hat uns gesehen?« Henry, der sich vorbeugte. Der dumpfige Duft faulender Eingeweide.

»Irgendwie hatt ich doch den Eindruck, dass sie genau in dem Augenblick rausgekommen ist, in dem wir weg sind, dass sie vollgepackt mit Süßscheiß und Tampons aus dem Laden gerannt kam und uns abdüsen sah.« Das leise, einlullende Fettsack-Zischen. »Das hab ich mir gedacht, weißt du, und es ist doch ein sehr verführerischer Gedanke.« Er bewegte die Hand, die das Messer hielt, und drückte ein klein wenig stärker zu. »Hörst du mir auch zu, mein Sohn? Weil ich hier rede. Ich mache Konversation, wie man so schön sagt.«

Joe starrte reglos geradeaus. Seine Gedanken wurden langsam klarer, sein Hirn fing an zu rotieren. Von der Straße konnte er nicht viel sehen, nur Nebelschwaden, ein Meter oder so unterbrochene Mittellinie. Wenn er den Weg nicht gekannt hätte, wenn er nicht die Kurven und Biegungen jeder Straße zwischen Edgware Road und Tufnell Park gekannt hätte, wäre er womöglich in leichte Panik verfallen. Er hätte unter Umständen die Nerven verloren und wäre über den Asphalt geschlittert, hätte die Augen zugemacht und wäre in irgendeinen voll gestopften Müllcontainer gedonnert. Doch er war Joey-Boy, der Fahrer vom Dienst, und er wusste, was er tat. Vielleicht gab es da einen Fettsack hinter ihm und eine Klinge an seinem Hals, aber die Knarre ruhte schwer auf seiner Hüfte, und er wusste, was er tat.

Sie fuhren von der Baker Street nach Camden, dann rauf nach Kentish Town und quer rüber nach Tufnell Park. Sie drehten eine Runde um den Fußballplatz und fuhren dann zurück Richtung Zentrum.

»Nur für den Fall, dass wir verfolgt werden. Nur für den Fall, dass Girlie in ein Taxi gesprungen ist und am Kochen ist vor Girlie-Wut.«

Der Fettsack schmunzelte vor sich hin. Es war deutlich, dass er sich total witzig fand. Es war klar, dass er ungemein von sich überzeugt war.

»Jetzt fährst du links«, sagte er. »Stückchen geradeaus. Jetzt wieder links. Braver Junge«, hauchte er. »Bist ein schlauer Junge, Joe, genau, wie ich immer gesagt habe. Bist gar nicht so blöd, wie du immer tust. Geradeaus, fahr geradeaus. Jetzt ein bisschen langsamer. Jetzt *rechts,* genau da, mein Sohn. Die Einfahrt runter.«

Ein städtisches Parkhaus unter den Läden. Man steckte seine Pfundnote in einen Schlitz, und schon war man drin. Die Sorte Parkhaus, die nach Einbruch der Dunkelheit völlig verlassen ist, sodass man abends ganz hervorragend reinfahren, das Auto abstellen und das Geschäftliche erledigen konnte. Suburbia, was gibt es Schöneres.

Henry drückte Joe die Lippen ans Ohr und gab ihm Anweisungen. Sie fuhren die Rampe herunter, immer im Kreis, bis zur untersten Ebene, wo sie in der Nähe eines Aufzugs anhielten. Joe stellte den Motor ab.

»So, da wären wir«, murmelte Henry. »Endlich allein.«

Ätzendes Neonlicht von oben, in der Ecke tropfendes Wasser. Henry neigte den Kopf und schnüffelte. Ein vertrauter, dumpfer

Geruch nach Maschinenöl und Gummi. Ein perverser Parkhausmief. Er merkte, wie er sich entspannte.

»Du warst also bei deiner Mum, Joe, hab ich gehört, du und das kleine Girlie-Luder. Muss man dir wirklich zugute halten, was? So was gefällt mir, wenn ein Kerl seine Mutti lieb hat. Vielleicht schau ich selbst mal vorbei, irgendwann. Steck den Kopf bei ihr rein und stell mich vor. Sage: ›Tag, Joeys Mutti.‹ Vielleicht mach ich's mal, wenn ich da vorbeikomme. Können wir Tee trinken und ein Rosinenbrötchen essen. Und ich bin so richtig nett zu ihr und so.«

Er lächelte sich selbst zu, denn er fand sich nett.

»Meine Mum, Joe – möge sie in Frieden ruhen –, die sagte immer, dass ich einen Dickkopf hätte. Weil ich mich gern verwöhnen lasse. Ich hab gern alles so, wie ich das will.«

Der milchige Atem in Joeys Nacken.

»Ich meine, ich nehm mir mein Vergnügen, wo ich es finden kann, und es ist eigentlich gar nicht so schwer zu finden. *Du* verstehst ja, was ich meine, mein Sohn, natürlich. Dir brauch ich das nicht zu erklären, was? Dir doch nicht. Nicht dem einladend weichen, verführerischen Joey-Boy.«

Die Klinge an seinem Hals.

»Also du und ich, mein Sohn. Hm, Joe? Hm?«

Joe merkte, wie er zu schlottern begann, wie ihm die Kotze im Bauch brannte. Er hörte, wie sein Herzschlag immer wieder aussetzte, wie ein Rap-Song, der ihm in den Ohren dröhnte. Nicht ich, dachte er, nicht das. Der Schweiß rann ihm den Rücken herunter. Er konnte die Angst riechen, konnte sie fast schmecken. Konzentrier dich, sagte er sich. Denk nach, du Arschloch. Messer an der Kehle, geladene Knarre in deiner Tasche, und eine Stimme, die in deinem Gehirn immer lauter wird und sagt: Tu's einfach, Joe, versuch's einfach, tu's einfach, jetzt …

Und als er sich innerlich bereitmachte, als er sich Donna im Dunkeln vorstellte, als er die Luft anhielt und sich bereitmachte, musste wohl etwas durch seine Haut geflackert sein, vielleicht verriet ihn sein Blut. Eine plötzlich zischende Bewegung zerteilte die Luft, und dann ein heruntersausender Schlag, der ihn von hinten traf.

Wie ein Backstein gegen seinen Schädel. Als würden die Knochen explodieren.

32

»Gar nicht schlecht, diese Dinger.« Henry zog das Magazin heraus und zählte die Patronen. »Aus Italien, weißt du. Aus dem Land der Vendetta.«

Er schob das Magazin wieder hinein. Schön glatt ging es rein, praktisch geräuschlos.

»Da hat sie also drei Schuss abgefeuert. Was für ein Weibsstück, hm? Muss ich aber gut aufpassen, was ich sage, wenn ich sie das nächste Mal treffe. Kein Geschäker mit Donna, denn mit so jemand schäkert man lieber nicht. Hat Billy ganz schön zugerichtet, wie ich höre. Ich habe nämlich so meine Quellen, Joe. Kumpels, die mich auf dem Laufenden halten, Leute, die mich *au courant* halten, was gerade so abgeht.«

Er putzte den Lauf mit seinem Ärmel.

»Wir wissen also, weswegen wir hier sind, was, Joe? Brauchen wir nicht groß um den heißen Brei rumzureden, was? Völlig überflüssig, hier die Sache beschönigen zu wollen. Weil ich das Kind lieber beim Namen nenne; ich sag immer alles gradheraus.«

Plötzlich ein zweifelndes Stirnrunzeln.

»Hörst du auch zu, Joe?«

Er betrachtete den Jungen genauer. Der Opel hielt ihn aufrecht, ein Auge war zu und lief gerade blau an. Henry beugte sich herunter und ließ ihn ein wenig nach vorne kippen, um seinen Hinterkopf zu begutachten. Das Blut sah fast schwarz aus. Wie Teer, dachte er angewidert. Er stieß ihn zurück gegen den Reifen. Er fühlte sich geschwollen vor Zorn, gebläht vor Hass, und die menschenfeindlichen Gelüste wurden immer stärker, tiefer, wärmer. Er schob sich die Pistole in den Hosengurt. Ein erfreulich unbequemes Gefühl entstand, als sie gegen seinen Unterleib scheuerte.

»Und, was trägst du da, mein Sohn? Wohl 'ne neue Jacke, was? Bisschen ordentlicher Lederfummel? Kann doch nicht schaden, kann doch wirklich nicht schaden. Ich wette, da fühlst du dich wie ein feiner Pinkel, wenn du mit so einem Stück in der Stadt rumläufst. Da fühlt man sich doch bestimmt gut drin. Steht dir auch, ehrlich. So ein Stück schniekes Leder an einem hartgesottenen jungen Kerl wie dir. An einem wüsten Wüterich wie dir.«

Er beugte sich vor und senkte die Stimme.

»Außer dass du innen ganz weich bist, ganz süß und flutschig innerlich. Wie ein reifer Pfirsich, wenn man erst mal drinnen ist.« Das fette, fiese Henry-Grinsen. »Hab ich nicht Recht, Joe?« Zigarrenstumpen zwischen die Zähne geklemmt. »Sag's mir Joe, hab ich nicht Recht?«

Joe leckte sich über die Lippen und murmelte sehr leise: »Arschloch.« Man hätte sich sehr anstrengen müssen, um es zu hören. Man hätte den Kopf neigen und das Ohr spitzen und sich konzentrieren, stark konzentrieren müssen. Henry schüttelte den Kopf. Er sah besorgt aus.

»Ich glaube tatsächlich, ich habe den Jungen verärgert. Sieht mir wirklich und ehrlich danach aus.«

Der langsame, lang gezogene Henry-Seufzer. Er wollte doch nur das Beste für die Menschheit, tröstete er sich, aber immer wurde er falsch verstanden.

»Wie geht's uns denn überhaupt so? Du siehst ein wenig bleich aus, wenn ich so sagen darf. Ehrlich gesagt, siehst du etwas verlebt aus.«

Er kniff die Augen zusammen.

»Ich will nur hoffen, dass du auch genug schläfst. Haben wir auch genug an der Matratze gehorcht, hm? Ich meine, ich will nur hoffen, dass sie dich auch mal 'ne Runde pennen lässt. Weil sie doch so sind, oder? Die Weiber, Joe. Immer mit ihren vielen kleinen Ansprüchen. Also kriegst du hoffentlich auch genug Schlaf? Es gibt ja nichts Schlimmeres, als sich durchs Leben zu schlagen, wenn man hundemüde ist.«

Er kratzte sich am Kopf.

»Oder fast nichts Schlimmeres.«

Er bückte sich und packte den Jungen unter den Armen.

»Ich schlaf immer meine vollen acht Stunden. Mach einfach die Äuglein zu und träum süß. Das hält einen jung und fit. Da fließen die Säfte gleich besser.«

Er fing an, ihn herumzuwuchten.

»Was ich damit sagen will, ist, dass du hoffentlich deinen Schönheitsschlaf kriegst. Gut für die Haut, weißt du. Natürlich und gesund. Damit deine Haut nicht ihren schönen Glanz verliert.«

Er grunzte, während er ihn herumhievte.

»Und du weißt doch, wie gern ich deine glänzende Haut hab.«

Sauschwer, der Kerl, dachte er. Verdammt harte Arbeit, da machte man sich nichts vor.

»Ich mein, wir wollen doch nicht, dass unser Joey kränklich aussieht. Wir haben ihn lieber frisch und knackig.«

Er keuchte, als er Joe gegen den Kofferraum lehnte. Völlig außer Übung, sagte er sich. War ja auch schon eine Weile her. Bestimmt ein oder zwei Jahre, seit er das letzte Solo durchgezogen hatte. Meine Jungs, dachte er. Ich brauch meine Jungs. Er ging runter in die Hocke und versuchte, wieder zu Atem zu kommen.

»Ich habe das Gefühl, als würden wir zwei uns gut kennen, Joe, weil wir ja intim waren, wie man so schön sagt. Ich glaube, ich kenne deine Gefühle ganz gut, und worin du dich gerade befindest, dein Zustand, mein ich, ist das, was man eine Existenzkrise nennen könnte. Du hängst schon halb über dem Abgrund, alter Knabe, und gleich stoß ich dich runter.«

Er spuckte den Zigarrenstummel auf den Boden.

»Du bist zu gut für diese Welt, und deswegen befördere ich dich jetzt in die nächste.« Er packte Joe mit der rechten Hand am Hemd, mit der linken am Gürtel.

»Ich tu dir nur einen Gefallen, du armer, belämmerter Idiot.«

Er drehte ihn auf den Bauch. Die plötzliche Vision eines kahlen Ackers, seiner Busenfreunde, eines perfekten Tags in Hertfordshire.

»Zu schade, dass sie nicht da ist«, murmelte er, »ich hab es gern, wenn sie zusieht.«

Er wuchtete Joe ein paar Zentimeter vorwärts. In dieser Stellung hatte er es noch nie getan. Es würde also für sie beide etwas Neues sein. Das einzige Problem war, dass der Junge abrutschen könnte, was irgendwie schade wäre. Im Grunde brauchte er jemanden, der ihn festhielt, brauchte einen Billy oder einen Merv, damit er an Ort und Stelle blieb. Und sie waren nicht mehr, seufzte er, die alten Fußabtreter.

Er fasste Joe an den Haaren und zog daran seinen Kopf nach oben.

»Du zitterst ja, Sohn. Siehst gar nicht gut aus. Ich hätte eine Decke mitbringen sollen, was? Ich persönlich schlafe nur unter Daunen, aber ich vermute, das wäre zu weich für einen harten Mann wie dich.«

Vorsichtig drückte er den Kiefer auseinander und schob das Auspuffrohr in den zerschlagenen Mund.

»Schön aah machen«, murmelte er. »Nur nicht zu grob.«

Er nahm Joes Arme und legte die Hände um das Auspuffrohr.

»So, jetzt schön festhalten. Hörst du?«

Er stand auf und trat einen Schritt zurück. Könnte klappen, dachte er. Man weiß ja nie.

»Denk immer dran, Sohn: Du bist nicht allein. Ich leide auch.«

Er setzte sich auf den Fahrersitz und zog die Tür zu. Er hatte ein paar Süßigkeiten mitgebracht, um sich die Zeit zu vertreiben, und jetzt holte er eine raus und wickelte sie bedächtig aus. Das Wasser lief ihm im Mund zusammen. Nicht seine absolute Lieblingssorte, aber fast: Sahnetoffee mit Bananenwirbel. Und warum auch nicht, dachte er, als er sich das Bonbon in den Mund warf. Ein bisschen von dem, was einem Spaß macht, kann doch nicht schaden.

Er lehnte sich zurück gegen die Kopfstütze und kaute langsam, wobei sich ein Gefühl entspannter Befriedigung in ihm breit machte. Ich bin ein liebenswerter Schlingel, dachte er sich. Ich hab vielleicht meinen Dickkopf, überlegte er. Ich bin vielleicht hin und wieder ein bisschen impulsiv. Und er betätigte die Zündung, und der Motor sprang an.

33

Zwei Tage später erhielt er den Anruf. Ein besonderes Paket, ließen sie ihn wissen, fertig zur Auslieferung. In makellosem Zustand, beeilten sie sich zu betonen. Völlig unbeschädigt, und absolut pünktlich. Wenn er also an der Ware Interesse hätte und gern in sie investieren würde, dann könnten sie einen Preis aushandeln, und schon gehörte sie ihm. Henry hörte ruhig zu. Ein Gefühl sublimer Zufriedenheit, kosmischen Wohlbefindens durchströmte ihn.

»Bringt es später vorbei«, ordnete er an. »Nein, mein Sohn, nicht hierher.« Er dachte kurz darüber nach. »Zu Carlo. Kennt ihr den Laden? Genau. Bringt es hintenrum, gegen halb zwei.«

Er legte den Hörer zurück auf die Gabel. Auf der anderen Straßenseite knallte eine Autotür, und Teenagerstimmen hallten durchs Dunkel. Stirnrunzelnd sah er die Wand an. Vandalen, dachte er angewidert. Hooligans und dieses ganze vulgäre Pack. Er schob eine Manschette zurück und warf einen Blick auf seine Uhr. Viertel nach elf, was hieß, dass er noch ein paar Stunden Zeit hatte, noch ein paar Stunden, um sich vorzubereiten. Vielleicht sollte er noch einen Happen essen, bevor er sich auf den Weg machte. Aber nichts zu Massives. Nichts zu Schweres. Rührei oder so etwas. Mit einem Schuss Sahne vielleicht.

Er stieß sich vom Tisch ab und stand auf; das Baumwollhemd klebte ihm am Rücken. Der Schweiß der Vorfreude, sagte er sich. Die klebrigen Absonderungen der Lust. Da sollte er besser tun, was recht und billig war, und sich waschen gehen. Konnte ja nicht schaden, sagte er sich. Er stieg die Treppe zum oberen Stockwerk hoch, ging ins Badezimmer und drehte den Wasserhahn auf. Während er sich auszog, floss donnernd das dampfende Wasser ein. Wenigstens rieche ich nicht, dachte er, während er eine dunkelgraue Socke auszog. Er goss eine Verschlusskappe Schaumbad ins Wasser und sah zu, wie es zu schäumen begann. Ich bin vielleicht ein bisschen impulsiv, sinnierte er, während er sich in die Wanne gleiten ließ, aber wenigstens stinke ich nicht.

Schön war es, aber irgendwann ist auch das schönste Vergnügen zu Ende, irgendwann muss man immer den Stöpsel rausziehen. Nach dem faulen In-der-Badewanne-Liegen und dem lustvollen Fummeln verspürte er einen gewissen Widerwillen dagegen, sich wieder anzuziehen. Konnte genauso gut zu Hause bleiben, einfach anrufen und absagen, sich eine ordentliche Mütze Schlaf genehmigen. Sich einen schönen Kakao machen, früh ins Bett gehen und das Geschäftliche auf morgen verschieben. Er seufzte einen tiefen Seufzer voll geölter Traurigkeit, denn er war nie der Typ gewesen, der seinen Pflichten nicht nachkam, er tat immer gern seinen Teil. Also zog er sich Hosen und Thermohemd an. Das lavendelfarbene Oberhemd, denn er fühlte sich verwegen, und der weit geschnittene Anzug mit den breiten Aufschlägen.

Das Leder des Schulterhalfters, das er in Romford erstanden hatte, war weich und abgeschabt. Es war äußerst geschmeidiges Leder. Er schlüpfte mit dem Arm hinein, zog sich den Gurt quer über die Brust und steckte das Ende durch die Metallschnalle. Wie er sich erinnerte, war es zuerst zu groß gewesen für sein elegantes Reiche-Leute-Schießeisen, da es für eine 45er gedacht war. Doch er hatte es zu einem willigen Schuster gebracht, und jetzt saß die Waffe wie geschmiert darin, passte problemlos hinein, genauso, wie er beim kleinen Girlie reinpassen würde.

Er zog das Jackett an und bewunderte sein Spiegelbild, spürte das beruhigende Gewicht unter seinem Arm. Er hatte sich doch nichts mehr zu essen gemacht und war jetzt richtig hungrig, er hatte schon wieder diesen sauren Geschmack, diesen Leeren-Fettsack-Bauch-Geschmack im Mund. Vielleicht würde er ein kleines Nudelgericht essen, wenn er da war. Ein paar Tagliatelle Carbonara. Er verteilte etwas Brylcreme in seinen Haaren und kämmte sie nach hinten. Dann leckte er einen Finger an und glättete eine Augenbraue. Gut siehst du aus, sagte er zu sich selbst. Verdammt gut siehst du aus, alter Knabe.

Er trat hinaus auf die Eingangsveranda und zog die Tür sanft hinter sich zu. Mervyns Daimler parkte in der Einfahrt. Sah genau wie ein Jaguar aus, sagte er sich. Wie ein Friseurschlitten. Kaum hatte er die ersten Schritte auf den Wagen zu gemacht, ging die Tür auf der Beifahrerseite auf. Der Fettsack stieg ein und genoss den Geruch nach Holz und Schweinsleder. Er warf dem Fahrer einen Blick zu. Um die Achtzehn, noch kaum Bartwuchs.

»Alles klar, mein Sohn?«

Der Chauffeur nickte. Der neue Kerl, auf Probezeit.

»Und sollen wir dann losfahren?«

Das Auto bog auf die Straße ein, die Reifen sangen auf dem nassen Asphalt. Henry zündete sich eine Zigarette an und schnippte das Streichholz aus dem Fenster. Der Junge schaltete die Scheibenwischer ein und tastete in seiner Tasche.

»Ist es recht, wenn ich auch rauche?«

»Nein.«

»Wie?«

»Fahr einfach.«

Er merkte, wie der Junge die Achseln zuckte, und hörte ihn das Radio einschalten. Technomusik bohrte sich in sein Hirn. Er beobachtete das vorbeitröpfelnde, orange Licht der Straßenlampen.

»Aus«, sagte er leise.

»Chef?«

»Mach's aus.«

Er zog an der Kippe, und die Spitze glühte rot auf und spiegelte sich in der Scheibe. Regenmuster liefen die Windschutzscheibe herunter.

Ich bin sauber, dachte er. Ich bin blank geschrubbt und allzeit bereit.

Der Junge schaltete runter in den Dritten und raste an einem Lastwagen vorbei. Henry wartete geduldig. Er würde dem Jungen ein bisschen Zeit lassen, ein paar Takte, um sich die Sache durch den Kopf gehen zu lassen. Ein bisschen würde er warten, bis die Kippe heruntergebrannt war, bis ihm die Hitze die Nägel zu versengen begann. Weil es keinen Anlass zu übertriebener Eile gab, wenn sie nicht unbedingt geboten war. Wozu die Dinge überstürzen. Also starrte er hinaus ins Dunkel, eine geladene Knarre unter der Achsel und Techno, der durch seinen Schädel wummerte. Komm schon, Sonnenschein, sei brav. Sie rasten an Angel vorbei und waren auf dem Weg hoch nach Dalston. Eine letzte Explosion in seinem Kopf, dann verstummte der Lärm urplötzlich.

Eine herrliche, ungestörte Stille.

»Braver Kerl«, murmelte er. Er streckte die Beine von sich. »Wir werden gut miteinander klarkommen.«

34

Als sie ankamen, war nur Carlo da, und der sah gar nicht gut aus. Wenn man genau hinsah, sah er etwas nervös aus. Henry boxte ihn leicht gegen die Schulter.

»Sind wohl alle nach Hause gegangen, was?« Er betrat das leere Restaurant. »Haben alle ihre Sachen gepackt und sich nach Hause verpisst?«

Carlo zog die Jalousie herunter und verriegelte die Tür.

»Ich hab heute früher dichtgemacht«, murmelte er. »Nachdem du angerufen hast. Ich dachte, es soll sich lieber im privaten Rahmen abspielen.«

Henry nickte. Das Henry-Lächeln. »Was soll sich im Privaten abspielen?«

Ein halber Takt lang Schweigen. Carlo am Schwimmen. »Dein Abendessen, Henry. Ich dachte, du möchtest dabei lieber nicht gestört werden.«

»Das war sehr rücksichtsvoll von dir.« Der Fettsack ging hinüber zum Ecktisch und bedeutete dem Jungen, sich gegenüberzusetzen. »Hast du was im Ofen?«

Carlo schüttelte den Kopf. »Vorhin hatten wir noch Taubenbrust.«

»So ein Brüstchen wär gar nicht übel.«

»Sind leider Gottes alle weg.«

»Hat der Kundschaft wohl geschmeckt, was?«

»Sie waren richtiggehend verrückt danach, Henry.«

»Kann ich mir gut vorstellen, die Schweinehunde.« Henry seufzte, denn er mochte Taube. Es war ein richtiges Henry-Gericht. »Dann mach mir halt ein Steak.«

»Wie soll's denn sein?«

»Wie's kommt.«

Er zog sein Taschentuch heraus und putzte sich die Nase. Ich hol mir noch 'ne Erkältung, dachte er. Ich hätte nicht dieses scheißheiße Bad nehmen sollen.

»Wer ist in der Küche?«

»Nur ich, Henry. Kein Problem.«

»Das weiß ich doch, Carlo. Deswegen komm ich auch her. Weil es nie Probleme gibt.«

Der Fettsack schob den Salzstreuer neben den Pfefferstreuer und schnippte eine Brotkrume auf den Boden. »Na, dann würd ich mich mal lieber ab in die Küche machen. Zieh dir die Schürze über und koch mir was Feines.«

Er schob das Taschentuch zurück in seine Hosentasche. Warf dem Jungen einen Blick zu. »Wie heißt du schnell wieder, mein Sohn? Oswald, stimmt's?«

»Oscar.«

Henry nickte. »Ordentlich, der Name. Hat was, wirklich.«

Der Fettsack trommelte mit den Fingern auf der Tischplatte und sah sich um. Goldenes Licht und poliertes Holz. Er fühlte sich fast wie zu Hause.

»Es gefällt mir hier«, sagte er. »Weißt du, was ich meine?«

Er knöpfte den Kragen auf und lockerte die Krawatte, wobei seine Finger den massigen Nacken leicht streiften. Die Haut fühlte sich feucht an, weil er leise vor sich hin schwitzte. Er strahlte nur so vor Zufriedenheit. Bald ist es vorbei, dachte er. Bald würde es wirklich und endgültig zu Ende gehen.

Das dick geschnittene Filet war nicht ganz durchgebraten, und als er mit dem Messer hineinschnitt, floss rosa Saft heraus und ergoss sich langsam rund um die Bratkartoffeln. Hübsches Stück Fleisch, dachte er sich, er brauchte sein Eiweiß. Dazu eine Portion Stangenbohnen, ein paar gebratene Zwiebeln, die dem Ganzen Charakter gaben. Ein anständiger Bordeaux, um die Verdauung zu unterstützen, während irgendwas Klassisches aus den Lautsprechern säuselte. Er steckte sich eine Gabel voll Steak in den

Mund und fing an zu kauen. Das genüssliche Klatschen von Lippe auf Lippe.

»Ich meine, ist doch kein allzu übles Leben, oder?« Er schluckte. »Vielleicht nicht total genial, aber auch nicht allzu übel.«

Er blickte auf und sah den jungen Lehrling an, den Chauffeur in Ausbildung, den Tischgenossen dieses Abends. Oscar errötete und entfernte die Hand aus seinem Gesicht.

»Was machst du da, Sohn?«

»Nichts.«

Henry legte die Gabel hin. »Bohrst du in der Nase?«

»Nein.«

»Bist du dir da ganz sicher?«

»Natürlich.«

»Weil ich hätte schwören können, dass ich gesehen habe, wie du den Finger in der Nase hattest.«

Oscar zuckte die Achseln. »Hab mich nur gekratzt, Chef.«

»Innen im Nasenloch?«

Der Junge wischte sich den Finger an einer Serviette ab. »Es hat mich halt gejuckt«, verteidigte er sich. »Sonst nichts.«

Henry sah ihn an. Seine freudlosen, nicht blinzelnden Augen. »Tja, da irrst du dich aber. Wenn du dich wo kratzt, und zwar in deinem Nasenloch, dann bist du das, was wir Fachleute einen Nasenpopler nennen. Und davon hat mir keiner was gesagt, als ich dich genommen hab. Keiner hat mir gesagt: Netter Junge, der Oswald, aber er popelt in der Nase. Keiner hat mich vorgewarnt, damit ich meine Vorkehrungen treffen kann, was? Damit ich aufpasse, dass ich dich ja nicht angucke, während ich mein verdammtes *Abendbrot* esse.«

Angewidert schob er den Teller von sich. Oscars Blick wich nicht von dem Steak.

»Lassen Sie das etwa liegen?«

»Das soll wohl ’n Witz sein?«

»Ich frage ja nur.«

Der Fettsack sah ihn durchdringend an. »Lass es verdammt noch mal bleiben, klar? Halt einfach die Fresse.«

Der Magen drehte sich ihm beinah um, und er schob sich eine Kippe zwischen die Lippen. Plötzlich trat ihm ein Bild von Merv und Billy vor Augen, und für eine Sekunde oder zwei hätte er sie beinah vermisst, beinah hätte er nostalgische Gefühle bekommen. Aber sie waren weg und hatten ihn verlassen, und er war ganz allein mit der Säure, die ihm im Magen zusammenlief, und einem Kotzbrocken als Fahrer. Er schüttelte den Kopf und zog an der Kippe. Gemein, dachte er. Total gemein.

Auf der anderen Seite der Wand waren Schritte zu hören.

»Chef …?«

Der Fettsack wirbelte herum. Durch die Küchentür drückten sich die Limehouse-Zwillinge. Zwei große, starke Kerle mit Schulterpolsterung, Carlo schwitzend direkt hinter ihnen. Und in ihrer Mitte, das war doch, wenn er sich nicht irrte, dauergewellt und getönt und weich wie Seide, mit Klebeband über dem rubinroten Mund und die Daumen zusammengebunden, falls sie auf Gedanken kommen sollte …

Und er merkte, wie er wieder ganz ruhig wurde, denn Geduld zahlt sich am Ende immer aus. Ich bin sauber, dachte er. Ich bin blank geschrubbt und allzeit bereit.

»Hallo, Süße.«

Die Wärme in den Weichteilen.

»Schön, dass du vorbeischaust.«

35

Sie standen auf dem Hof hinter dem Restaurant. Es gab fast keinen Platz, um sich zu bewegen, denn alles lag voll mit leeren Kisten und Mülltüten. Schräg an der Wand hing eine Vierzig-Watt-Birne, die ein schwaches, orangegelbes Licht über die nassen Backsteine warf. Eine halbe Meile entfernt rumpelte der Nachtzug durch Hackney. Bald ist es vorbei, sagte er sich. Ziemlich bald würde es zu Ende gehen. Er warf einen kurzen Blick auf die Schürfwunde an ihrem Kinn.

»Ich dachte, ihr sagtet in makellosem Zustand.«

Die Zwillinge hatten ihre Samtjacketts an, der eine ein graues und der andere ein blaues. Der im grauen zuckte die Achseln. »Sie ist vorlaut geworden, Henry. War nicht unsere Schuld.«

»Völlig unbeschädigt, habt ihr gesagt …«

»Im Großen und Ganzen, meinten wir.«

Oscar stöhnte. Eine Eruption feucht-verlangenden Atems, der faul durch die Nachtluft flatterte. Er hielt sie am Arm fest und beglotzte sie, als gehörte sie ihm bereits.

»Brauchst nicht mal im Traum dran zu denken«, murmelte Henry.

»An was, Chef?«

»An Knacken und Reinschieben, Sohn. Setz dir bloß keine Fürze ins Hirn.«

»Ich guck ja bloß.«

»Gucken ist erlaubt. Gucken macht mir nichts. Glotzen hingegen schon. Anfassen auch.«

Es hatte fast aufgehört zu regnen. Nur noch ein paar vereinzelte kleine Tropfen, ein letztes übrig gebliebenes Geniesel. Der Wind kam durch die London Fields angefegt und biss ihm in die Haut. Lebendig fühl ich mich, dachte er, und ganz hervorragend, denn er hegte tief in sich ein sicheres Wissen. Während Mervyn sie fast gekriegt und Joe sie gehabt und wieder verloren hatte und Billy ihr zum Opfer gefallen war, würde er im Laufe der heutigen Nacht, vermutlich gegen ihren Willen, mit dem Gesicht nach unten auf irgendeinem Garagenboden, er und er allein derjenige sein, der das Rachemädchen haben würde.

Er wandte sich den Limehouse-Zwillingen zu. »Zweitausend, stimmt's?«

Er steckte eine Hand in die Tasche und zog ein dickes Bündel Scheine heraus. Brandneue Zwanziger, frisch aus dem Geldautomaten. Er wog die Scheine in der Hand, die Summe, die er zu zahlen bereit war für seine Lieblingsnutte.

»Ich frag mich bloß, ist es auch ein gutes Geschäft?«

»Kommt drauf an, wofür Sie's wollen.«

»Recht hast du.«

Er zog die Scheine vom Stapel und zählte sie einzeln ab. Er mochte das Gefühl von Geld in seinen Händen. Sogar, wenn er es zahlen musste, gab es ihm ein Gefühl von Anerkennung, das Gefühl, jemand zu sein, der kaufen konnte, was er brauchte, der den Hörer abheben und sagen konnte: Könnt ihr mir meine Schlampe finden? Könnt ihr das bitte für mich tun? Wär ich euch dankbar. Also fühlt er sich, alles in allem, ganz hervorragend. Er fühlt sich so, wie ein Henry sich fühlen sollte.

»Habt ihr sie durchsucht, Jungs?«

»Das Erste, was wir getan haben.«

»Ach, wirklich«, sagte er, »und was habt ihr dann als Zweites getan?«

Und er grinste sie an, weil es ja nur ein Witz sein sollte. Er wusste, dass sie nicht an seinem Paket rumschnüffeln würden. Er wusste, dass sie nicht versuchen würden, ihre Limehouse-Finger in die weichen, geheimen Stellen zu stecken. Egal, was sie sonst anstellen würden, das würden sie nicht versuchen. Sie hatten immerhin ihre Grundsätze, ihre pedantischen Verbrecher-Benimmregeln.

»Wo habt ihr sie eigentlich gefunden?«

Der Zwilling in Blau lächelte. »Nur so beim Rumwandern.«

Ein abschließendes Gespritze windgepeitschter Regentropfen, während die letzten paar Geldscheine übergeben wurden. War an der Zeit, sich zu verpissen, dachte Henry. Sie machten sich jetzt lieber auf den Weg. Er wollte ja nicht, dass es durchweicht wurde.

»So, dann gibt's wohl nicht mehr viel zu sagen, meine Herren, außer: Haben Sie herzlichen Dank, und leben Sie wohl.«

Und sie schüttelten Hände, denn sie waren anständige Kerle.

36

»Hast du die Türen verriegelt, mein Junge?«

Er schob seinen Kopf nach vorn zwischen die beiden Vordersitze und zeigte auf das Armaturenbrett. Oscars Finger schwebte über einem silbernen Knopf. Henry nickte. »Ja genau, der.«

Er lehnte sich zurück in den geschwungenen Sitz und sah auf die Uhr. Zwanzig nach drei, und er brauchte seinen Schlaf. Wenn er zu lange aufblieb, fing sein Ticker an auszusetzen, und er kriegte dieses Herzklopfen. Nur wegen ihr, der egoistischen Kuh. Sie war schlecht für seine Gesundheit. Geradezu ansteckend. Eine Art Virus in menschlicher Form. Er drehte den Kopf zur Seite und schaute sie an. Sie saß in der Ecke und starrte aus dem Fenster mit der getönten Scheibe. Abwesend sah sie aus, dachte er, als ob sie ganz woanders wäre, als wäre ihr alles egal, als würde sie sich gar nicht für ihn interessieren.

Oscar ließ den Motor an. »Fahren wir heim?«

Der Fettsack dachte darüber nach. »Später.«

Er betrachtete seine Fingernägel. Sie waren sehr weiß, fand er. Sehr gepflegt. »Ich dachte, wir machen erst 'ne kleine Spritztour, Oswald. Fahren 'n bisschen spazieren.«

Er ließ sich diverse Möglichkeiten durch den Kopf gehen und traf seine Entscheidung. »Warum fahren wir nicht nach Leytonstone?«

Der Fahrer hebelte den Schaltknüppel in den Zweiten, und sie machten einen Satz vom Bürgersteig weg.

»Muss den Benzintank überprüfen«, murmelte er. »Irgendwas stimmt nicht mit dem Kabel, Chef. Muss mich drum kümmern, bevor der Motor schlappmacht.«

Eine wegwerfende Bewegung der Fettsack-Hand.

»Später, mein Sohn. Wenn wir hier fertig sind.«

Er lächelte in Richtung des Mädchens.

»Gefällt dir meine Karre?«

Er stupste sie ein wenig von der Seite her an.

»Ist nämlich die von Mervyn.«

Sie starrte weiterhin aus dem Fenster. Die Schlampe, dachte er. Die verführerische kleine Schlampe.

»Red mit mir, Zuckerpuppe. Ich bin ein einsamer Mann.«

Er beugte sich zu ihr vor und riss ihr das Klebeband ab, und ein unterdrücktes Keuchen, ein widerwilliges Eingeständnis von Schmerz, entfuhr ihren Lippen. Schon viel besser, sagte er sich. Ist doch immer schön, wenn sie einem antworten.

»Da wären wir also mal wieder«, sagte er. »Mal wieder vereint zum Kaffeekränzchen, zum kleinen Tête-à-tête.«

Die Limousine raste die Straße entlang, bretterte durch die neuen Stadtgebiete rund um Homerton.

»Ich hab mal was über Mädchen wie dich gelesen«, sagte er. »Ungehobelte kleine Luder, die gern Ärger machen. Ich hab so Artikel in diesen feinen Zeitschriften gelesen, und ich weiß, dass ich nicht alles glauben soll, was da drinsteht. Aber manchmal kann ich doch nicht anders, oder? Sie können ja nicht *alle* lügen, sag ich mir. Nicht diese gelehrten Leute, die jede Menge komplizierte Ausdrücke benutzen. Fachleute aus der Medizin, wenn du weißt, was ich meine. Männer, die sich auf deine Art Problem spezialisieren. Hirnerkrankungen, meine Liebe. Abnormitäten des Oberstübchens. Und wenn solche Männer sagen, dass Mädchen wie du behandelt gehören, soll ich da widersprechen?«

Er schlug sie auf den Mund.

»Hörst du auch zu, Goldstück? Ich red nämlich mit dir. Also, sei schön brav, und sieh mich verdammt noch mal an, klar?«

Oscar hielt die Luft an. Er warf einen schnellen Blick in den Rückspiegel, dann trat er das Pedal voll durch und fegte durch Leyton. Er mochte seinen neuen Job ganz ungemein.

Der Fettsack beobachtete sie, wie sie den Kopf drehte. Ein

dunkles Rinnsal lief ihr langsam das Kinn herunter. Sie richtete den Blick auf ihn, als versuche sie, sich die Gesichtszüge einzuprägen, als hätte sie sie noch nie richtig gesehen, als hätte sie sie noch nie richtig bemerkt, und jetzt war die letzte Gelegenheit dazu. Ein Ton drang von hinten aus ihrer Kehle, als ob sie vergessen hätte, wie man spricht, vergessen hätte, wie man Worte bildet.

»Willst du was sagen, Süße?« Der Fettsack, ganz besorgt. »Spuck's ruhig aus, Liebling. Sei nicht schüchtern.«

Ihr Unterkiefer sackte herunter. »Was ist ...« Sie bewegte die Lippen. »... mit Joe passiert?«

Er merkte, wie er sich entspannte, die Anspannung langsam verebbte. In seinen Eingeweiden war es ruhig, seine Eier waren warm. Sein Blut verlangsamte sich zu einem dumpfen, lustvollen Wummern.

»Ich bin ihm passiert.«

Er holte seine Kippen heraus. Es war ein Augenblick, den es zu genießen galt, und der verlangte nach Tabak. Er klopfte auf das Päckchen und bot der Kleinen eine an. Wozu sich auch flegelhaft benehmen, dachte er. Wozu geizig sein. Als waschechter Gentleman zündete er sie sogar an. Er sah zu, wie sie den Teer und Dreck tief einatmete.

»Es ist wirklich sehr traurig«, fügte er hinzu, »aber so ist das Leben nun mal.«

Er zündete sich selbst eine an, dann legte er ihr das Päckchen und die Streichhölzer in den Schoß. Er war in Spendierlaune, und Zigaretten würden sie nicht umbringen. Egal, was sie ins Grab bringen wird – das Nikotin würde es nicht sein.

»Du wirst allerdings dafür gradstehen müssen. Für das, was vorgefallen ist. Den ganzen Scheiß und alles. Weil du im Grunde an allem schuld bist.« Er schnippte ein dünnes, graues Aschewürstchen auf den Teppich. »Du bist das, was ich die Verantwortliche nennen würde, Süße.«

Er starrte Oscars Nacken an. Ziemlich sauber rasiert, dachte er. Ziemlich fünfziger-Jahre-mäßig. »Fahr uns hoch nach Epping, ja?«

»Klar, Chef.«

Henry langte hinüber und nahm ihre Hand. Er drehte sie um und untersuchte die Handfläche. Er spreizte die Finger und strich sanft über die faltenlose Haut.

»Warst du schon mal da oben, da im Wald? Unser Stückchen Natur am Rand von London? Ewig kann man da drin rumlaufen, zu Fuß. Wenn man nicht aufpasst, verläuft man sich da drin ohne weiteres. Riesig ist er …« Er legte ihre Hand zwischen seine Schenkel. »… richtig gigantisch.«

Sie rasten immer Richtung Norden: Woodford, Buckhurst, Loughton. Der Junge machte das Radio an und schaltete sich durch die Sender, bis er etwas Seichtes gefunden hatte. Henry wippte mit dem Fuß.

»Das ist hübsch«, murmelte er. Er beugte sich zu ihr vor und senkte die Stimme. »Nur wir, die Nacht und die Musik, was?«

Sie erreichten Debden, und die Häuser wurden seltener, die Lichter vereinzelter, und man hatte das Gefühl, dass London weit, weit weg war.

Und plötzlich tauchten aus dem Dunkel zehntausend halb nackte Bäume auf, die sich wie Warzen neben der Straße ausbreiteten. Man konnte sie bis ins Auto riechen. Sogar hinten auf dem Rücksitz einer Limousine konnte man die Bäume des Epping Forest riechen.

Oscar fuhr langsamer und bog links ein. »Halten wir bald an?«

»Fahr einfach rein, klar?«

Der Junge schaltete auf Fernlicht um und fuhr weiter und rein in den Wald. Er ging runter in den zweiten Gang, blieb auf niedriger Tourenzahl. Sie gerieten von Nebenstraßen auf unbefestigte Straßen und schließlich auf Waldwege. Baumstämme tauchten auf und blieben zurück, blattlose Zweige wischten über das Autodach.

»Wie auf der Geisterbahn hier«, brummte er.

Sie waren vielleicht zwei Meilen in den Wald hineingefahren, als er bremste.

»Hier?«

Ein Fettsack-Grunzer. Oscar stellte den Motor ab und das Radio aus. Schweigend saßen sie da, die drei, in der dickflüssigen Stille. Nacht im Wald. Henry fasste sich an den Sack. Sie gehört mir, dachte er. Jetzt hab ich sie. Ein plötzlicher, wehmütiger Seufzer, denn der Augenblick war beinahe gekommen. Er war schon beinahe da. Sie waren schon beinahe mittendrin.

»Blend die Scheinwerfer ab«, sagte er leise, »und mach den Kofferraum auf.«

Er stieg aus und zog das Mädchen hinter sich her, das die Kippen immer noch mit ihren an den Daumen zusammengebundenen Händen umklammerte. Die Luft in seinem Gesicht fühlte sich feucht an, feucht vor lauter Sporen und so Zeug aus der Natur. Oscar ging ums Auto herum und schraubte den Tankdeckel ab. Er knipste eine Taschenlampe an und spähte hinein.

»Jetzt nicht. Das kannst du hinterher machen.«

Er hielt sie am Arm und öffnete die Heckklappe.

»Zuerst hab ich eine kleine Aufgabe für dich.«

Der Junge leuchtete mit der Taschenlampe in den Kofferraum.

»Mit dem Spaten, meinen Sie?«

»Ich hätt gern ein hübsches kleines Loch.«

»Ich hasse Buddeln und so 'ne Scheiße.«

»Wer wird denn fluchen, mein Junge.«

Oscar schulterte den Spaten. Er warf dem Mädchen einen giftigen Blick zu.

»Ich finde, *sie* sollte das machen.«

»Bist du bescheuert, Oswald?«

»War ja nur ’n Vorschlag.«

Der Junge zuckte die Schultern und trottete missmutig davon. Eine kurze Pause, dann das Geräusch von widerwilligem Schaufeln in loser, nicht gefrorener Erde. Henry zog sie an sich, beugte sich über ihr Ohr.

»Und dann waren’s nur noch zwei …«

Er lockerte seine Krawatte und öffnete den Gürtel, während er Oscar im Dunkeln grunzen hörte. Er schlüpfte aus dem Jackett, indem er die Hände wechselte, ohne sie loszulassen, und ließ die Jacke auf den Boden fallen. Schade um den Anzug, dachte er, aber Mannespflicht war Mannespflicht. Er beobachtete ihre Augen, als sie an dem Pistolenhalfter hängen blieben, und sah Panik über ihr Gesicht huschen. Ich bin Henry, dachte er, und ich bin verdammt noch mal großartig. Er hörte, wie der junge Kerl zu schwitzen anfing, und spürte, wie das Nuttenweib zu zittern begann, und betrachtete sich als glücklichen Mann.

»Keine Bange, Zuckerpuppe.« Er öffnete seinen Hosenstall. »Bald ist es vorbei.«

Er merkte, wie sie ihn wegzudrücken versuchte. Die Daumen immer noch zusammengebunden, wie eine demütige Bittstellerin.

»Keine Sorge«, beruhigte er sie, »ich tu dir nicht weh.«

Und er schlug ihr mit dem Handrücken ins Gesicht. Klingt sehr laut im Wald, wenn ein Mann wie er ein Mädchen wie sie schlägt.

»Jetzt musst du zahlen, Süße. Es ist Zeit, dass wir abrechnen.«

Die Wärme in seinen Weichteilen. Die Kälte der Luft. Das verführerische Knirschen eines Metallspatens. Oh Freude, dachte er. Oh Luxus.

Und was war mit ihr, dem Herz, der Seele, dem schlagenden Innersten, dem Grund, dass sie dort waren? Welche Hoffnung war in ihrem zerschlagenen Kopf, welche Gedanken überfluteten ihr Gehirn, welch süße Träume von einem nächsten Leben? Man hätte ihren Schädel knacken und darin herumstochern können, aber da ist gar nichts. Da ist nur hohler Raum, da ist nur Leere, denn sie wartet auf das Vergessen. Sie schauderte in der frostigen Luft. Nicht mehr lange, wurde ihr klar. Wird bald vorbei sein. Oh Mutter, komm und hilf mir.

Er stieß sie gegen das Auto. Er löste ihre Daumen voneinander.

»Über die Kühlerhaube, wenn du so freundlich wärst.«

Das unbarmherzige Scharren eines Metallspatens. Sie zitterte jetzt, wie verrückt, es schüttelte sie nur. Sie schob sich eine Zigarette in den Mund. Er riss sie ihr aus dem Mund und warf sie weg.

»Komm schon, süßer Käfer. Du weißt doch, was sein muss.«

»Nur eine …«, flüsterte sie.

»Wir vergeuden unsre Zeit.«

»Lass mich nur …«

»Nein.«

»Nur noch eine letzte Kippe.«

»Bittest du mich?«

»Nein, ich …«

»Bittest du mich?«

»Ja.«

Er drehte den Kopf. Der Junge hatte aufgehört zu buddeln und sah schweigend zu.

»Sollen wir sie lassen, mein Sohn?«

»Nur einen Zug, oder, Chef? Ich mein, wir wollen sie ja nicht verwöhnen.«

Henry nickte. »Das sollten wir nicht tun.«

Und so ließ er sie mit den Zigaretten hantieren. Sah zu, wie sie sich ungefähr einen Meter entfernte. Sie hatte lila Ringe unter den Augen. Sowieso schon halb tot, sagte er sich.

»Du musst für all deine Verbrechen zahlen, Süße.«

»Das weiß ich.«

Sie steckte sich eine Kippe zwischen die Lippen und zündete ein Streichholz an. Atmete den Dreck ganz tief ein. Nicht mehr lange, sagte sie sich. Wird bald vorbei sein.

»Aber zuerst müssen wir für Joey bezahlen, was.«

Sie atmete die Waldluft tief ein. Alles ist vorbei, merkte sie. Jetzt helfe mir Gott. Ein letzter Zug am Nikotin, und sie warf die Flamme in den Benzintank. Ein endloser Augenblick unendlichen Grauens, und der plötzliche Segen des Nichts.

Dann ruhe in Frieden. Dann scheiß drauf und Schwamm drüber. Dann Donna-Schlampe im Paradies.

Gespräch mit Helen Zahavi

Während der ersten zwei Drittel von Helen Zahavis neuem Roman *Donna und der Fettsack* versucht die weibliche Hauptfigur eine brutale, bestialische Tat zu verstehen, die von der männlichen Hauptfigur begangen worden ist. »Das ist doch der Punkt, meine Liebe«, antwortet er. »Es geschah ohne besondere Absichten.«

John Foley / Opale

Genau darum geht es. Zahavis drittes und bestes Buch dreht sich wieder um die kontrollierte Wut der Autorin gegen mutwilligen Machtmissbrauch, ein Thema, das sie 1990 mit *Schmutziges Wochenende* anging und 1994 mit *True Romance* weiterführte. Und jetzt, nach weiteren vier Jahren, ist ihre Wut kontrollierter denn je. Sie hat einen Roman geschrieben, der gleichzeitig witzig und beängstigend ist. Frei von den farcenhaften Elementen in *Schmutziges Wochenende* und der morbiden Selbstbeobachtung in *True Romance* lebt Zahavis neuer Roman sowohl von Elementen des Thrillers als auch des Rachedramas.

Rache spielt in Zahavis Denken eine große Rolle. In diesem Buch ist Rache »mehr als süß. Sie ist wie eine Crème brulée.« Es geht »nicht nur um das Recht, sich zu rächen, sondern um die Pflicht – um die physische und psychische Notwendigkeit«. Zahavi stellt fest, dass in der modernen, zivilisierten westlichen Gesellschaft der Impuls zur Rache unterdrückt wird, und glaubt, dass in dieser Hinsicht die Boulevardblätter der Realität näher kommen als die renommierten Zeitungen.

»Manchmal werden Verbrechen begangen, die so schrecklich sind, dass es beinahe übermenschlich ist, vom Opfer oder der Familie des Opfers zu erwarten, sich nicht zu rächen«, sagt Zahavi. »Ich denke an ein einfaches Verbrechen, ohne politischen Hintergrund, an ein Verbrechen, das mutwillig und nur zur eigenen Befriedigung verübt wird.« Mit Henry, dem Fettsack, hat sie »den puren Kriminellen und Psychopathen geschaffen; er macht, was er macht, weil er es kann. Die Leute lassen ihn gewähren, weil sie seine Macht respektieren.« Zahavi argumentiert, dies sei ein extremes Beispiel, das sich aber aus ganz alltäglichen Zusammenhängen ergibt. »Unsere Beziehungen werden stark geprägt von einer unbewussten Anerkennung dessen, der Macht besitzt. Häufig sind wir nicht deshalb höflich zu anderen, weil wir sie besonders schätzen, sondern weil sie mächtig sind. Sie können uns verletzen oder schaden, sie können uns einstellen oder rauswerfen. Die meisten Menschen halten sich unter Kontrolle und sind dabei voller Groll.«

Vielleicht legt sie deshalb so großen Wert darauf, ein nomadenhaftes, eigenständiges Leben zu führen. Sie hat an den verschiedensten Orten in England, Frankreich, Israel und Irland gelebt. Dazu kommt, dass sie ein konsequentes Single-Leben führt, seit sie ihr erstes Buch geschrieben hat. In ihrer Kindheit hat wenig auf ein solches Leben hingewiesen. Sie wuchs in einer »normalen« Familie im Nordwesten Londons auf, besuchte das Gymnasium. Danach machte sie einen weiten Bogen um die Universität, lernte Russisch und wurde Übersetzerin. »Aus einer meiner Launen heraus« zog sie nach Brighton. Dieser Ort faszinierte sie ungemein. »Ich fand Brighton außergewöhnlich, vibrierend, es pulsierte vor Leben, Hoffnung, Verzweiflung und Verwahrlosung. Es war das einzige Mal, dass ich eine Wohnung kaufte.« Hier, in dieser Umgebung, wurde Zahavi inspiriert, *Schmutziges Wochenende* zu schreiben.

Schmutziges Wochenende ist die Geschichte von Bella, die einen Telefontäter, der sie bis aufs Blut gequält hat, mit einem Hammer erschlägt. Daraufhin reißt sie weitere Männer auf, um sie dann lustvoll zu töten. Die Geschichte dieser Mordorgie an der Südküste wurde zur Sensation, das Buch verfilmt.

Zahavi und ihre Heldin Bella wurden zu Ikonen für Feministinnen und zum Schandfleck für andere. Sie wehrt sich gegen diese Rolle: »Es gab auch viele Männer, die sich mit Bella identifiziert haben, mit dem Underdog, der zurückschlägt. Das Buch ist nicht geschlechtsspezifisch. Ich denke, dass die heutigen geschlechtlichen Klischees diskriminierend sind. In *Donna und der Fettsack* ist es Donnas Freund Joe, der letztlich zum Opfer wird. Sie verführt ihn. Er ist der Unschuldige, und ihm wird Gewalt angetan, im direkten und im übertragenen Sinn.«

Es fällt auf, dass Joe »die weibliche Rolle einnimmt«. Ich frage sie, ob sie den Männern zeigen möchte, wie es ist, eine Frau zu sein. Sie meint dunkel: »Es wäre doch schön, wenn sie eine leise Ahnung davon bekommen, finden Sie nicht?«

Es gibt in diesem Buch zwei weitere zentrale männliche Figuren, zwei junge, schnoddrige und aufgeblasene Londoner Gangster. »Ich habe gewalttätige Männer angetroffen, die so sind«, sagt Zahavi. »Sie geben sich gerne witzig, sie sind unterhaltsam. Oft werden sie erst dann unangenehm, wenn man näher mit ihnen zu tun hat.«

»Frauen spüren das die ganze Zeit«, fügt Zahavi an, »nicht nur mit wirklich gewalttätigen Männern. Sie fühlen sich bis zu einem bestimmten Grad gegenüber allen Männern verletzlich. Deshalb können Frauen so charmant sein. Aus Angst vor der Möglichkeit, dass der Mann tätlich werden könnte, versuchen sie, ihn nicht zu beleidigen. Ich spreche nicht von allen Männern, doch es gibt genug von der Sorte.

Die Furcht vor der weiblichen Sexualität ist ein wichtiger Faktor in der Psyche vieler Männer und erklärt einen großen Teil ihres Verhaltens. Es ist erschreckend, dass man Partner haben kann, die sehr stark und dabei gleichzeitig verstört und verbittert sind. Doch während es Männer gibt, die Frauen aus der Furcht vor ihrer Sexualität heraus wirklich hassen, gibt es nur sehr wenige Frauen, die die Männer hassen. Die Männer sprechen von männerhassenden Frauen, doch ich finde, dass die Frauen die Männer viel zu sehr mögen. Sie finden sich mit vielem ab, werden mit vielem fertig, lassen zu, verzeihen.«

Ihre eigene Haltung Männern gegenüber beschreibt sie als »warm und sehr entspannt. Die meisten meiner Freunde sind Männer. Die Beziehung zwischen Männern und Frauen hält die Welt in Bewegung. Sie inspiriert mein Schreiben. Die Wechselwirkung zwischen Frauen und Männern in allen Formen und Perversionen interessiert mich. Ich finde, dass Frauen implodieren, Männer hingegen explodieren.«

Explosion ist zur Genüge vorhanden in *Donna und der Fettsack.* Es ist, als ob Quentin Tarantino im Norden Londons eine Studienreise gemacht hätte. Kein Wunder, dass der Stoff filmische Qualitäten aufweist. Mit den witzigen Dialogen und lebendigen Ortsbeschreibungen ist das Buch eine Huldigung an die wenigen Cockney-Gangsterfilme, die sich gegen die großen Hollywoodstreifen behaupten. Der Beispiele sind nicht viele, doch zwei der unvergesslichsten Filme, *The Long Good Friday* und *Performance,* sind nahe liegender Weise unter Zahavis Favoriten.

Michael Winner, der Regisseur von *Dirty Weekend,* wird diesmal aber kaum zum Zug kommen. Helen Zahavi war von der Filmversion ihres ersten Buches sehr enttäuscht. »Ich unterstützte den Film zwar, als er herauskam, doch es war nicht mein Buch. Die Dynamik, das Gefühl, die Angst waren verloren gegangen. Die Gewalt im Buch unterscheidet sich sehr von der Gewalt im Film, die fade ist.«

Fadheit kann man Helen Zahavi nun wirklich nicht vorwerfen. Sie hat das einer professionellen Übersetzerin eigene Gefühl für das richtige Wort. Ihre Prosa ist durchzogen von witzigen literarischen Anspielungen, und ihre Freude an der Sprache wird deutlich durch kleine Details, wie zum Beispiel die Namen ihrer Heldinnen. Doch obwohl Bella und Donna zusammengehören, besteht ein thematischer Unterschied. »Ich identifizierte mich mit der Geschichte von Bella«, sagt Zahavi mit dem für ihr Schreiben typischen lächelnd-bedrohlichen Unterton. »Ich handelte wie sie, als ich *Schmutziges Wochenende* schrieb. Donna hingegen ist nur eine Figur innerhalb des Romans, zusammen mit drei Gangstern und ihrem Freund, dem Fahrer der Gangster.«

»Donna«, fährt sie fort und zündet dabei ihre Gauloise an, »ist das Mädchen von nebenan – passen Sie bloß auf.«

Gerald Jacobs Independent on Sunday, 10. Mai 1998

Bibliografie

Dirty Weekend (1990, dt. *Schmutziges Wochenende,* 1991). *True Romance* (1992, dt. *Dirty Games,* 1993). *Donna and the Fatman* (1998, dt. *Donna und der Fettsack,* 1999).

Filmografie

Dirty Weekend (dt. unter gleichem Titel). R: Michael Winner; D: Michael Winner und Helen Zahavi. Scimitar Films, GB 1993. Verleih: VPS-Video.